Die Stürme des Lebens

und

das ganz große Glück

von Angelika Duprée

© 2019 Angelika Duprée

Umschlaggestaltung: Kirsten Krüger, Gravit-Media GmbH, Blomberg

Bildnachweis Titel: New York: AdobeStock, f11photo; Gran Canaria: Pixabay, adamkontor; Teneriffa: Privat

Lektorat/Korrektorat: Textsyndikat Bremberg

Verlag & Druck: tradition GmbH, Halenreie 40-44, 22359 Hamburg

ISBN:
978-3-7482-6262-6 (Paperback)
978-3-7482-6263-3 (Hardcover)
978-3-7482-6264-0 (E-Book)

Bibliografische Information der Deutschen Nationalbibliothek: Die Deutsche Nationalbibliothek verzeichnet diese Publikation in der Deutschen Nationalbibliografie; detaillierte bibliografische Daten sind im Internet über http://dnb.d-nb.de abrufbar.

Ich träume nicht mein Leben, ich lebe meinen Traum.

Danksagung

Mein Dank geht an meine Freundinnen Bea Achenbach und Jeanette Klein für ihre tatkräftige Unterstützung und Ermutigung, bei der Entstehung dieses Buches.
In stillem Gedenken geht mein ganz besonderer Dank an meine liebevollen Eltern, Günter und Irma Duprée, für dieses Leben.

Gewidmet meinem geliebten Sohn Marcus

Prolog

Hier sitze ich nun vor meinem Haus, auf der großen, mit beigen Kacheln gefliesten Terrasse, auf der meiner Meinung nach schönsten der Kanarischen Inseln im Atlantik. Teneriffa ist zugleich die größte der zu Spanien gehörenden Inseln vor der Küste Westafrikas.

Einheimische haben Teneriffa auch den Namen *Insel des ewigen Frühlings* gegeben und ich sehe vor mir den stahlblauen Atlantik mit seinen weißen gewaltigen Schaumkronen, die sich an der Küste über den schwarzen Lavasteinen brechen. Es riecht nach Jasmin, Oleander und Zitrusfrüchten. In dem großen Feigenbaum hinterm Haus surren die Bienen und die kleinen kanarischen Echsen huschen flink über die angrenzende Steinmauer.

Die Sonne wärmt nicht nur mein Gesicht, sondern vor allem meine Seele und ich schaue zurück auf die vergangenen Jahre.

Viele Jahre war ich mit Gran Canaria, der drittgrößten Insel der Kanaren, verbunden. Sie ist bekannt für ihre schwarze Lava und die weißen Sandstrände. Ihre südlichen Strände umfassen die geschäftigen Städte Playa del Inglés und Puerto Rico sowie den wunderschönen Ort Puerto de Mogán. Im Nordosten liegt die Hauptstadt Las Palmas.

Dort habe ich die aufregende Anfangszeit mit meiner spanischen Liebe verbracht.

Aber Teneriffa ist und bleibt die einzige der Inseln, auf der ich wirklich leben und alt werden will.

Teneriffa hat eine eigene Magie durch den pompösen, in der Mitte der Insel aufsteigenden Vulkan Teide, von den Einheimischen liebevoll »Vater Teide« genannt. Viele Sagen und Legenden spielen sich rund um ihn ab.
Viel ist passiert. Vieles in meinem Leben war aufregend. Manches hätte ich mir gern erspart. Es war aber wohl nötig, um der Mensch zu werden, der ich heute bin.
»Marilyn, ist unten alles in Ordnung?«, fragte ich meine venezolanische gute Seele im Tierhotel.
»Si, todo bien!«, antwortete sie und wirbelte weiter mit dem Besen durch meine weiß gefliese Küche.
Marilyn, obwohl klein und pummelig, wird mit allen anfallenden Arbeiten durch ihre fröhliche Art gut fertig.
Sie und ihr Mann, José-Luis, ein typisch südamerikanischer Mann mit dunklen Haaren, braun gebrannt und mit feurigen Augen, helfen mir schon lange bei der Bewirtschaftung meines Lebenstraumes.

Ich hätte nie für möglich gehalten, dass ich nach der Auswanderung aus Deutschland und dem Verlassen meiner Heimat hier auf der Insel noch einmal komplett neu durchstarten würde.
Eigentlich wollte ich mir nach dem Tod meines Vaters nur ein wenig Ruhe gönnen. Nichts wollte ich tun außer lesen, die Insel erkunden und Spanisch lernen. Mein Körper und meine Seele lechzten nach einer Auszeit.

Damals hatte ich mir das alles sehr einfach vorgestellt. Aber bis dahin sollte es ein langer und aufregender Weg werden …

Kapitel 1

Mein Gott, wo sind nur die letzten Jahrzehnte geblieben?«, fragt Udo und schaut mit einem Kaffee in der Hand von meiner Terrasse in Garachico auf das unten gelegene Meer, das heute ungewöhnlich rau ist und die Schaumkronen hoch über die Steine spritzen lässt.

Er hat sich in den letzten Jahrzehnten wirklich gut gehalten und man sieht ihm sein Alter noch immer nicht an. Udo ist ein schlanker, mittelgroßer Mann, der mit seinen grünen ausdrucksvollen Augen, seinen kurzen blonden, etwas lockigen Haaren und dem verschmitzten Lächeln die Damenwelt heute noch in seinen Bann zieht.

»Wenn man überlegt, wie schnell das Leben an einem vorübergezogen ist, dann ist das fast ein bisschen gruselig. Viel zu schnell vergehen die schönen Zeiten, wechseln sich ab mit Schwierigkeiten, Schicksalsschlägen und glücklichen Zeiten. Das ist wirklich krass!«

Er spricht das aus, was ich schon immer dachte. Ich bin froh, dass Udo mich wieder einmal auf Teneriffa besucht.

Der letzte Besuch von ihm war Jahre her, doch wir haben es geschafft, unsere Freundschaft in allen Lebenslagen aufrechtzuerhalten.

Er ist einer meiner engsten Vertrauten. Alles kann ich mit ihm besprechen. Keiner meiner Gedanken, keine Ängste, keine Sorgen sind ihm zu viel. Stets steht er mir mit Rat und Tat zur Seite.

Er kennt mich so gut wie sonst kein anderer. Einiges hätte ich sicher nicht ohne ihn so gut gemeistert, wie ich es letztendlich tat.

»Ich weiß noch, als du auf dem Lemgoer Schützenfest plötzlich vor mir standest«, meint Udo. »Deine blauen Augen und dein dunkles Haar waren das Erste, was mir an dir aufgefallen ist. Deine Augen haben gestrahlt wie funkelnde Sterne und ich wusste sofort, dass du diejenige bist, die für mich das ganze Leben lang wichtig sein wird«, grinste er. »Und schau, jetzt sind wir so viele Jahre später zusammen auf Teneriffa!«, schwärmte er. »Es stimmt schon, was mein Opa immer sagte«, überlegte Udo weiter, »blaue Augen sind gefährlich, aber in der Liebe und Freundschaft ehrlich!«

»Wie recht dein Opa hatte«, pruste ich in meine Kaffeetasse und setze mich neben Udo auf die Terrassenbank, schaue in die Ferne und denke nochmal über die vielen vergangenen Jahre nach.

Ich hatte das große Glück, auf dem Land aufzuwachsen. In einem wunderschönen weißen Haus, mit einem riesigen, majestätisch hohen Lindenbaum vor der Tür und einer weitläufigen Pferdekoppel mit Stall, hinter dem Haus, wurde ich als erste von zwei Töchtern geboren. Meine Schwester Silvi ist vier Jahre jünger als ich. Allein deswegen gingen wir schon immer eigene Wege.

Tiere gehörten schon immer zu meiner Familie. Mein Pferd mit dem lustigen Namen »Forelle«, eine Fuchsstute mit seidig glänzendem Fell, war mein ganzer Stolz und sie blieb dreiundzwanzig Jahre an meiner Seite. Nie hätte ich ein Tier, das einmal zur Familie gehörte, wieder abgegeben.

Meine Tiere blieben stets bis zu ihrem Tod bei mir. Sie wurden gehegt, gepflegt und heiß geliebt. Immer für mich und meine Schwester da waren unsere geliebten Eltern. Unser Vater, ganz ein erfolgreicher Geschäftsmann, hatte trotz vieler Arbeit immer ein offenes Ohr für uns. Unsere Mutter war stets für uns greifbar, da sie nach der Hochzeit ihren Beruf als Sekretärin aufgegeben hatte. Sie stand immer unterstützend an der Seite meines Vaters und kümmerte sich um alles, was mit dem Haushalt und uns Kindern zu tun hatte. Es war eine traumhafte Kinder- und Jugendzeit.

Zu gerne hätte ich einen Beruf erlernt, bei dem ich mit Tieren zu tun gehabt hätte. Leider bot sich dafür keine Gelegenheit. Nach einer Ausbildung zur staatlich anerkannten Erzieherin und der Arbeit in einem Internat wechselte ich den Beruf, da mir die Arbeit mit den Jugendlichen zu sehr an die Substanz ging. Nach erfolgter zweiter Ausbildung zur Kauffrau wurde mir eine kleine Lokalzeitung zur Übernahme angeboten. Diese Chance kam mir gerade recht und mit Feuereifer stürzte ich mich auf diese neue Aufgabe, die überaus reizvoll war und mich die nächsten sieben Jahre voll und ganz in Anspruch nehmen sollte. Als mir nach dieser Zeit ein gewinnbringendes Angebot für meine Zeitung gemacht wurde, nahm ich es ohne lange zu zögern an, da ich innerlich schon wieder auf der Suche nach neuen Herausforderungen war. Der Zufall wollte es, dass mir gerade zu dieser Zeit ein interessanter Job angeboten wurde und so landete ich in einer großen Werbeagentur und war dort für die Betreuung der Neukunden zuständig.

Durch meine offene, fröhliche Art kam ich mit den Kunden und auch mit meinen Mitarbeitern gut klar und war erfolgreich in dieser Branche.

Dort blieb ich bis zu dem Tag....dem Tag, an dem ich Deutschland für immer verließ ...

Ich bin ein doppeltes Sonntagskind. Wurde an einem Ostersonntag im April geboren und noch heute bin ich davon überzeugt, dass mir das in meinem Leben letztendlich immer Glück gebracht hat.

Mit nur 18 Jahren heiratete ich meine damalige große Liebe. Das war zwar viel zu früh, aber keinesfalls ein Fehler, ging doch aus dieser Ehe mein wunderbarer Sohn Marcus hervor. Allerdings hatten nach 23 Jahren mein Mann und ich uns auseinandergelebt. Es waren ruhige, recht beschauliche Jahre, ohne nennenswerte Höhen und Tiefen. Wie geschaffen dafür, ein Kind großzuziehen. Was folgte, war die Scheidung und ein Jahr später der plötzliche Tod meiner geliebten Mutter. Danach setzte ich mein Leben noch einmal ganz auf »Anfang«. Es sollte allerdings nicht der letzte bleiben.

Gerade fällt mein Blick auf das große Foto der Freiheitsstatue in New York, das ich mit in mein neues Leben genommen habe. Es hängt nun in meinem Wohnzimmer auf Teneriffa. Bei dem Anblick kommen viele Erinnerungen in mir hoch, denn es gab nicht immer nur die Inseln im Atlantik, die eine große Rolle in meinem Leben spielten, sondern da war noch ...

Kapitel 2

Was war nur mit mir los? Grübelnd saß ich in meiner schönen, weißen Landhausküche, hatte einen Kaffee vor mir auf dem Tisch stehen und starrte durch das Fenster in den weitläufigen Garten. 1000 Gedanken jagten durch meinen Kopf. Zu diesem Zeitpunkt war es mir noch nicht ganz bewusst, aber ich war schon wieder auf der Suche nach neuen Ufern, neuen Abenteuern, neuen Menschen.

Wie schon zu anderen Zeiten langweilte mich das gutbürgerliche Leben, obwohl es doch so bequem war. Nur, wer will es schon immer bequem? Das Leben ist viel zu spannend, als immer nur auf der gleichen Stelle zu treten.

Wer sich auf die Suche macht, wird etwas finden. Ob es jedoch das ist, was man sich erhofft hat, stellt sich oft erst viel später heraus.

Aber woran lag es, dass ich in meinem Leben immer wieder Zeiten hatte, in denen ich so unstet war? Es war wohl die Suche nach mir selbst.

Schon der Tag unserer ersten Begegnung war außergewöhnlich, wie fast alles in unserer späteren Beziehung. Es war Rosenmontag und meine Kollegen wollten mich unbedingt nach der Arbeit noch mit in eine Kneipe zum Feiern nehmen. In unserer kleinen Stadt gab es nicht viele Möglichkeiten und so sagte ich gerne zu. Natürlich wollte ich mich verkleiden. Mein Katzenkostüm lag schon im Auto, da ich zu späterer Zeit noch auf ein Fest in der Nachbarstadt wollte. Diese Verkleidung passte zu mir, denn ich bin groß, schlank, langbeinig und geschmeidig wie eine Katze mit dunklen Haaren und blauen Augen, die so tief und unergründlich sind wie bei meinen Katzen, Sarah und Theo, die ich schon seit Jahren als treue Weggefährten und Haustiere hielt.

Mit meinem Kostüm kam ich schneller in Feierlaune. Wir zogen also fröhlich bei eisigen Temperaturen los und beeilten uns, in die Kneipe zu kommen. Warm hielt so ein Kostüm nicht, aber das war ja im Karneval überhaupt nicht wichtig. Ich wollte Spaß haben, mich amüsieren und eine tolle Zeit mit meinen Kollegen verbringen.

In dem Lokal war die Stimmung ausgelassen.

Das lag nicht zuletzt an der stark geschminkten und kostümierten Gruppe vom Landestheater, die oft hier zu Gast war. Eine illustre Gesellschaft, die wusste, wie man auffiel. Wir hatten die Truppe schon einige Male ungeschminkt gesehen. Am Rosenmontag musste es aber eine auffällige Verkleidung sein. Das waren sie ihrem Berufsstand schuldig und es sah alles sehr bunt, lustig und schillernd aus.

Ein schlanker, gutaussehender Mann kam herein und setzte sich zu der Theatergruppe.

Er war eine auffällige Erscheinung. Mindestens einsneunzig groß und mit seiner abgeschabten speckigen Lederjacke, den hochfrisierten Haaren und dem Dreitagebart nicht zu übersehen. »Verdammt toller Typ«, dachte ich, als ich dabei zusah, wie er seine Kollegen begrüßte und jedem von ihnen freundschaftlich auf die Schulter schlug. Als sich unsere Blicke trafen, entschloss ich mich zu einem Flirt. Warum auch nicht? Schon vor langer Zeit hatte ich mich von meinem Mann getrennt. Und obwohl ich einen festen Freund hatte, würde ein kleiner Flirt meiner Seele sicher gut tun. Außerdem war Karneval, da durfte man etwas ausgelassener sein.

Meine hübsche blonde Kollegin Elmara amüsierte sich königlich, aber die Herren unserer Gruppe waren sofort beleidigt. Hatten sie sich doch mit Sicherheit etwas anderes erhofft!

Der eine oder andere Kollege hatte mir schon einen verstohlenen Blick zugeworfen und dachte sicher, mich an diesem Abend intensiver kennenlernen zu können. Für mich gab es allerdings das Credo, nichts mit Kollegen anzufangen. Probleme innerhalb der Firma wären somit vorprogrammiert.

Unsere Blicke trafen sich also und plötzlich fand ich mich mit dem jungen, gutaussehenden Mann lachend an der Theke wieder. Wir bestellten uns Gin-Tonic und der Barkeeper schob uns noch ein Schälchen mit Nüssen hin. Ich erfuhr, dass er Roman hieß und als Bühnentechniker beim Theater arbeitete.

»Ich fahre gleich noch in die Nachbarstadt auf ein Fest«, sagte ich zu ihm.«Willst du mitkommen?«

»Warum nicht?«, meinte Roman mit einem Zwinkern und unter den leicht irritierten Blicken der Theaterleute und meiner Kollegen verschwand ich mit dem »tollen Typen« lachend aus der Tür.

Ursprünglich war ich mit Udo, meinem langjährigen guten Freund aus Teenagerzeiten, verabredet gewesen. Der hatte aber kurzfristig abgesagt, weil er einem Bekannten bei einer

Autopanne helfen musste. Da Udo KFZ-Mechaniker war und eine kleine Werkstatt hatte, wurde er immer mal wieder des Nachts zu Hilfe gerufen. Seine hilfsbereite Natur machte es ihm schwer, »Nein« zu sagen. So also auch an diesem Abend. Und Hardy, mein Lebenspartner, hatte für so eine Feier absolut nichts übrig und schon vor Wochen erklärt, dass er lieber zuhause bleiben wolle. Seit zwei Jahren war Hardy schon an meiner Seite. Oft hatte ich allerdings mittlerweile das Gefühl, dass Hardy mehr sein Auto, ein schickes schwarzes Audi-Cabriolet, liebte als mich. Das Auto wurde gehegt und gepflegt. Jeder noch so kleine Fleck auf dem Lack, selbst die Tapsen der Nachbarkatzen, versetzten ihn in Panik und es wurde gewienert und geputzt. Wir wohnten nicht zusammen. Hardy lebte im Haus seiner Eltern, in einer hübschen Wohnung unter dem Dach, und ich in dem Haus, in dem ich zuvor mit meinem Mann und meinem Sohn gelebt hatte. Da mein Sohn in einer entfernten Stadt studierte, hatte ich das Haus für mich alleine. Gott sei Dank gehörte das meinen Eltern und ich musste mir nach der Scheidung keine neue Wohnung suchen.

So hatte ich an diesem Rosenmontagabend Roman als Begleiter und das gefiel mir ausgezeichnet. Udo würde ich mit Sicherheit später davon erzählen. Ob ich Hardy davon erzählen würde … da war ich mir in dem Moment nicht so sicher.

Das Fest in der Stadthalle der Nachbarstadt war schon in vollem Gange, es wurde gelacht, gesungen, getanzt und geschunkelt. Aber Roman und ich suchten uns einen ruhigen Platz, an dem wir uns ungestört näherkommen konnten. So bekamen wir von dem ganzen Trubel nicht mehr allzu viel mit, wir befanden uns in unserer eigenen Welt und jeder wollte von dem anderen so viel wie möglich wissen.

Nach drei Stunden angeregter Unterhaltung und mehreren Gläsern Rotwein konnten weder Roman noch ich behaupten, wir seien nüchtern gewesen – aber schließlich ist nur einmal im Jahr Rosenmontag. Normalerweise trank ich nicht viel, musste morgens immer fit für meinen Job sein. Aber jetzt hatte ich einen ordentlichen Schwips.

Roman erfuhr, dass ich zurzeit einen festen Freund hatte, geschieden war und mein Sohn nicht mehr zuhause lebte, dass ich eine jüngere Schwester hatte und mit zwei süßen Katzen zusammen wohnte, an denen ich mit viel Liebe hing. Da war Theo, der cremefarbene Kater, und die kleine blau-grau Katze Sarah. Theo war wie Garfield, der Kater aus dem Fernsehen. Etwas behäbig und supergemütlich. Einfach ein tolles Tier. Sarah hatte ein etwas quirligeres Wesen, spielte gern und war oft zu Streichen aufgelegt.

Ich erzählte Roman von meinem Freund Hardy. Ein interessanter, gut aussehender Mann mit kurzen, vollen schwarzen Haaren, braunen Augen und einer schlanken Figur. Allerdings, er konnte schon hin und wieder ein echter »Erbsenzähler« sein.

Jede Ausgabe wurde von ihm akkurat in ein Haushaltsbuch eingetragen, und wehe die Ausgaben waren am Monatsende zu hoch. Dann gab es stundenlange Diskussionen, wo eingespart werden konnte. Das lag wohl an seinem Beruf als Buchhalter. Dieser Berufsgruppe sagt man oft nach, sie seien etwas spröde, zahlenaffig und extrem akkurat bei der Verrichtung ihrer Arbeit. Das traf alles auf Hardy zu. Jedenfalls im Berufsfeld. Im privaten Bereich war das etwas anderes. Unsere Beziehung hatte er nie sehr ernst genommen. Hardy schien immer irgendwie auf der Suche zu sein – nach was, wusste er wohl selber nicht so genau. In der Hinsicht waren wir uns sehr ähnlich, in allem anderen teilweise ganz gegensätzlich und ich fragte mich, was uns so genau zusammenhielt. Hardy konnte keine fünf gerade sein lassen, während ich schon mal ganz gerne die Dinge etwas lockerer sah.

Trotz der Unterschiede hielt unsere Beziehung schon recht lange. Also musste es irgendetwas geben, das uns zusammenbleiben ließ.

Roman hörte mir aufmerksam zu und erzählte von seiner Ex-Frau und seiner Tochter. Er lebte seit vier Jahren von seiner Familie getrennt. Die Trennung war nicht leicht für ihn gewesen. Sie hatte ihm den Boden unter den Füßen weggezogen. Aber da gab es einen neuen Mann an der Seite seiner Frau und er musste ihm weichen. Seine neunjährige Tochter war sein Ein und Alles und er liebte sie sehr. So bedauerte er es natürlich, dass er sie nicht häufig sehen konnte.

Es knisterte gewaltig zwischen uns! Um drei Uhr morgens bestellten wir ein Taxi und ließen uns zu Romans Wohnung fahren.

»Es ist ja Rosenmontag", dachte ich »und wahrscheinlich werde ich ihn danach nie wiedersehen.« Also warum nicht einfach mal sehen, was passierte? Fremdgehen war nicht mein Ding, aber die Beziehung zu Hardy machte mich schon seit längerer Zeit nicht mehr glücklich. Ich dachte, »Wie würde das sein? Könnte ich einfach so mit einem Fremden schlafen?«

Aber Roman reizte mich als Mann wie kein anderer vor ihm. Ich wollte es ausprobieren. Der Alkohol machte mir zudem die Entscheidung leichter, denn mein Hirn war durch den Wein vernebelt und wirklich klar denken war in meinem Zustand nicht mehr möglich. Es machte sich ein wunderbares, prickelndes Gefühl in meinem Körper breit – wie Schmetterlinge im Bauch. Ein Feuer brannte in meinem Körper und wartete darauf, gelöscht zu werden. Roman schien es nicht anders zu gehen. Er hatte sich an diesem Abend in eine schwarze Katze verguckt.

Am nächsten Morgen baumelte die Schleife meines Katzenkostüms an Romans Bett und die Katzenohren waren nicht mehr aufzufinden. Stück für Stück kam die Erinnerung an die leidenschaftlich durchlebte Nacht wieder. War das wirklich mir passiert? In dem Moment nahmen mich zwei starke Arme von hinten wieder gefangen und zogen mich ins warme zerwühlte Bett zurück. Zeit hatte ich keine mehr, ich musste dringend zur Arbeit, und so löste ich mich schweren Herzens aus dieser wohltuenden Umarmung. Ein Taxi musste her, um zu meinem Auto zu kommen, das noch immer in der Nachbarstadt stand. Zu diesem Zeitpunkt war mir absolut nicht klar, wie ich an diesem Tag noch funktionieren sollte. Mein Kopf glich einem Brummkreisel und mein Kreislauf hatte wirklich Mühe, an Ort und Stelle zu bleiben. Keine Ahnung, wie viel ich gestern Abend getrunken hatte. Es war eindeutig zu viel!

Auf einen Anruf hoffend, hatte ich Roman meine Karte mit Telefonnummer und Adresse gegeben, in dem guten Glauben, dass er sich melden würde. Roman hatte in der Nacht mein Feuer entfacht und ich wollte ihn unbedingt wiedersehen. Allerdings wollte ich mich von mir aus nicht melden. Schließlich war da noch Hardy – und es war nicht mehr Rosenmontag. Was für ein Abend und was für eine Nacht! Unterschiedlicher als Hardy und Roman hätten Männer nicht sein können. Als die Nüchternheit langsam zurückkehrte, wurde mir klar, dass ich Hardy mit Roman betrogen hatte, und obwohl ich es keine Sekunde bereute, hatte ich doch ein schlechtes Gewissen.

Hätte mir jemand an diesem Tag erzählt, was für Folgen dieser Rosenmontag haben würde, ich hätte es nicht geglaubt, niemals. Aber hätte ich es gewusst, hätte ich nichts geändert, denn wer wirklich liebt, der ist bereit durchs Feuer zu gehen ...

Es war kurz vor Mittag, als der sehnlich erwartete Anruf kam.

»Hallo, Süße, hier ist Roman. Wollte mal hören, wie es dir geht und ob du gut nach Hause gekommen bist?«

»Oh! Hallo! Danke der Nachfrage. Ich lebe, aber mein Kopf brummt immer noch. War wohl ein bisschen viel gestern«, gestand ich lachend.

»Ich möchte dich gern wiedersehen. Hast du am Mittwoch Zeit für mich? Heute muss ich ab acht im Theater arbeiten, aber auf Mittwoch würde ich mich sehr freuen", sagte Roman liebevoll und mit tiefer leidenschaftlicher Stimme, die mir durch und durch ging. Mittwoch war »Hardy-Tag«, musste ich ihm kleinlaut eingestehen.

»Freitag hätte ich Zeit«, schlug ich vor. »Wie sieht es da bei dir aus?«

»Freitag ist mir zu spät, ich würde dich am liebsten noch heute sehen. Kannst du deinem Freund nicht absagen? Ich brenne darauf, dich wiederzusehen."

Roman ließ nicht locker und zu guter Letzt wollte auch ich ihn sehen. Ich dachte, mir würde schon eine Ausrede einfallen. Das dürfte nicht allzu schwierig sein. So sehr ich mich auf Roman freute, ein unwohles Gefühl hatte ich dennoch.

Als Treffpunkt machten wir Romans Wohnung aus. Allein der Gedanke, mich mit ihm dort zu treffen, reichte aus, um meinen Körper wieder zum Glühen zu bringen. Der Begriff Wohnung war meiner Meinung nach allerdings total übertrieben. Sie sah mehr nach einer vorübergehenden Absteige aus. So ein richtiges Singleloch. Nichts, wo sich eine Frau wirklich wohlfühlen könnte. Zwei große Räume, in denen nur ein riesiges Bett mit verschlissener Wäsche, ein in die Jahre gekommener Schrank, ein alter Fernseher auf einem kleinen Sideboard und ein abgewetztes Sofa mit einem sich auflösenden Bezug stand. Küche und Bad waren nur mit dem Allernötigsten ausgestattet. Viel schien Roman nicht zu besitzen. Aber das war ihm wohl nicht wichtig. Der Mann war praktisch veranlagt. Brauchte nicht viel, vermutlich da er oft tagelang mit dem Theater unterwegs war.

Wenn ich da an mein eigenes geschmackvoll eingerichtetes Haus dachte, das mit allem Drum und Dran zum Wohlfühlen einlud, dann war da schon ein großer Unterschied.

»Na und?«, dachte ich mir. Mir waren diese äußerlichen Dinge in dem Moment völlig egal. Da war ein toller Mann, der mich sehr interessierte und mich anscheinend auch anziehend fand. Das reichte mir. Jedenfalls war das das Einzige, was ich gerade brauchte und was ich wollte.

Bei Hardy hatte ich seit einiger Zeit oftmals das Gefühl, dass er unsere Beziehung immer gleichgültiger betrachtete. Er bemühte sich nicht mehr besonders um mich. Nach der anfänglichen Verliebtheit ging es mit unserer Beziehung schnell bergab und sie war keineswegs mehr befriedigend. Weder geistig noch körperlich.

Roman und ich trafen uns in der nächsten Zeit immer häufiger und ich musste mir zunehmend mehr Ausreden für Hardy einfallen lassen. Meinem Freund Udo hatte ich die ganze Geschichte erzählt und er meinte nur: »Mach dir nicht zu viele Gedanken, Hardy habe ich noch nie für den richtigen Mann an deiner Seite gehalten.«

Es war nicht das erste Mal, dass Udo mir etwas in der Art sagte, ich wollte allerdings nicht weiter darüber nachdenken.

Die Treffen mit Roman genoss ich sehr. Er war anregend in jeder Hinsicht und tat mir wirklich gut. Roman verstand es, lustige und anschauliche Geschichten aus der Theaterwelt zu erzählen, war interessiert an Politik, Natur und Tieren. Wir hatten uns immer etwas zu berichten und viel, über das wir gemeinsam lachen konnten. Außerdem steigerte sich die sexuelle Anziehungskraft zwischen uns beiden mit jedem Zusammentreffen. Ich lebte in dieser Zeit körperlich wie auch geistig auf und fühlte mich wunderbar bereichert. Roman hatte eine erfrischende Art und die färbte auf mich ab.

Oft fanden unsere Treffen mitten in der Nacht statt, weil Roman spät aus dem Theater kam. Erst lange nach der letzten Vorstellung machten er und seine Technikerkollegen Feierabend.

Eine Sache wunderte mich allerdings zunehmend. Roman war stets fit und ausgesprochen munter. Selbst nach einem langen, harten Arbeitstag hätte er noch Bäume ausreißen können. Wie machte er das bloß? Ich versuchte genauso munter zu sein, aber es fiel mir oftmals schwer und ich war nach meinen Arbeitstagen häufig bleiern müde und hätte augenblicklich ins Bett fallen können. Stattdessen verliebte ich mich immer mehr in diesen interessanten Mann und versuchte, irgendwie die schlaflosen Nächte durchzustehen. Nach ein paar Wochen hatte mein Körper dann doch genug und ich sagte zu Roman: »So geht es nicht weiter!«. Zweigleisig zu fahren entspricht nicht meinem Naturell und außerdem ist das entsetzlich anstrengend! Ich werde die Sache mit Hardy beenden. Und zwar so schnell wie möglich! Es wird ihm wahrscheinlich nicht mal allzu viel ausmachen. Er interessiert sich mehr für seine eigenen Sachen als für mich. Dumm ist nur, dass ich mit ihm im Januar eine USA-Reise gebucht habe. Im August wollen wir fliegen. Das wird sicher nichts werden. Mal sehen!«

»Trenne dich bitte nicht wegen mir! Ich kann mit der jetzigen Situation prima leben und möchte nicht, dass du da irgendeinen Fehler machst«, kam es etwas eigenartig von Roman.

Ich stutzte, fragte mich, was das denn sollte, hätte ich mir doch eine ganz andere Reaktion gewünscht, versicherte dann jedoch, dass ich schon lange über eine Trennung nachgedacht hätte und dass er, Roman, nicht der entscheidende Grund für diese Entwicklung sei. Nur der geplante Urlaub mache mir Kopfzerbrechen.

Hardy freute sich auf den Urlaub und ich wollte ihm die Ferien nicht verderben. Vielleicht gab es ja eine Lösung. Erst wollte ich einmal abwarten.

Einige Tage später machte ich mich auf den Weg zu Hardy. Der Weg zu ihm war mir nie so lang erschienen wie an diesem Abend.

Es fühlte sich an, als müsste ich den Gang nach Canossa antreten. Ich hatte ein beklemmendes Gefühl in der Magengegend. Wusste ich doch, dass ich die Trennung wollte. Jedoch nun diejenige zu sein, die den Schritt ging, war neu und ungewohnt für mich. Immer wieder sagte ich mir, dass schließlich er es war, der immer behauptete, unsere Beziehung würde nicht ewig dauern.

So ganz sicher war ich mir aber nicht, wie er reagieren würde. Hardy war kein Mann, der sich einfach von einer Frau verlassen ließ. Mit der tatsächlichen Reaktion von ihm hätte ich allerdings in meinen kühnsten Träumen nicht gerechnet.

Anstatt teilnahmslos zu reagieren, war er fix und fertig, bekam Kreislaufprobleme und fragte immer wieder, warum ich mich von ihm trennen wollte. Und ob ich einen anderen Mann kennengelernt hätte. Ich erzählte ihm von Roman und er fragte mich, was mir an ihm besser gefallen würde und ob ich schon mit ihm geschlafen hätte.

Es war eine Szene wie aus einem Kitschfilm. Er benahm sich wie ein eifersüchtiges Weib, weinte und schrie.

»Was wird denn jetzt aus unserem Urlaub?«, fragte er etwas später, als er sich etwas beruhigt hatte.

»Das weiß ich im Moment noch nicht«, wich ich aus.

Mir war die Situation unglaublich unangenehm und ich konnte gerade keinen klaren Gedanken fassen.

Schon gar nicht konnte ich entscheiden, ob ich noch mit Hardy in die USA fliegen wollte.

Im Vorfeld hatte ich mir überlegt, eventuell doch mit ihm diesen Urlaub zu machen. Schließlich waren wir erwachsen und man konnte über alles reden.

Eine Entscheidung in dieser Sache wollte ich an diesem Abend auf gar keinen Fall treffen – ich war viel zu aufgewühlt. Auch Hardy ließ diesen Punkt im Raum stehen und bat mich darum, doch bitte in den nächsten Tagen anzurufen. Danach ließ ich ihn allein und fuhr zu Roman. Über meine momentanen Gefühle war ich mir allerdings nicht im Klaren. Einerseits war ich traurig, immerhin war es keine schlechte Zeit mit Hardy gewesen, andererseits fühlte ich mich erleichtert. Ich war frei für Roman! Jetzt gab es nur noch ihn und mich.

Womit ich allerdings nicht gerechnet hatte, war das, was in den nächsten Wochen auf mich zukommen würde. Roman hatte gerade in diesen Wochen oft tagelang in anderen Orten zu tun und wir sahen uns nicht sehr häufig. Telefonieren war allerdings an der Tagesordnung. Telefonieren tat auch Hardy und zwar immer öfter. Er wollte sich wieder mit mir treffen, etwas unternehmen, Essen gehen usw. Auf einmal konnte er richtige Gefühle zeigen und hin und wieder ließ ich mich zu einem Treffen überreden.

In dieser Zeit waren es wieder einmal Udo und meine beste Freundin, Lydia, die sich meine Geschichten anhören mussten und die ich immer wieder um Rat fragen konnte.

Mit Lydia war ich schon seit langer Zeit eng befreundet. Sie war vor vielen Jahren von Polen nach Deutschland gezogen. Eine schöne schlanke Frau mit kurzen blonden Haaren und blauen Augen. Sie arbeitete als Friseurin in einem Salon, in dem ich häufig Kundin war. So lernten wir uns kennen und mit der Zeit wurden wir die besten Freundinnen. Mir war es wichtig, dass Udo, Lydia und Roman sich kennenlernten und so trafen wir vier uns eines Abends in einer kleinen Bar. Die Männer unterhielten sich sehr schnell sehr angeregt und Lydia und ich konnten ein paar »Frauengespräche« führen. Mein Freund Udo teilte mir später mit, dass er Roman sympathisch finde, er aber etwas an ihm bemerkt habe, von dem er nicht so richtig wisse, was es genau sei. Komisch, wovon redete er?

Auch Roman äußerte sich positiv über Udo und meine Freundin war froh, dass sich diese wichtigen Menschen meines Lebens nun kannten.

Roman erzählte ich natürlich von den Treffen mit Hardy. Ich wollte ehrlich zu ihm sein. Zu meinem Erstaunen hatte er nichts dagegen. Das war wohl wieder so ein Männerding. Bloß nicht eingestehen, dass »er« eifersüchtig war. Nur keine Blöße zeigen. Ein bisschen merkwürdig fand ich es allerdings schon. Hätte ich doch nicht gewollt, dass er sich mit einer Ex-Freundin träfe. Aber andererseits war ich froh, dass er alles viel entspannter sah als Hardy.

An einem verschneiten Sonntag im März, ich hatte mit Roman gerade einen spannenden Film angesehen, fragte er plötzlich aus heiterem Himmel und ohne ersichtlichen Grund: »Kleines, was willst du mit so einem Typen wie mir? Wir passen doch eigentlich überhaupt nicht zusammen. Du mit deinem guten Job, deinem schönen Haus, deinen Bekannten und Freunden. Und ich mit einem Job, bei dem mir am Monatsende von dem verdienten Geld nicht viel übrigbleibt«.

Ich wusste, dass Roman viele Schulden hatte, aber das machte mir nichts aus.

»Ich bin ein Mann, der nie auf einen grünen Zweig kommen wird. Wieso bist du bei mir? Warum bist du so lieb zu mir? Ich kann das nicht verstehen«, sagte er mit traurig klingender Stimme.

Viel zu geschockt über seine Worte, die mich wie ein Blitz aus heiterem Himmel trafen, hätte ich keine tiefgreifende Erklärung abgeben können. Einen solchen Gefühlsausbruch hatte ich nicht erwartet und auch nicht kommen sehen. So sagte ich nur: »Weil ich dich liebe.«

Daraufhin kam er zu mir und nahm mich fest in seine Arme.

Als ich mich am nächsten Morgen von ihm verabschiedete, musste auch Roman zur Arbeit. Die Bühne war wieder einmal zu einem Gastspiel in einer anderen Stadt. Er war noch recht müde, gab mir einen Kuss und meinte dann: »Ich glaube, ich muss mir erst mal die Nase pudern.« Ich schaute ihn an und fragte:

»Die Nase pudern?«

Roman lachte und sagte: »Schneckchen, du bist einfach zu gut für diese Welt.«

Was sollte das nun wieder bedeuten? Ich hatte nicht die leiseste Ahnung. War das ein Code von Theaterleuten, oder sollte das ein schlechter Scherz sein, den ich nicht verstand? Es sollte nicht lange dauern und ich würde begreifen, was er mit Nase pudern meinte.

Dadurch, dass Roman viel unterwegs war, hatte ich wieder mehr Zeit für meine Freundinnen.

Wir trafen uns wieder öfter und es wurde viel über meine »neue Liebe« gesprochen. Mit Lydia und Jutta ging ich regelmäßig zum Fitnesstraining und anschließend wurde ein bisschen geklönt. Auch Jutta, die ich schon aus Jugendzeiten kannte, eine attraktive große Frau mit schwarzen halblangen Haaren und braunen Augen, die in meiner Nachbarschaft wohnte, war natürlich neugierig auf den neuen Mann in meinem Leben. Hatte ich ihn doch in den größten Tönen gelobt und immer wieder betont, wie toll Roman sei. Eines Abends kam uns eine tolle Idee.

»Weißt du was? Das Theater hat heute eine Aufführung in der Stadt und Roman ist bei den Technikern. Er muss also das Bühnenbild mit aufbauen. Dabei muss er sicher rein und raus und Sachen aus dem Lkw holen«, meinte ich zu Jutta. »Da kannst du ihn dir angucken.«

Sie war sofort dabei. Lydia hatte an diesem Abend etwas anderes vor und sie kannte Roman ja schon. So blieben nur Jutta und ich übrig.

»Klar, machen wir«, meinte Jutta lachend »und er sollte uns dabei besser nicht entdecken. Also los.«

Wie zwei Schulmädchen schlichen wir uns kichernd an die Lkw des Theaters heran und warteten auf Roman. Es dauerte ziemlich lange, bis Roman kam. Als er schließlich zu sehen war, musste auch Jutta zugeben, dass er was hatte. Ein sehr lustiger Abend. Allerdings waren wir uns beide einig, dass diese doch etwas kindische Aktion unter uns bleiben sollte.

Die Zeit verrann wie im Flug. Irgendwann bemerkte ich, dass etwas nicht stimmte. Je stärker meine Liebe zu Roman wurde, je mehr hatte ich das Gefühl, dass er sich immer weiter zurück zog, oder bildete ich es mir nur ein? Als wollte er mich nur bis zu einem gewissen Grad an sein Inneres herankommen lassen. Er war für mich ein Buch mit sieben Siegeln. Heute freundlich, aufmerksam und liebevoll. An einem anderen Tag wieder unnahbar, verstockt und verschlossen. Roman ging oft in eine kleine Kneipe in der Innenstadt. Traf sich dort mit Bekannten und blieb lange fort.

Von der Kneipe, die ich nur von außen kannte, sagte er: »Dort sehe ich meine Bekannten. Den Wirt kenne ich sehr gut. Aber dich würde ich dort nicht mit hinnehmen. Das ist nichts für eine Frau wie dich.''

Komisch, woher wollte Roman das eigentlich wissen? Wie schätzt er mich ein? Was für ein Bild hatte er von mir? Was war das für ein Schuppen, oder was verkehrten da für Typen, dass er mich nicht dabei haben wollte?«

Fragen, auf die ich keine Antworten hatte. Aber es verletzte mich, dass es anscheinend in seinem Leben Dinge gab, bei denen er mich unter keinen Umständen dabeihaben wollte.

Mir war klar, dass ich diesen Mann liebte, mit seiner teilweise empfindlichen Art, seiner Verletzlichkeit und seiner harten Schale. Ich würde schon hinter seine Geheimnisse kommen, dachte ich mir verdrossen. Schließlich hatte ich Zeit.

Die nächsten Wochen brachten alles gründlich durcheinander. Roman meldete sich immer weniger, Hardy dafür immer häufiger. Roman nachlaufen? Nein, das war nicht mein Ding. Dafür war ich viel zu stolz.

So kam es, dass ich mich wieder regelmäßig mit Hardy traf und die anfänglichen Hochgefühle für Roman ließen nach. Allerdings gab es immer wieder Tage oder Nächte, an denen ich mich nur nach Roman sehnte. Wenn Hardy keine Zeit hatte oder Ärger in der Luft lag, konnte es schon passieren, dass ich bei Roman anrief. Er freute sich immer über meine Anrufe. Oftmals trafen wir uns dann spontan, verlebten einen netten Abend oder eine erotisch aufregende Nacht mit viel Leidenschaft und danach ging jeder wieder seiner eigenen Wege. Ein Zustand, den ich so noch nie kennengelernt hatte, der aber durchaus seine Reize bot.

Hardy und ich entschieden, dass der Amerika-Urlaub nun doch wie geplant starten sollte. Wir trafen alle Vorbereitungen. Pläne wurden gemacht, Karten und Reiseführer studiert. Es machte enormen Spaß. Ich war mit meinem Exmann und meinem Sohn schon oft in den USA gewesen und hatte immer noch gute Freunde dort und so machte es mir große Freude, Hardy richtig neugierig auf das Land der unbegrenzten Möglichkeiten zu machen. Allerdings, so richtig neugierig schien er nicht zu sein.

Ganz tief in meinem Herzen war da allerdings ein Wunsch, den ich nicht aus dem Kopf bekam. Im Grunde wäre ich, wenn ich ehrlich zu mir war, wesentlich lieber mit Roman in dieses aufregende Land geflogen.

In mir war die leidenschaftliche Flamme der Begeisterung für Roman nicht gänzlich erloschen und ich konnte mir gut vorstellen, diesen Urlaub mit ihm zu verbringen und im Traum malte ich es mir aus, wie es wohl sein könnte.

Lydia, Jutta und Udo waren die Einzigen, die von diesen Wünschen und Träumen wussten. Zu Lydia sagte ich eines Tages: »Mit Hardy wird es ein total durchgeplanter, wenig aufregender Touristenurlaub und wahrscheinlich völlig langweilig. Ohne Höhen und Tiefen, eben absolut normal.«

Ich konnte mir immer weniger vorstellen, dass Hardy meine Begeisterung für das Land und die Leute teilen würde.

Wenn ich mit Roman fliegen könnte, bräuchte ich sicherlich keinen großen Koffer, sondern nur eine Reisetasche und wahrscheinlich würde es der Abenteuerurlaub schlechthin werden. Ich wusste, dass es sich gemein anhörte, aber ich hätte wer weiß was dafür geben, wenn ich mit Roman in Amerika hätte sein können. An meinen Gefühlen konnte ich nichts ändern.

»Na ja, da kannst du nichts machen und es wäre schade, wenn du dir dadurch den Urlaub verderben würdest«, meinte Lydia eines Abends. »Mit Hardy verstehst du dich doch zurzeit ganz gut und warum soll es nicht schön werden? Mach eben das Beste daraus und genieße die Zeit«, meinte sie und hatte damit sicherlich Recht.

Es war Samstagabend und Hardy und ich wollten mit einigen Freunden eine Diskothek in der Stadt besuchen. Mal wieder so richtig tanzen und Spaß haben, war das Motto. Für Hardy stand die Sache fest. Roman war nicht mehr aktuell und ich

gehörte wieder ganz zu ihm. Obwohl ich das so nie gesagt hatte. Männer können teilweise ganz schön eingebildet sein. Es wurde ein wirklich netter Abend. Alle hatten gute Laune mitgebracht und es gab immer etwas zu erzählen, bis ...
Ja, bis ich Roman an der Bar entdeckte.
»Bin gleich wieder bei euch", sagte ich und war schon verschwunden. Ging zu Roman, umarmte ihn stürmisch und war glücklich, ihn zu sehen.
»Hallo, Kleines, was treibt dich zu so später Stunde noch hierher?", war Romans Begrüßung.
Er freute sich ebenfalls und ehe ich es richtig merkte, hatten wir alle anderen vergessen und unterhielten uns angeregt über dies und das. Roman hatte den letzten Tag gearbeitet. Das Theater machte jetzt Sommerpause und da er nur einen Zeitvertrag hatte, stand es noch nicht fest, ob er nach der Sommerpause wieder eine Anstellung bekäme. Möglicherweise würde Roman arbeitslos.
Plötzlich fasste jemand von hinten um meine Taille, hielt mich ganz fest und fragte ziemlich ungehalten: »Wer ist das denn?«
Hardy wollte nicht länger warten und hatte mich gesucht.
»Roman«, war meine kurze, aber alles sagende Antwort.
»Ach, dann bist du also der Loser?«, meinte darauf Hardy und schlug Roman auf die Schulter.
Am liebsten wäre ich im Boden versunken. So peinlich war mir diese Situation. Gott sei Dank hatten meine Freunde die Situation durchschaut und retteten mich, in dem sie nicht lange fragten und mich einfach auf die Tanzfläche zerrten. Als ich nach einigen Minuten zurück kam, war Roman weg und Hardy ziemlich wütend.

»Das war also Roman? Warum musstest du so lange bei ihm rumstehen?«, fragte er, sichtlich sauer.

»Du hast dich unmöglich benommen«, erwiderte ich. »Wo ist er?«

»Mir doch egal, wahrscheinlich weg. Hoffe ich jedenfalls«, entgegnete Hardy säuerlich.

Ein Wort gab das andere und ich konnte mich nicht erinnern, wann ich in letzter Zeit so ärgerlich gewesen wäre. Ich ging los, um Roman zu suchen, fand ihn am anderen Ende der Disco und konnte nur sagen:

»Tut mir leid. Das war unmöglich von Hardy.«

»Du kannst nichts dafür und brauchst dich nicht für den Deppen entschuldigen, aber wenn ich eine Minute länger bei ihm stehengeblieben wäre, hätte er mit Sicherheit eine Tracht Prügel einstecken müssen. Der Kerl ist es aber nicht wert. Darum bin ich lieber gegangen.«

Roman hatte eine Stinkwut, wenn er auch versuchte, es zu überspielen.

»Wir sehen uns«, war alles was er noch sagte, dann ging er nach draußen.

Hardy, unsere Freunde und ich fuhren nach dieser Vorstellung nach Hause. Alle mit nicht gerade der besten Laune, wie sich denken lässt.

Es war Ende April und das Wetter wurde langsam besser. Ausgerechnet zu dieser Zeit fing sich Hardy eine Grippe ein und musste tagelang das Bett hüten. Er war ein wehleidiger Patient, typisch Mann, und erwartete, dass alle um ihn herum wären, ihn bedienten und bemitleideten. Er fühlte sich sterbenskrank.

Fast jeden Tag fuhr ich zu ihm und bewies dabei eine Engelsgeduld.

Allerdings hatte ich auch noch etwas anderes zu tun. Neben der Arbeit musste ich mich um meine Katzen kümmern. Sarah und Theo sollten auf gar keinen Fall zu kurz kommen. Ein kranker Hardy war jedenfalls mit Sicherheit nicht meine allerliebste Freizeitbeschäftigung. Meine Nerven litten in der Zeit extrem und ich wollte einfach nur wieder Zeit für mich und meine Tiere haben.

Deshalb nahm ich mir den 1. Mai von Hardys Krankenpflege frei. Der Tag war erstaunlich warm. Herrlicher Sonnenschein, blauer Himmel. Es kam richtig ein Sommergefühl auf. Ich frühstückte zusammen mit Lydia und Udo, die ich schon eine Weile nicht mehr gesehen hatte. So konnten wir endlich wieder einmal in Ruhe reden, ohne gestört zu werden. Das tat uns sehr gut und es gab viel zu lachen.

Kurz nach Mittag ging das Telefon. Hardy war dran. Er fühlte sich allein und meinte, er sei krank, und ich möchte doch bitte, bitte kommen und ihn besuchen.

»Na gut«, stimmte ich nach einiger Zeit maulend zu. »Meine Freunde fahren gleich und danach komme ich zu dir.«"

Lust hatte ich überhaupt nicht. Der Vormittag war nett gewesen und ich wollte mir den Rest des Tages nicht von einem nörgelnden, kranken Mann verderben lassen.

Gerade als ich losfahren wollte, klingelte mein Handy. Als ich mich meldete, hörte ich am anderen Ende: »Hey, ich bin es, Roman. Du musst unbedingt zu mir kommen. Ich sitze hier im Beau-Café und du musst mich unbedingt retten.«

Nein, bitte nicht noch einer, der mich brauchte. Langsam wurde mir das alles zu viel und ich hatte das Gefühl, als würden die Männer an mir herumzerren und mir immer mehr Kraft rauben. Das konnte nicht gut sein.

»Meine Güte, Roman, was ist denn mit dir los? Geht's dir noch gut? Mal meldest du dich, wer weiß wie lange überhaupt nicht, und jetzt soll ich dich retten. Vor wem oder was eigentlich?«, fragte ich leicht genervt.

»Wahrscheinlich vor mir selbst«, kam die Antwort niedergeschlagen von ihm.

»Ich bin gerade auf dem Weg zu Hardy. Der ist krank und ich soll ihn besuchen, weil es ihm doch so schlecht geht. Tut mir leid, aber heute habe ich keine Zeit«, musste ich ihm erwidern.

»Er wird es schon überleben. Außerdem brauche ich dich viel mehr. Wir könnten ja bei dem herrlichen Wetter zum Baggersee fahren und uns einen schönen Nachmittag machen. Komm bitte, so schnell du kannst«, bettelte er weiter.

Roman ließ nicht locker und ganz nüchtern hörte er sich auch nicht mehr an. Aber ein Nachmittag bei dem Wetter am Baggersee reizte mich. Ich musste mich also entscheiden: Den Nachmittag bei Hardy am Bett verbringen und sein Gejammer anhören oder aller Wahrscheinlichkeit nach, einen lustigen Ausflug zum See machen, mit einem, wie es schien, nicht ganz nüchternen Roman. Okay, alles war besser als Krankenschwester spielen. Ich sagte daher Roman zu, rief bei Hardy an, und erklärte, dass ich erst später kommen würde, wenn überhaupt. Er war nicht gerade erfreut.

Danach wendete ich mein Auto und fuhr zu Roman. Ich hatte zwar ein etwas schlechtes Gewissen, aber die Freude auf ein Treffen mit Roman überwog.

Da war etwas, das zog mich immer wieder zu ihm hin. Ob es Liebe war? Nein, da war ich mir schon lange nicht mehr sicher. Vielleicht reizte mich nur dieses pulsierende Leben. Ein Leben, das so ganz anders war als meins.

Roman saß mit einigen Bekannten vor dem Café in der Sonne. Dieses Café war allerdings mehr eine »Szene-Kneipe« als ein netter Ort zum Kaffeetrinken. Keiner der Gäste war mehr nüchtern. Wahrscheinlich der Wirt ebenso wenig. Roman freute sich, mich zu sehen, fragte, was ich trinken wolle und stellte mich seinen Bekannten vor. Die ganze Bande war am Knobeln. Es wurde geredet und getrunken, man lachte und machte Witze.

»Was meintest du eigentlich mit retten und wann wollen wir zum See?«, fragte ich ihn, nachdem ich mir die ganze Sache eine Zeitlang angesehen hatte.

»Genau das meinte ich. Jetzt komme ich hier wenigstens weg und versacke nicht vollends. Wir sind sowieso schon seit zwei Tagen nur noch auf Sendung. Meine Kollegen vom Theater, Axel und Carl, kommen auch mit. Ist doch in Ordnung, oder?« Roman setzte einen Unschuldsblick auf und ich musste lachen.

»Na, dann kommt jetzt aber.«

Ich hatte keine Lust mehr zu warten. Die drei Männer erhoben sich endlich von ihren Sitzen, zahlten und stiegen zu mir ins Auto.

Wir vier verbrachten einen herrlich ausgelassenen Nachmittag am Baggersee. Romans Freunde waren nett und wir hatten eine Menge Spaß zusammen. Gegen Abend fuhren wir wieder zum Beau-Café. Die Männer wollten noch eine Runde Karten spielen und etwas trinken.

»Auf einen Kaffee komme ich mit. Danach fahre ich«, sagte ich.

»Wo willst du denn hin?«, fragte Roman.

Als ich ihm sagte, ich wolle zu Hardy fahren, war Roman beleidigt.

»Du willst ja doch bei deinen Freunden bleiben und ich habe dazu keine Lust. Außerdem habe ich Hunger.«

»Wenn du möchtest, können wir zusammen gehen und etwas essen«, schlug Roman vor.

Er wollte mich partout nicht zu Hardy lassen.

»Dann aber bitte jetzt sofort«, verlangte ich und tatsächlich stand Roman auf, verabschiedete sich und kam mit mir.

Wir fuhren in eine nette, kleine Pizzeria in der Stadt, suchten uns einen Tisch, der etwas abseits stand, damit wir uns in Ruhe unterhalten konnten, und bestellten eine Kleinigkeit zu Essen und eine Sangria.

Roman hatte sich zwar den ganzen Nachmittag über bewusst lustig gegeben, aber ich merkte, etwas stimmte nicht mit ihm.

Gut, er war nicht mehr nüchtern, aber so richtig betrunken fand ich ihn nun auch nicht. Also was war bloß los mit ihm? Darauf angesprochen, rückte Roman mit der Sprache heraus.

»Das mit der Wohnung wusste ich. Da musste ich sofort ausziehen. Der Vermieter hatte mir von Anfang an gesagt, dass das Haus renoviert und umgebaut wird. Darum war die

Miete nur ganz gering. Damit, dass es so schnell kommen würde, habe ich aber leider nicht gerechnet. Mein Fehler. Jetzt bin ich erst einmal bei meinem Ex-Schwager untergekommen und eventuell kann ich die Wohnung von einer Kollegin übernehmen.«

Er hörte sich sehr resigniert an. Der Gedanke, möglicherweise auf der Straße zu sitzen, gefiel ihm gar nicht. Ich versuchte, ihn etwas zu beruhigen, wusste aber auch keine Lösung für sein Problem.

»Warum bist du immer so lieb zu mir, das habe ich nicht verdient. Was findest du überhaupt an mir? Du weißt doch genau, was mit mir los ist«, jammerte Roman. Mittlerweile hatte der Alkohol seine Wirkung entfaltet.

»Ich habe dich sehr lieb, ich mag dich und bin gern mit dir zusammen«, konnte ich nur darauf erwidern.

»Aber du weißt, was mit mir los ist?«, hörte ich Roman fragen und ich antwortete: »Ja.«

Ich hatte mittlerweile eine leise Vorahnung, war mir aber nicht zu hundert Prozent sicher, ob meine Ahnung die Richtige war.

»Komm, ich zeige dir das Haus, in dem ich demnächst hoffentlich wohnen werde«, sagte Roman nach dem Essen.

Wir fuhren also dort hin. Es war eine schöne, ruhige Wohngegend. Nicht sehr weit bis zum Stadtzentrum, aber auch nahe am Wald gelegen.

Da es noch nicht spät war, machten wir einen ausgedehnten Spaziergang. Wir redeten, lachten und benahmen uns wie ausgelassene, übermütige Kinder.

Kein Gedanke an den nächsten Tag oder irgendwelche Probleme. Keiner wollte diesen Tag beenden und so kam die Frage auf:

»Was machen wir heute Nacht? Im Wald können wir schlecht übernachten. Zu meinem Schwager kann ich dich nicht mitnehmen und zu dir nach Hause ist es zu weit.« Roman war etwas ratlos. Mir fiel nur mein Auto ein. Das war aber nicht gerade bequem für eine Nacht.

Nach einigem Hin und Her beschlossen wir, uns ein Hotelzimmer zu nehmen. Beim ersten Hotel hatten wir kein Glück, alle Zimmer waren belegt. Beim zweiten klappte es und so hatten wir das Problem mit der Übernachtung gelöst. Wir amüsierten uns köstlich darüber, dass wir uns ein Hotelzimmer nehmen mussten, obwohl Roman in der Nähe wohnte und auch mein Haus durchaus zu erreichen gewesen wäre. Aber da wohnte gerade Lydia.

Sie hatte Ärger mit ihrem Freund und nahm sich bei mir eine kleine Auszeit. Gerne hatte ich sie bei mir aufgenommen, gab uns das doch die Möglichkeit, etwas mehr Zeit zusammen zu verbringen.

Als ich Lydia anrief und ihr sagte, dass ich die Nacht mit Roman verbringen würde, verstand sie es sofort und sagte:»Macht euch eine schöne Zeit, um deine Fellbälle kümmere ich mich, die machen mir so viel Spaß.«

Nachdem ich mich herzlich bei ihr bedankt hatte, wendete ich mich wieder Roman zu.

»Ich gehe mal eben nach unten", sagte Roman und als er wiederkam, hatte er eine Flasche Sekt und zwei Gläser in der Hand. »Na dann, auf eine schöne Nacht«.

Die wurde es und am Morgen kamen wir beide reichlich schwer aus den Federn. Nach einem guten Frühstück war es für mich allerhöchste Zeit zu fahren.

Ich wollte auf jeden Fall pünktlich in der Firma sein und vorher noch mit Lydia sprechen. Unzuverlässigkeit war noch nie mein Ding gewesen und so fuhr ich Roman schnell zur Wohnung seines Schwagers, verabschiedete mich stürmisch von ihm und bat um seinen Anruf in den nächsten Tagen.

»Das war ein schöner 1. Mai«, erzählte ich meiner Freundin mit einem vielsagenden Lächeln und dann genossen wir einen starken Kaffee, den Lydia schon bereitgestellt hatte.

Wie gut, dass ich da noch nicht wusste, dass ich Roman in der nächsten Zeit nicht wiedersehen würde, sonst hätte dieses schöne, warme Gefühl schlagartig ein jähes Ende genommen.

Als ich am nächsten Tag zu Hardy kam, hatte ich einiges zu erklären. Der arme Kranke war heftig beleidigt und er machte mir ordentliche Vorwürfe. Es dauerte über eine Stunde, bis er sich wieder beruhigt hatte.

»Puh, noch mal geschafft«, dachte ich und versuchte, besonders nett zu sein. Aber meine Gedanken und mein Herz waren bei Roman. Manchmal verstand ich mich selbst nicht. Roman war nun wirklich nicht das, was meine Familie »standesgemäß" genannt hätte. Meinen Gefühlen war es allerdings vollkommen gleichgültig.

Als in den nächsten Tagen kein Anruf kam und ich auch sonst nichts von Roman hörte, war ich zunächst enttäuscht und verärgert, dann fing ich an, mir Sorgen zu machen und versuchte meinerseits ihn zu erreichen.

Er war nicht zu erreichen. Von Roman fehlte wieder einmal jede Spur.

Erst Wochen später, ich hatte mir vorgenommen an diesem herrlichen Frühsommertag einen ausgiebigen Stadtbummel zu machen, rief mir jemand zu: »Hallo meine Süße, wo willst du hin?«

Das konnte ja wohl nicht wahr sein, Roman – und er tat so, als wäre nichts gewesen.

»Ich wollte dich schon für tot erklären lassen. Warum hast du mich nicht mal angerufen?«, rief ich verärgert.

»Sorry, ich hatte so viel um die Ohren. Aber du hast Recht. Ich hätte anrufen sollen. Kannst du mir noch mal verzeihen?«, lachte er und ging ganz locker über diese Angelegenheit hinweg.

Auf Stress hatte ich keine Lust. Außerdem freute ich mich viel zu sehr darüber, dass wir uns getroffen hatten. Aus meinem Stadtbummel wurde an diesem Tag nichts mehr. Stattdessen plante ich um und fuhr mit Roman an einen nahegelegenen Stausee.

Wesentlich besser als in der schwülen Stadt, an einem so schönen Tag. Ich erfuhr, dass Roman in der Zwischenzeit in die neue Wohnung gezogen war.

Er fühlte sich dort richtig wohl, wie er bekräftigte. Die Wohnung war zwar klein und lag im Dachgeschoss, war für ihn aber optimal. Nach ein paar Stunden am See brauchten wir zwei dieses Mal kein Hotelzimmer zu buchen.

Wann hatte Roman eigentlich das erste Mal mit mir darüber gesprochen? Ich konnte später diesen Tag nicht mehr genau bestimmen. Vielleicht weil es mich am Anfang so erschreckt hatte.

Jedenfalls wusste ich, dass Roman mit Drogen zu tun hatte und in den einschlägigen Kreisen kein unbeschriebenes Blatt war.

Wenn er mit mir zusammen war, hielt er sich immer zurück und ich hatte nie gesehen, dass er Drogen nahm.

Was mich dann jedoch sehr überraschte, war ein Gespräch mit einem meiner Kollegen.

»Kann ich mal ganz im Vertrauen mit Ihnen sprechen?«, fragte mich Herr Heiden. »Die Sache muss aber wirklich unter uns bleiben.«

Dass er überhaupt den Mut hatte, lag bestimmt daran, dass er ein paar Bierchen zu viel getrunken hatte und ich mit ihm allein im Büro war. Herr Heiden erzählte mir, dass er schon viel in seinem Leben gemacht habe und kein Kind von Traurigkeit sei, aber eine Sache müsse er unbedingt noch ausprobieren.

Ich war neugierig und fragte: »Und was für eine Sache wäre das?«

Mein Kollege druckste herum, rückte dann aber mit der Sprache raus. »Ich habe mit meinen 54 Jahren noch nie Hasch geraucht oder andere Sachen in dieser Richtung ausprobiert, und ich habe gehört, dass Sie einen Bekannten haben, der eventuell an so etwas herankommen könnte. Ist das richtig?«

Ich glaubte im ersten Moment, nicht richtig gehört zu haben. Wollte er nur etwas antesten oder war das sein Ernst? Die Buschtrommeln jedenfalls schienen sehr gut zu funktionieren. Nach etlichen weiteren Erklärungen und Fragen war ich mir absolut sicher. Er meinte es, zu meinem Entsetzen, tatsächlich ernst!

»Na ja, sagte ich. Bekommen kann man letzten Endes alles, aber wie hatten Sie sich das gedacht?«

Es stellte sich heraus, dass die anderen Kollegen ebenfalls darüber gesprochen hatten. Nur hatte sich keiner getraut, mich zu fragen. Eine konkrete Idee war jedenfalls nicht vorhanden. Bei der nächsten Bürofeier könnte man doch einfach mal ein paar Kekse mit »etwas darin« backen, sofern man etwas hätte.

»Ich kann mich mal umzuhören. Verspreche aber nichts«, entgegnete ich. »Kekse mit Drogen backen«, murmelte ich. »Das glaube ich einfach nicht.«

Ich schüttelte ungläubig den Kopf. Irgendwie konnte ich alles, was ich da gerade gehört hatte, kaum fassen. Ich selbst hatte noch nie Drogen genommen. Hatte keine Ahnung, was es da so alles auf dem Markt gab. Und Kekse? War das überhaupt möglich, mit Drogen Kekse zu backen?

»Fragen kostet nichts«, dachte ich mir und nahm mir vor, Roman danach zu fragen.

Als ich Roman von diesem Gespräch erzählte wurde er ziemlich ärgerlich und ging erst einmal davon aus, dass ich geplaudert hatte. Es dauerte eine Weile, bis er mir glaubte, dass dem nicht so war. Meine Kollegen kannten seinen Namen und irgendjemand musste ihn mit der Drogenszene in Verbindung gebracht haben.

Wie dem auch sei, es war ärgerlich, aber nun nicht mehr zu ändern.

Schlussendlich sagte Roman: »Wissen die überhaupt, was sie da vorhaben? Die haben keine Ahnung, wie man mit solchen Sachen umgeht. Das kann richtig nach hinten losgehen! Von mir aus besorge ich dir was, sag aber bitte nicht, dass du das Zeug von mir hast, und solltest du bei dem Blödsinn mitmachen, sei bitte vorsichtig. Ihr habt keinerlei Erfahrung mit so einem Zeug und jeder reagiert unterschiedlich. Also sei vorsichtig! Nimm nur ganz wenig von den Keksen. Lieber wäre es mir allerdings, ihr würdet die ganze Sache sein lassen.«

Die interne Bürofeier, die meine Kollegen planten, wurde erst für einen Monat später geplant und so hatte alles noch Zeit. Die Feier sollte nur für unsere Abteilung sein, nicht für die ganze Firma. Alle Mitarbeiter waren selten unter einen Hut zu bekommen. Unsere Abteilung traf sich gerne von Zeit zu Zeit auch außerhalb der Arbeitszeit, da wir uns alle sehr gut verstanden. In der Zwischenzeit kamen auf Roman und mich ganz andere Ereignisse zu. Ereignisse, die mein Leben entscheidend beeinflussen sollten.

Kapitel 3

Für den Amerikaurlaub war in der Zwischenzeit alles arrangiert worden und die komplette Planung mittlerweile abgeschlossen.

Als erstes standen vier Tage New York auf Hardys und meinem Programm. Wir hatten ein Doppelzimmer im »Doral-Inn« in der Park Avenue gebucht. Das 4-Sterne-Hotel lag sehr zentral, mitten in Manhattan Midtown, gegenüber des »Walldorf-Astoria«. Von hier aus sollte es weiter nach Sandusky gehen, einer kleinen Stadt am Eriesee. Eine Freundin von mir, Mellanie, die ich schon viele Jahre nicht mehr gesehen hatte, wohnte dort mit ihrer Familie und so konnten wir einen Besuch bei ihr mit unserer Reise verbinden.

Mellanies Mann Kenneth war ein bekannter Augenchirurg mit eigener Klinik, wo sie ihn auch kennen- und lieben gelernt hatte, als sie dort als Krankenschwester gearbeitet hatte. So, wie man das oft in den Soap-Opern erlebt! Mittlerweile hatten die beiden zwei Kinder und lebten in einem großen, eleganten Haus am Eriesee.

Aus einer zufälligen Urlaubsbekanntschaft war mit der Zeit eine tiefgehende Freundschaft geworden, die ich nicht missen wollte.

Die letzten Tage sollten an den Niagarafällen, den Wasserfällen des Niagaraflusses an der Grenze zwischen dem US-amerikanischen Bundesstaat New York und der kanadischen Provinz Ontario verbracht werden.

Ein wirklich interessantes Programm hatten wir uns zusammengestellt und der Abreisetag rückte immer näher. Hardy hatte sich gegen eine Reiserücktrittversicherung ausgesprochen. Er meinte, die würde nur unnötig Geld kosten und so hatten wir keine abgeschlossen.

Sechs Wochen vor Abflug war der gesamte Reisebetrag fällig. Ich bat Hardy, seine Hälfte zu überweisen. Er hatte das Geld aber schon von seinem Konto abgehoben und gab es mir in bar.

»Erledige du das bitte für mich mit«, bat er und übergab mir den gesamten Betrag. Am darauffolgenden Tag fuhr ich ins Reisebüro, um den Urlaub zu bezahlen.

»Jetzt gibt es kein Zurück mehr. Wenn wir nicht fliegen, ist das ganze Geld futsch«, sagte ich abends zu ihm.

»Ist doch klar, dass wir fliegen«, war seine Antwort und wir freuten uns auf eine schöne Zeit in einem herrlichen Land.

Eine Woche später hatte ich mir den Nachmittag freigenommen. Ich wollte mich mit Roman und ein paar Bekannten in der Stadt treffen. Uwe, Romans Schwager, gehörte eine urige Kneipe und wir beschlossen, dort den Nachmittag zu verbringen. Abends wollte ich zu Hardy fahren. Ich verabschiedete mich später als geplant und fuhr zu ihm. Hardy war wider Erwarten nicht ärgerlich über meine Verspätung.

Er war irgendwie nervös und benahm sich eigenartig. Ich setzte mich und beobachtete ihn, wie er merkwürdig hektisch in der Wohnung herumwirbelte. Nach etwa zehn Minuten wurde mir die Sache zu dumm. Als ich ihn nachdrücklich fragte, bekam ich eine Antwort, mit der ich niemals gerechnet hätte:

"Ich fliege nicht mit nach Amerika. Ich kann nicht«, sagte Hardy.

Ich glaubte im ersten Moment, nicht richtig gehört zu haben.

»Bitte, was hast du gerade gesagt?«

»Du hast es schon richtig verstanden. Ich kann nicht mit dir nach Amerika fliegen.«

»Könntest du mir eventuell den Grund dafür nennen?«

»Tut mir leid, aber ich habe eine andere Frau kennengelernt.«

»Dass du ja wohl nicht mehr ganz normal bist, ist ja wohl klar!« entgegnete ich ihm entgeistert. »Der Urlaub ist bezahlt und du bekommst das Geld nicht zurück. Das weißt du doch."

»Ja, aber man könnte noch einmal mit dem Reisebüro reden. Möglicherweise kann ich einen Teil zurückbekommen."

»Das kannst du vergessen. Wer wollte denn keine Reiserücktrittversicherung abschließen? Wie lange kennst du die gute Frau schon?«, wollte ich aufgebracht und verwirrt wissen und wurde von Minute zu Minute wütender. Nicht genug damit, dass er mir so einfach eine andere Frau präsentierte. Nein, er war gerade dabei, mir den Urlaub so richtig zu verderben und das ärgerte mich mehr als alles andere.

Alleine wollte ich nicht nach Amerika und schon gar nicht wollte ich vier Tage ohne Begleitung in New York verbringen. Die Aussichten ließen mich nicht gerade vor Freude jubeln.

»Was spricht denn dagegen, dass wir den Urlaub trotzdem zusammen machen?« fragte ich ihn.

»Ich kenne Elke schon länger. Habe sie das erste Mal getroffen, als du mit mir Schluss gemacht hast. Da war aber noch nichts. Vor einer Woche habe ich sie wiedergesehen«, gestand mir Hardy zerknirscht.

»Hast du schon mit ihr geschlafen?«

Diese Frage konnte ich mir nicht verkneifen.

»Nein. Sie würde es aber nicht verstehen, wenn ich jetzt noch mit dir in den Urlaub fliegen würde.«

»Weißt du überhaupt, was für ein Idiot du bist? Gibst so eine Reise auf und kennst die Frau nicht mal richtig. Bei dir muss mit Sicherheit eine Schraube locker sein«, blaffte ich ihn wütend an.

Die Unterhaltung wurde immer lauter und steigerte sich bis zum handfesten Krach. Ich schrie Hardy zum Schluss an, er solle mich ja nie wieder anrufen, knallte danach die Tür zu und lief völlig aufgelöst und mit Tränen der Wut in den Augen zu meinem Auto. Erst als ich schon einige Kilometer gefahren war, kam zu der Wut auch die Traurigkeit. Die Beziehung war endgültig zu Ende und was sollte nun aus dem Urlaub werden? Vor lauter Tränen sah ich kaum noch die Straße. Ich fuhr an den Straßenrand und heulte wie ein Schlosshund. Als ich mich langsam wieder beruhigt hatte, schoss mir ein Gedanke durch den Kopf: Roman. Das Ticket war schließlich bezahlt. Warum es verfallen lassen?

Das kam überhaupt nicht in Frage. Außerdem kannte ich den Inhaber des Reisebüros seit Jahren, und der würde sicher dafür sorgen, dass Hardy nicht einen Euro zurückbekäme. »Strafe muss sein!« Bei diesem Gedanken ging es mir allmählich wieder besser.

Wahrscheinlich würde ich Roman bei seinem Schwager in der Kneipe finden. Also fuhr ich hin. Tatsächlich war er dort. Als er mich mit meinem verheulten Gesicht sah, schaute er verdutzt und fragte mich, was denn los sei.

Eine Antwort auf seine Frage bekam er ausführlicher, als ihm lieb war und am Ende der Geschichte fragte ich ihn: »Könntest du es irgendwie möglich machen, dass du mit mir nach Amerika fliegst?«

»Das ist absolut nicht drin. Dafür fehlt mir das nötige Kleingeld. Das kann ich mir nicht leisten«, sagte er betrübt.

»Du brauchst nichts zu bezahlen. Das Flugticket ist bereits bezahlt. Mir würdest du einen Riesengefallen tun, denn alleine fliege ich nicht, und für dich hieße es, einmal USA für lau. Du musst nichts weiter aufbringen als das Geld für Verpflegung, Benzin etc. Es wäre uns beiden geholfen. Du könntest wieder einmal Urlaub machen und ich bräuchte nicht darauf zu verzichten. Wenn ich mir dann auch noch das dumme Gesicht von Hardy vorstelle, sobald er das hört«, lachte ich schon wieder ganz entspannt und bettelte: »Bitte komm mit.«

Es dauerte eine Weile, in der Roman hin und her überlegte. Aber zu guter Letzt willigte er ein. Ich hätte vor Freude einen Luftsprung machen können. Jetzt wurde der Urlaub doch so, wie ich ihn mir Anfang des Jahres erträumt hatte. Die Trauer um das Ende der Beziehung mit Hardy trat augenblicklich in den Hintergrund. Er wollte es ja nicht anders.

Als ich an diesem Abend zu Hause war, rief ich Lydia an und erzählte ihr alles bis ins kleinste Detail. Lydia war erst sprachlos, musste dann aber herzlich lachen und sagte: »So hast du jetzt alles, was du wolltest! Den Amerika-Urlaub mit Roman. Wie hast du das bloß wieder hingekriegt?«

»Nicht ich. Hardy hat das geschafft und ich glaube, ich bin ihm richtig dankbar dafür«, lächelte ich verschmitzt.

»Na dann, auf einen schönen Urlaub!" Wir beiden unterhielten uns noch eine ganze Weile. Danach wurde es allerhöchste Zeit für mein Bett. Nach der ganzen Aufregung, brauchte ich eine Mütze Schlaf!

Wenn ich glaubte, ich würde Roman erst kurz vor dem Urlaub wiedersehen, hatte ich mich gründlich geirrt. In der letzten Zeit hatte er sich kaum gemeldet, aber nun rief er jeden Tag an und wir trafen uns fast täglich. Abends, nach der Arbeit, gingen wir in einen der zahlreichen Biergärten der Stadt, fuhren zum See oder machten es uns in Romans Wohnung gemütlich.

Meistens waren wir allerdings unterwegs, denn ein Tag dieses herrlichen Sommers war wärmer als der andere und so hielt man es in der Wohnung nie lange aus. Das Wetter musste ausgenutzt werden.

Hardy versuchte einige Male bei mir anzurufen. Doch jedes Mal legte ich den Hörer sofort wieder auf. Ich war immer noch erbost und nahm ihm sein Verhalten wirklich übel. Beim Reisebüro probierte er, wenigstens einen Teil des Geldes zurückzubekommen. Allerdings hatte er keinen Erfolg. Peter vom Reisebüro hatte alles mit mir besprochen und das Ticket war schon auf Romans Namen umgeschrieben worden. Pech für Hardy auf der ganzen Linie.

Kapitel 4

Die Bürofeier in meiner Firma stand ins Haus. Roman hatte die gewünschten »Zutaten« für die »Haschkekse« besorgt und Elmara, meine sympathische blonde Kollegin, mit der ich schon seit zehn Jahren zusammenarbeitete, wollte sie backen. Wir waren sehr gespannt und über absolute Geheimhaltung waren wir uns alle im Klaren. Diese Sache ging keinen außerhalb des Büros etwas an. Roman warnte nochmals, bloß nicht zu viel zu essen, aber er hatte es schließlich Erwachsenen gegeben und die mussten wissen, was sie taten, sollte man meinen. Manchmal können Erwachsene allerdings schlimmer als Kinder sein. So auch in diesem Fall.

Alle im Büro waren gespannt. Insgesamt waren wir zu fünft: Herr Heiden, der Vertriebsleiter, Gerd, Rainer, Elmara und ich. Die Getränke standen auf dem Tisch und alle warteten auf die Kollegin mit den Haschkeksen. Da Elmara noch beschäftigt war, fingen wir schon einmal mit den Getränken an. An Bier, Sekt und Wein fehlte es nicht und Gerd hatte ein paar belegte Brötchen besorgt.

»Damit wir zwischen den süßen Sachen etwas Deftiges haben«, meinte er. Elmara kam eine Stunde später und hatte einen eigenartigen Gesichtsausdruck.

»Endlich bist du da. Wir warten schon sehnsüchtig«, flachste Rainer.

»Hast du alles dabei?«

»Ja, aber mir ist vom Backen ganz komisch. Darum komme ich so spät. Von den Keksen brauche ich nichts mehr zu essen«, teilte sie uns mit und ihre grünliche Gesichtsfarbe sprach Bände.

»Natürlich probierst du. Alle oder keiner«, meinte Gerd und ließ nicht locker.

Elmara versuchte eine Weile, sich zu drücken, wurde aber von uns überredet, doch einen Keks zu nehmen. Alle nahmen einen halben Keks und mit gemischten Gefühlen wurde dieser gegessen.

Auf die Wirkung waren alle neugierig, denn bis dahin hatte keiner von uns jemals mit Rauschgift zu tun gehabt. Warum an diesem Tag die Neugierde siegte, hätte keiner sagen können. Nach einer halben Stunde fragte Gerd: "Merkt einer was?«

Köpfe wurden geschüttelt und da schon einiges an Alkohol getrunken worden war, hatten wir alle den Mut, noch mehr von den Keksen zu essen.

Ich hatte von vornherein angekündigt, dass ich nicht lange bleiben würde, da ich nach der Feier zu Roman wollte, um mit ihm gemütlich zu essen. Nach etwa zwei Stunden waren Gerd, Elmara und Rainer mehr als lustig. Herr Heiden behauptete immerzu, von den Keksen nichts zu merken und ich wusste nicht so genau, wie ich mich fühlte. Etwas merkwürdig sicherlich. Das konnte aber auch vom Alkoholgenuss kommen, da ich sonst selten Alkohol trank, dachte ich bei mir. Als ich mich verabschiedete, wollten meine Kollegen mich nicht gehen lassen. Es sei gerade so schön und ich solle bleiben. Außerdem seien Kekse übrig. Ich blieb noch kurze Zeit bei ihnen und aß einen weiteren Keks. Danach ließ ich mich nicht mehr aufhalten.

Kaum das ich in meinem Auto saß, brach es wie ein Donnerwetter über mir zusammen. Schwindelanfälle, Schüttelfrost und Übelkeit reichten sich abwechselnd die Hand. In einem klaren Moment suchte ich nach meinem Handy, fand es nach einer Weile und rief Roman an. »Heute musst du mich retten, ich weiß überhaupt nicht, ob ich noch lebe«, keuchte ich in den Hörer.

Roman, der sofort wusste, was los war, ließ sich erklären, wo ich war und befahl mir, mich nicht mehr von der Stelle zu rühren.

»Bleib ganz ruhig. Es passiert dir nichts. Ich bin gleich bei dir. Bleib bitte so ruhig, wie du kannst.«

»Beeil dich!« Mehr brachte ich nicht mehr heraus.

Das Schlimmste war, dass Roman lachte, als er die Autotür öffnete.

»Konntest du wieder nicht hören? Wohl etwas zu viel von den Keksen genascht? Ich habe dich gewarnt«, kam es amüsiert von ihm.

So froh ich war, ihn zu sehen, solche Sprüche hatten mir gerade noch gefehlt. Selbst wenn er tausendmal Recht hatte, im Moment wollte ich davon absolut nichts wissen. Roman setzte sich zu mir ins Auto, nahm mich in seine starken Arme und versuchte mich zu beruhigen. Ihm waren die Symptome sehr wohl bekannt. So was kam hin und wieder vor. Er wusste, dass ich noch nie etwas mit Drogen zu tun gehabt hatte. Ich tat ihm zwar leid, aber über meine Dummheit und Ahnungslosigkeit musste er insgeheim lachen. Nach einer Weile ging es mir wieder besser. Wir blieben eine Weile im Auto sitzen und beschlossen dann, doch noch zum Essen zu gehen.

Roman schlug ein Steakhaus vor, in dem es sehr gute Salate gab, was für mich als Vegetarierin wichtig war. Ich war einverstanden, denn ich hatte mit einem Mal großen Hunger. Wir fuhren hin, suchten uns einen gemütlichen Tisch und bestellten das Essen.

Gerade, als es auf dem Tisch stand, fingen meine Augen an, verrückt zu spielen. Der Raum wurde abwechselnd größer und kleiner, das Schwindelgefühl kam zurück und ich konnte gerade noch sagen: »Bitte, bezahle du«, bevor ich aus dem Restaurant stürzte.

Roman fand mich im Auto wieder, kreidebleich. Wie es mir ging, brauchte er nicht mehr zu fragen.

Er brachte mich in seine Wohnung, legte mich aufs Sofa und versuchte, mich zu beruhigen. Ich wusste nicht mehr, was da mit mir passierte, hatte Angst und schwor mir, so ein Zeug nie wieder zu nehmen. Was sollte daran wohl schön sein? Das war ja nur entsetzlich. In der kommenden Nacht wanderte ich zwischen Sofa und Toilette hin und her. Nur gut, dass Roman bei mir war. Als es mir gegen Morgen besser ging, versuchte Roman nochmals zu erklären, was passiert war.

»Mag sein, dass ich zu viel von den Keksen gegessen habe. Das ist mir scheißegal. So ein Zeug rühr ich nie wieder an. Das kannst du mir glauben«, sagte ich ihm und wollte diesen Tag nur noch so schnell wie möglich vergessen.

Erst Monate später erfuhr ich, dass es meinen Kollegen nicht viel besser ergangen war. Obwohl alle behaupteten, sie hätten nichts von den Keksen gemerkt. Angeblich hatten sie nur etwas zu viel getrunken. Um mir keine Blöße zu geben, erzählte ich daraufhin nichts von meinen negativen Erfahrungen. Es kam auch niemand mehr auf die Idee, über das Thema zu reden oder wieder eine Bürofeier mit Haschkeksen zu planen.

Kapitel 5

Ich pendelte in den nächsten Wochen zwischen meiner und Romans Wohnung hin und her. Irgendwie musste ich alles unter einen Hut bringen. Die Arbeit durfte nicht vernachlässigt werden. Für die zwei Katzen musste ebenfalls Zeit geschaffen werden. Roman wollte mich so oft wie möglich sehen und meine Freunde sollten auch nicht zu kurz kommen.

Dass mein Leben zurzeit langweilig war, konnte ich gerade nicht behaupten.

In den kommenden Tagen und Nächten kamen Roman und ich uns immer näher. Unser Vertrauen wuchs stetig. Für Roman war das sehr ungewöhnlich, denn er hatte seit langem keinem Menschen mehr vertraut. Das sagte er mir auf einem romantischen Spaziergang, durch blühende Wiesen bei strahlendem Sonnenschein.

Zwei Tage später kam Roman eine halbe Stunde vor Feierabend zu mir ins Büro, um mich abzuholen. Da er nicht so gesprächig war wie sonst, fragte ich ihn, ob etwas nicht in Ordnung sei. Roman rückte diesmal gleich mit seinem Problem heraus. Er hatte etliche Rechnungen zu bezahlen und nicht mehr genug Geld für die Miete in diesem Monat. Ich wusste, dass er nur wenig Geld zur Verfügung hatte und bot an, ihm zu helfen. Peinlich war es ihm schon. Andererseits sah er im Augenblick keine andere Möglichkeit, als mein Angebot anzunehmen.

»Du bekommst dein Geld noch vor unserem Urlaub zurück«, versprach er. »Ein Freund hat mir zugesagt, dass ich bei ihm etwas nebenbei verdienen kann.«

»Gut. Das Wichtigste ist allerdings, dass deine Miete sofort bezahlt wird. Ich möchte nicht, dass du eines Tages ohne Wohnung dastehst und wir wieder in einem Hotelzimmer übernachten müssen«, entgegnete ich.

Die Bemerkung sollte die unangenehme Situation abschwächen, jedoch traf sie nicht ganz ins Schwarze. Abends, in Romans Wohnung, diskutierten wir lange über das liebe Geld, den Urlaub und »Gott und die Welt«.

Es schien an diesem Abend, als würde Roman das erste Mal seine Vorsicht mir gegenüber vergessen. Er vertraute mir und wollte seine Geheimnisse nicht mehr für sich behalten. Die entspannte Atmosphäre machte es ihm leicht. Roman holte aus seiner Jackentasche ein kleines weißes Päckchen. Es sah aus wie ein winziger Brief. Das weiße Pulver, das darin war, schüttete er auf den glatten schwarzen Tisch, bildete mit einer Visitenkarte eine Linie davon und rollte dann einen Geldschein zu einem Röhrchen. Ich hatte die Aktion beobachtet.

»Was soll das denn werden, wenn es fertig ist?«, wollte ich wissen.

»Du hast doch immer gesagt, du wüsstest, was mit mir los ist. Hast du noch nie Koks gesehen? Meinetwegen kannst du auch Kokain sagen, aber mir ist jetzt nach einer Nase. Guck nicht so entsetzt.«

Nachdem Roman durch den aufgedrehten Geldschein das Pulver in seine Nase gezogen hatte, fragte er: »Möchtest du?«

»Damit ich wieder so aussehe wie bei der Bürofeier? Nein, danke. Darauf kann ich verzichten.«

»Das kann man überhaupt nicht vergleichen. Koks wirkt ganz anders. Es macht dich munter. Du fühlst dich fit. Kannst lange wach bleiben und bist gut drauf.«

»Nein, Roman, ich habe viel zu viel Angst davor und will nicht süchtig werden.«

»Wenn du nicht übertreibst, wirst du nicht süchtig. Dann gibt es dir nur hin und wieder ein gutes Gefühl und zum Übertreiben haben wir beide nicht das nötige Kleingeld. Ich kann mir das nur leisten, wenn ich ab und zu ein paar Gramm für einen Freund verkaufe – dann habe ich meine Portion umsonst und manchmal noch etwas Geld übrig.«

»Und du fühlst dich jetzt wirklich besser?«, fragte ich.

»Ich fühle mich sogar sehr gut. Komm, versuche mal.«

»Wenn mir doch wieder schlecht wird?«

»Passiert auf keinen Fall. Außerdem bin ich ja bei dir.«

»Na, dann pass schön auf mich auf und erkläre mir vorher genau, wie ich das machen muss.«

Meine Neugierde hatte, wie so oft, gesiegt und so nahm ich an diesem Abend zum ersten Mal Kokain. Irgendwie wollte ich wissen, wie Roman sich dabei fühlte und durch Erzählung erfährt man nicht alles. Manches muss man einfach ausprobieren und so fühlte ich mich tatsächlich gut danach. So beschwingt und leicht.

Außerdem fiel mir das Reden viel leichter. Ich hätte reden können wie ein Wasserfall und Roman ging es genauso. In dieser Nacht tat keiner von uns ein Auge zu. Erst am nächsten Tag machte sich der fehlende Schlaf bemerkbar.

Kapitel 6

Die letzten Wochen waren wie im Flug vergangen. Gott sei Dank hatte ich alles gut organisiert. Zuhause war alles geklärt, die Koffer gepackt und von mir aus konnte es los gehen.

Schon am Abend vor dem Abflug fuhr ich zu Roman. Die Maschine ging sehr früh. Wir mussten um neun Uhr am Frankfurter Flughafen sein. Zuzüglich zwei Stunden vor Abflug und bei einer Autoanreise von dreieinhalb Stunden hieß das um vier Uhr aufstehen. Bloß nicht den Flieger verpassen!

Die Autobahn war um diese Zeit frei und so kamen wir ohne Stau am Flughafen an. Das Auto parkten wir in der Tiefgarage, schnappten uns unser Gepäck und gingen zum Abfertigungsschalter unserer Airline. Nachdem wir das Gepäck eingecheckt hatten, fuhren wir mit der Rolltreppe hoch zu dem netten kleinen Flughafenrestaurant, in dem ich so gern vor jedem Abflug saß, und bestellten uns ein leckeres Frühstück, das wir ausgiebig genossen.

Unsere Stimmung war super. Wir beide freuten uns auf Amerika und machten Pläne, was wir nach der Landung als erstes unternehmen wollten. Zwei Wochen nur Roman und ich.

Ich war überglücklich und malte mir die Zeit mit ihm in den tollsten, schillernden Farben aus.

Es war der 18. August, als die Maschine um 13.15 Uhr auf dem John F. Kennedy Airport in New York landete. Sechs

Stunden Zeitunterschied zwischen Frankfurt und der »Stadt, die niemals schläft«.

Nachdem wir unsere Koffer geholt hatten, verließen wir das Flughafengebäude. Die Kontrollen für die Einreise in die USA hatten entgegen allen Erwartungen nicht lange gedauert. Draußen schlug uns eine Hitzewelle entgegen. Es waren an die dreißig Grad und an diese schwülwarme Luft mussten wir uns erst gewöhnen.

Zuerst wollten wir mit dem Bus zu unserem Hotel fahren. Entschieden uns dann aber für eine bequemere Fahrt und nahmen ein Taxi. Die Fahrt dauerte gut eine Dreiviertelstunde. Schon dieser erste Eindruck während der Taxifahrt war faszinierend.

Roman war vor acht Jahren das erste Mal in New York gewesen – damals mit einem Freund.

Ich kannte bisher nur den Flughafen. Das Doral-Inn war ein ordentliches Hotel mit einem guten amerikanischen Standard. Das Zimmer hätte zwar etwas größer sein können, aber für vier Tage würde es uns sicher reichen. Wir stellten unsere Koffer ab und nachdem wir uns schnell frisch gemacht hatten, waren wir schon wieder draußen auf der Lexington Avenue.

Bei diesem ersten Ausflug in die City hatten Roman und ich überhaupt keinen Plan. Wir wanderten einfach drauflos und ließen uns mit der Menschenmenge treiben. Nach einem Dreistundenmarsch meldeten sich unsere Füße und der erste Hunger. Wir schauten im Reiseführer nach und entschieden uns für ein Indisches Restaurant, das Bhatti Indian. Bei einem vorzüglichen Essen, das aus Linsenplatten, verschiedenen Chutneys und einem vegetarischen Gericht für mich bestand, konnten wir unsere ersten Eindrücke verarbeiten. Es war ein großartiges Gefühl, in dieser Stadt zu sein.

Nach dem Essen steuerten wir wieder das Hotel an. Durch die Zeitverschiebung konnte eine leichte Müdigkeit nicht mehr unterdrückt werden. An Ausruhen und Schlafen war nicht zu denken. Nicht, wenn man nur vier Tage und Nächte Zeit hatte für New York. Da hätten wir was verpassen können.

Im Hotel duschten wir nur kurz, wechselten die Garderobe und es ging weiter auf Entdeckungstour.

Unser Ziel war das Hard-Rock-Cafe, das sich ganz in der Nähe des Wachsmuseums von Madame Tussauds befinden sollte. Auf dem Weg dorthin kamen wir in der 44th Straße an vielen interessanten Geschäften mit ausgefallenen Schaufensterdekorationen vorbei.

Im Hard-Rock-Cafe war es sehr voll, aber an der Theke in der hinteren linken Ecke des Raumes ergatterten wir noch zwei Plätze auf den schwarzen Holzhockern mit den bequemen Lederpolstern.

Ich starrte in den großen rechteckigen Spiegel, der an der Rückwand der Bar befestigt war, und es erlaubte, den gesamten Raum mit einem Blick zu erfassen.

»Ich kann es gar nicht richtig glauben, dass wir tatsächlich hier sind", sagte ich begeistert und blickte auf die Vielzahl der Flaschen, die auf den Regalen unter dem Spiegel standen.

Roman schien es auch zu gefallen und er wurde immer lockerer. Die Amerikaner und die vielen Touristen genossen die Atmosphäre. Uns fiel gleich auf, dass die Leute hier nicht so stur waren wie zu Hause. Sie waren alle locker drauf und schnell ergaben sich mit diesem oder jenem New Yorker ein kurzes Gespräch. Ein paar Longdrinks, die gute Musik von der Liveband, die spielte und nette Leute – die Nacht wurde lang. Erst weit nach Mitternacht kamen wir wieder im Hotel an. Mittlerweile todmüde, aber mit einem unbeschreiblichen Gefühl. Es war klar, diese Eindrücke würden wir niemals mehr vergessen.

Am nächsten Morgen wurde ich trotz der kurzen Nacht erstaunlich früh wach. Roman schlief noch tief und fest und obwohl ich es kaum abwarten konnte, dass auch er wach würde, ließ ich ihn so lange schlafen, bis ich im Bad fertig war.

»Aufstehen, du Faultier. New York wartet.«

»Oh, nein. Wie kannst du nur um diese Zeit so munter sein!« Roman hörte sich sehr verschlafen an und verschwand unter der Bettdecke. Erst ein kalter, nasser Waschlappen, den ich drohend über ihn hielt, konnte ihn hervorholen.

»Gut, du Nervensäge. Ich steh ja auf. Aber verschwinde mit dem nassen Ding.«

Eine halbe Stunde später verließen wir unser Zimmer in Richtung Frühstücksraum. Nachdem wir im Hotelrestaurant ein richtiges, typisch amerikanisches Frühstück mit allem Drum und Dran, Kaffee, so viel man wollte, Eier in allen Variationen, gebratenem Speck und Pfannkuchen mit verschiedenen Saucen bestellt hatten, planten wir, was an diesem Tag unternommen werden sollte. Der eine wollte hierhin, die andere dorthin. Es gab einfach zu viele Möglichkeiten.

»Lass uns als Einstieg zur Brooklyn-Bridge fahren. Das geht gut mit der U-Bahn. Danach sehen wir weiter. Zu viel planen bringt nichts«, meinte Roman und da er sich in dieser Stadt recht gut auskannte, war ich einverstanden.

Ganz in der Nähe des »Doral-Inn« gab es eine U-Bahnstation. Wir suchten uns die richtige Strecke heraus und fuhren bis zur Brooklyn-Bridge.

»Von der Brücke aus haben wir eine tolle Aussicht auf Manhattan, und die Freiheitsstatue kann man auch von weitem sehen. Lass uns mal ein Stück gehen.«

Roman ging los und ich dachte, er wolle nur ein Stück auf die Brücke gehen. Das war allerdings ein Irrtum.

Bei strahlendem Sonnenschein und gut dreißig Grad marschierten wir bis auf die andere Seite des East River, dort wo der Stadtteil Brooklyn beginnt. Die Aussichten, die wir während des Marsches hatten, lohnten in jedem Falle die Anstrengung. Zurück fuhren wir aber Gott sei Dank mit der Bahn.

Wieder in Manhattan, besichtigten wir das Empire State Building, das bis zur Antennenspitze rund 443 Meter höchste Gebäude der Stadt, das sich am südlichen Rand des New Yorker Stadtteils zwischen der 33. und 34. Straße befindet. Danach gingen wir zum Battery-Park und anschließend fuhren wir mit einer Fähre zur Freiheitsstatue auf »Liberty-Island«.

»Ich glaube, für heute reicht es mir erst einmal. Bin ganz schön kaputt und mein Magen knurrt«, sagte ich zu Roman und hoffte, er wolle sich nicht noch etwas anschauen.

»Dann lass uns nach Soho fahren, da finden wir mit Sicherheit ein gutes Restaurant und anschließend können wir etwas durch die kleinen Geschäfte bummeln, die es da gibt. Wenn wir Glück haben, finden wir ein paar schicke, günstige Sachen.«

Ich fand seinen Vorschlag gut und so suchten wir uns ein Taxi und ließen uns dorthin bringen.

Liebhaber zeitgenössischer Kunst werden im New Yorker Stadtteil Soho immer etwas nach ihrem Geschmack finden. Viele kleine Galerien und interessante Geschäfte lohnen einen Besuch. Nachdem jeder von uns mit großem Appetit eine Pizza verspeist hatte, bummelten wir weiter entlang der Broome Street. In einer Boutique fanden wir ein ausgefallenes, äußerst schickes, schwarzes Seidenhemd für Roman, das ich ihm unbedingt kaufen musste, und einige andere Sachen. Zurück zum Hotel fuhren wir wieder mit der Bahn. Das war in jedem Fall lustiger als Taxifahren, denn man konnte prima die New Yorker beobachten, die teilweise schon sehr skurril waren.

»Wie wäre es heute Abend mal mit tanzengehen?«, fragte Roman, nachdem wir uns wieder etwas erholt hatten.

»Prima Idee! Nur habe ich gelesen, dass man in vielen Discos reservieren sollte oder man steht Stunden in einer Schlange vorm Eingang – das muss ich nicht haben.«

»Wir fragen am Empfang des Hotels nach, was das Beste ist. Ach, und vergiss nicht – wir müssen unbedingt einen Abend ins River Cafè. Der Ausblick soll überwältigend sein.«

»Dann sollten wir heute schon einen Tisch reservieren.«

»Gut, gehen wir nach unten und sehen dann weiter.«

Roman hatte sich mittlerweile umgezogen und das Zimmer wurde uns schon wieder zu eng.

»Bin sofort fertig«, sagte ich.

»Frauen«, maulte Roman und ich entgegnete lachend: »Männer«.

Ein netter Mann am Empfang half uns weiter. Er bestellte einen Tisch im River Cafè für den nächsten Abend und hatte auch einen guten Insider-Tipp für die Nacht.

Nicht weit vom Doral-Inn gab es einen angesagten Club. Den megainteressanten »Tattoo-Club«.

Dort sollte man gut essen können und später würde eine ausgezeichnete Show mit Magiern und Akrobatik geboten. Im Anschluss könnte getanzt werden, bis zum frühen Morgen.

»Komm, Roman. Das schauen wir uns an«, meinte ich zu ihm. »Wir können zu Fuß hingehen. Das kommt uns bestimmt später sehr entgegen.«

Es dauerte keine fünf Minuten und wir standen vor der Tür des Clubs. Alle Erwartungen wurden übertroffen. Die Show hätte nicht besser sein können. Phantastische Künstler traten auf und begeisterten das Publikum. Die Musik, die anschließend gespielt wurde, holte sofort jede Menge Leute auf die Tanzfläche. Auch Roman und ich konnten nicht widerstehen, uns im Rhythmus der Musik zu bewegen. So bekamen wir wieder einmal zu wenig Schlaf.

Da Roman mir immer mehr zeigte, dass er gerne mit mir zusammen war und ab und zu Gefühle an die Oberfläche kommen ließ, verliebte ich mich in diesen Tagen immer stärker in ihn. Manchmal machten mir diese starken Gefühle richtig Angst. Dann wieder war ich froh darüber, noch so empfinden zu können. Als wir beide an diesem Abend endlich im Bett waren, hatte ich keine Zeit mehr zum Nachdenken. Ich schlief sofort ein. Kein Wunder, nach solch einem Tag.

Auf unserer nächsten Tour durch die Stadt ließen wir uns im Central Park einige Stunden Zeit. Hier konnten wir so richtig schön entspannen und schnell vergaßen wir, dass wir mitten in einer Großstadt waren.

Es tat gut, dem Rummel der Stadt für einige Stunden zu entfliehen. Am späten Nachmittag besuchten wir eines der traditionsreichsten Kaufhäuser von New York, Bloomingdales, eine amerikanische Kaufhauskette aus dem gehobenen Segment. Das imposante Gebäude mit der schwarzen Marmorverkleidung und den goldenen Emblemen gefiel mir sehr gut. Mit Freude bemerkte ich, dass neben der amerikanischen und britischen auch die deutsche Flagge an der Seite des Haupteingangs wehten.

»Muss man ja mal gesehen haben, aber ein zweites Mal brauche ich es nicht«, meinte ich und wollte zum Hotel zurück, um mich umzuziehen und vorher noch zu duschen, denn für den Abend hatten wir einen Tisch im River-Cafè reservieren lassen.

Der Tisch war für 21 .00 Uhr bestellt. Ein Taxi brachte uns von Manhattan nach Brooklyn. Das River Cafè lag fast unter der Brooklyn-Bridge und der Ausblick von diesem schwimmenden Restaurant aus auf Manhattan war besonders abends atemberaubend.

Was Roman und ich allerdings nicht wussten war, dass von den Herren erwartet wurde, mit Schlips und Jackett zu erscheinen. Roman hatte zwar seine gute schwarze Hose angezogen und dazu das neu gekaufte Seidenhemd, das er nicht ganz zugeknöpft hatte, trotzdem wurde er am Empfang gebeten ein Jackett anzuziehen. »Tut mir leid, ich habe leider keines dabei«, sagte er zu der Dame, die nach der Reservierung gefragt hatte.

Sie lachte daraufhin und meinte, dass so etwas öfter vorkäme und immer einige Jacken zur Auswahl bereit hingen. Roman ging mit ihr zu einem Ständer und suchte sich etwas einigermaßen Passendes aus.

Ich amüsierte mich köstlich, als er wiederkam, denn obwohl er schon das größte Jackett genommen hatte, war es für ihn immer noch zu klein und es sah wirklich witzig an ihm aus. Immerhin ließ der Empfangschef uns so ins Restaurant.

Er bat um einige Minuten Geduld, da der Tisch noch nicht frei sei und empfahl uns, vorher an der Bar einen Drink zu nehmen. Als Roman und ich uns an die Theke setzten, waren wir von dem Anblick, der sich uns hier bot, einfach nur überwältigt. Durch riesige Glasscheiben hatte man einen Ausblick, den wir sicherlich nie mehr vergessen würden. Über den East-River sah man Manhattan mit Pier 17 und andere Sehenswürdigkeiten.

Das Wasser glitzerte und die vielen tausend Lichter der Stadt wirkten berauschend und fast etwas unwirklich auf uns. Einige Minuten schauten wir nur, sagten nichts und nahmen dieses faszinierende Bild in uns auf.

»Weißt du, dass nach diesem Urlaub nichts mehr so sein wird wie vorher?«, sagte Roman.

Ich hatte den Satz kaum verstanden, so leise hatte er ihn gesprochen. »Ich weiß«, sagte ich und nachdenklich, aber überglücklich stießen wir auf diesen Abend an.

Das anschließende Essen schmeckte zwar sehr gut, war aber teurer als erwartet. Allerdings rechtfertigte allein schon der einmalige Ausblick den Preis. Es dauerte lange, bis wir uns losreißen konnten und es war nach Mitternacht, als Roman und ich uns von einem Taxifahrer an unserem Hotel absetzen ließen. Die Luft hatte sich kaum abgekühlt und in den Straßen waren noch viele Menschen unterwegs. Diese Stadt schlief eben nie!

***

War es dort, damals mit Roman im River Café? War es schon viel früher oder erst später? Heute fällt es mir schwer, einen genauen Zeitpunkt zu bestimmen. Einen Zeitpunkt, an dem ich zum ersten Mal über eine Auswanderung nachdachte. Dass es die richtige Entscheidung war, ist mir heute so klar. So klar wie die warme Sommerluft, die mich in diesem Moment weich umschmeichelt. So klar, wie das Wasser des Atlantiks vor meinem Haus.

Eine beglückende Ruhe durchströmt mich und ich schaue liebevoll auf meine Hunde, die lang ausgestreckt in der warmen Sonne Teneriffas dösen.

***

»Jetzt müssten wir etwas für die Nase haben. Das wäre der krönende Abschluss dieses Tages«, meinte Roman.

»Wirst du wohl kaum bekommen. Ist auch viel zu gefährlich, hier irgendwelche Leute zu fragen. Ich habe nämlich absolut keine Lust, die New-Yorker Gefängnisse von innen kennen zu lernen.«

»Lass uns ein bisschen durch die Straßen ziehen. Wer weiß, wen wir so treffen. Hier kommt man leicht mit Leuten ins Gespräch.«

»In Ordnung, Roman. Schauen wir mal. Aber als erstes möchte ich gerne eine Tasse Kaffee trinken. Da vorne gibt es welchen.«

Wir gingen in eine etwas größere Imbissbude, suchten uns einen Platz und bestellten Kaffee. Kurze Zeit nach uns kam ein Stadtstreicher herein und bat die Anwesenden um ein paar Münzen. Die meisten winkten ab und so kam der Mann auch an unseren Tisch.

»Nimm Platz und trink erst mal einen Kaffee mit uns«, forderte Roman ihn auf.

Der Stadtstreicher konnte diese Geste kaum fassen und setzte sich erstaunt und erfreut an unseren Tisch. Nach einigen Minuten unterhielten sich Roman und Sammy – so hieß der Mann – angeregt. Sammy war in Vietnam gewesen und hatte nach seiner Rückkehr nicht wieder richtig Fuß fassen können. Ein Schicksal, das ihn nicht alleine betraf. Er sprach ein bisschen Deutsch und die Unterhaltung wurde immer interessanter.

Nach etwa einer Stunde konnte Roman sich nicht mehr zurückhalten und er stellte Sammy die Frage, deren Antwort ihn brennend interessierte.

»Sammy, ganz im Vertrauen, kannst du uns eventuell etwas Kokain besorgen?«

Sammy stutzte erst, schaute Roman und mich leicht misstrauisch an. Er schien mit sich um die Antwort zu kämpfen. Da Roman so offen auf ihn zuging und er dafür dankbar war, schaute er sich vorsichtig im Raum um und als ihm nichts verdächtig vorzukommen schien, bejahte er die Frage.

»Könnte sein, dass ich da etwas machen kann, kostet aber nicht wenig und dauert mindestens eine Stunde.«

»Egal. Hauptsache, du kannst heute noch etwas klar machen. Das wäre der Punkt auf diesem Tag. Ein paar Dollar sollten auch für dich drin sein.«

Roman war hellauf begeistert und ich fragte mich, wie schon des Öfteren, wie dieser Mann immer das erreichte, was er wollte. Jetzt bekam er, wie es schien, sogar Koks in New York. Es gehörte einiges dazu, einem wildfremden Menschen so eine Frage zu stellen und damit auch noch Erfolg zu haben. Ich hätte mich bestimmt nicht getraut, auf Rauschgiftsuche in New York zu gehen – so etwas konnte nur Roman.

Harlem, 117te Straße, zwei Uhr nachts.

Nach einigem Hin und Her, wobei Roman versuchte, mich ins Hotel zu schicken, weil ihm die Sache doch recht gefährlich vorkam, hatte ich es durchgesetzt, mitzufahren.

»Entweder wir fahren beide oder keiner.«

Ich ließ mich nicht umstimmen. Der erste Taxifahrer, den wir anhielten, war nicht bereit, so spät noch nach Harlem zu fahren. Er sagte: »Zu gefährlich zu dieser Zeit«, und fuhr weiter.

Den zweiten konnten wir mit ein paar extra Dollar überreden. Sammy nannte eine Adresse in der 117ten Straße und der Taxifahrer fuhr los.

Als wir am Ziel waren, stiegen nur Roman und Sammy aus. Ich sollte im Wagen bleiben. Dazu war ich gerne bereit, denn ich fürchtete, dass das Taxi nicht mehr da wäre, wenn wir zurückkämen. Sicherlich kein falscher Gedanke.

Die beiden Männer verschwanden in einem unheimlich

wirkenden, unbeleuchteten Haus auf der anderen Straßenseite. Als sie nach zehn Minuten nicht zurück waren, kroch allmählich Angst in mir hoch. Ich versuchte, diese zu überspielen und fing ein Gespräch mit dem Taxifahrer an.

Er stammte aus dem Iran. Seine Familie lebte noch in seinem Heimatland und er hoffte, sie zu sich holen zu können, sobald er genug Geld zusammen hätte. Die Zeit verging.

Nach weiteren zehn Minuten erschienen Sammy und Roman wieder vor dem Haus. Sie unterhielten sich angeregt mit einigen Bewohnern und kamen dann recht zügig zum Taxi gelaufen.

»Lasst uns abhauen. Hier muss ich nicht länger bleiben«, sagte Roman.

Ihm schien die ganze Sache nicht mehr geheuer zu sein. Auch der Taxifahrer hatte es eilig, aus dieser Gegend zu verschwinden. Er fuhr zügig los.

»Sammy, können wir dich irgendwo absetzen?«, fragte Roman.

»Nein, danke, ich fahre mit euch zurück«, entgegnete Sammy.

Es war fast drei Uhr, als wir vor dem »Doral-Inn« ausstiegen, uns herzlich von Sammy verabschiedeten und ihm einen Zwanziger für seine Hilfe gaben.

»Lass uns erst mal von der Straße runter«, meinte Roman. »Komm, wir gehen aufs Zimmer.«

Roman beeilte sich nach oben zu kommen und ich war froh, dass wir wieder sicher in unseren vier Wänden angekommen waren.

»Na, alles bekommen, was du wolltest?«, fragte ich ihn.

»Natürlich. Kennst mich doch", lachte Roman und spielte dabei den Überheblichen.

Das war allerdings nicht ernst zu nehmen.

Er holte eine Zeitung hervor und schüttelte das erstandene Kokain darauf aus. Zehn winzige Fläschchen voll hatte er zu einem günstigen Kurs bekommen. Ein kleines Häufchen, das aussah wie Puderzucker.

Roman faltete ein Päckchen und tat das weiße Pulver dort hinein. Etwas ließ er liegen, baute zwei dünne Linien und rollte einen Geldschein auf.

»Du zuerst. Ich habe vorhin schon probiert. Ist recht guter Stoff.«

Ich nahm den aufgerollten Schein, hielt ihn über das Pulver und zog es in die Nase. Danach tat Roman es mir gleich.

»Das ist mal wieder so eine Story, die wir kaum einem erzählen können. So ist es leider oft mit den interessantesten Sachen.« Roman lachte.

Obwohl es spät war, waren wir durch die Aufregung und das Kokain wieder munter. Wir unterhielten uns angeregt über dies und das und hatten viel Spaß, bis Roman plötzlich viel zu ernst wurde.

»Weißt du, dass ich richtig Angst habe, wieder nach Hause zu kommen? Hier erscheint alles so leicht, aber was ist, wenn wir zurück sind? Da warten haufenweise Probleme auf mich.«

»Bitte, Roman! Das ist mir auch klar. Nur lass uns diesen Urlaub weiter genießen. Wenn es mir möglich ist und du einverstanden bist, helfe ich dir, so gut ich kann, das musst du doch allmählich wissen. Du darfst nur nicht zu stolz sein«, sagte ich mit Nachdruck zu ihm.

Es fiel mir nach der lustigen Stimmung nicht gerade leicht, plötzlich über ernste Dinge zu reden.

»Kleines, du empfindest viel zu viel für mich. Ich kann diese Gefühle nicht erwidern. Du weißt, dass ich dich sehr mag und dass ich dir vertraue. Aber das ist keine Liebe, Ich glaube nicht, dass ich irgendeinen Menschen richtig lieben kann, außer vielleicht meine Tochter, die, wie du weißt, nach meiner Scheidung bei ihrer Mutter lebt.«

»Klasse, Roman, jetzt hast du es wenigstens geschafft, die Stimmung kaputt zu machen. Musste es ausgerechnet jetzt sein?«

Roman merkte, dass alles begann, schief zu laufen, und bemühte sich, die Situation zu retten.

»Tut mir leid, ich weiß ja, dass dich das traurig macht. Dabei bist du der letzte Mensch, den ich verletzen möchte.«

»Warum tust du's dann immer wieder?«

»Vielleicht, weil ich es noch nicht glauben kann, dass es einen Menschen wie dich gibt. Ich habe dich gar nicht verdient.«

»Roman, jetzt fängst du an zu nerven. Ich habe dich lieb und das weißt du – an meinen Gefühlen kann ich nichts ändern.”

»Komm mal her!«, sagte Roman. Er steckte seine Arme aus und ich kuschelte mich hinein.

»Stimmt, wir sollten mit diesen Gesprächen aufhören und den Urlaub genießen.«

»Ich habe dich doch lieb«, hauchte Roman mir ins Ohr.

»Was ist für dich der Unterschied zwischen »ich habe dich lieb und ich liebe dich?« fragte ich erstaunt.

Aber Roman meinte darauf, es gebe einen. Urplötzlich änderte sich seine Stimmung wieder. Er hatte gute Laune und schlug vor: »Was hältst du davon, wenn wir uns jetzt umziehen und runter zum Battery Park fahren?«

»Um diese Zeit?«

»Natürlich um diese Zeit, da kommt kaum einer auf die Idee dort hinzugehen. Also gehen wir, komm schon, zieh dir was Bequemes an und am besten Turnschuhe. Dann kann's los gehen.«

»Okay, du Verrückter! Ich beeile mich.«

Ich wollte viel lieber wieder lustig sein und nicht mehr über Romans Worte nachdenken. Er hatte mir damit mehr weh getan, als ich mir selbst zugestehen wollte.

Ein Taxi fuhr uns zum Battery Park. Richtig ein bisschen unheimlich war es. Nichts mehr von dem Trubel, der am Tage hier herrschte, war zu merken. Wir gingen durch den dunklen Park bis runter zum Wasser. Weit draußen sah man die beleuchtete Freiheitsstatue. Roman besorgte etwas zu trinken und wir setzten uns ans Wasser.

Hinter uns auf den Bänken lagen Obdachlose unter Zeitungen und schliefen. Jedes Mal, wenn sich einer bewegte, knisterte und raschelte das Papier. Nur weil Roman bei mir war, hielt ich es aus.

Wer konnte wissen, was diesen Menschen alles einfiel, wenn sie hier nachts zwei Touristen rumlaufen sahen?

»Wir könnten mit der ersten Fähre nach Staten Island rüberfahren. Wollen wir mal gucken, wo sie abfährt?«, schlug ich vor.

Roman fand die Idee gut und so machten wir uns auf die Suche nach der Anlegestelle. Als wir dort ankamen, mussten wir nur noch eine halbe Stunde warten, denn die erste Fähre ging erst um sechs.

Mit den ersten Arbeitern, die zwischen Manhattan und Staten Island pendelten, kamen Roman und ich in diesem uns noch unbekannten Stadtteil an. Wir verließen wie alle anderen das Schiff und wanderten ohne Ziel los. Interessant, Manhattan einmal von dieser Seite zu sehen.

Nie vergessen würden wir den herrlichen Sonnenaufgang, den wir zu sehen bekamen, als wir zehn Minuten später zu Manhattans Hochhäusern hinüberschauten. Glutrot ging die Sonne über der Stadt auf. Einfach einzigartig!

Zwei Stunden später fuhren wir wieder zurück. Auf der Rückfahrt machte Roman viele Fotos, denn die Skyline von Manhattan am Morgen bot ein prächtiges, eindrucksvolles Panorama. Würden wir jemals wieder Gelegenheit haben, solche Fotos zu machen? Als wir endlich im Hotel waren, wollten wir nur noch schlafen.

Gegen 18 Uhr wurden Roman und ich langsam wieder munter. Hunger und Durst meldeten sich. Es dauerte dann aber noch gut zwei Stunden, bis wir aus unserem Zimmer kamen. Roman war plötzlich mehr nach Zärtlichkeit als nach Essen und mich brauchte er in diesem Punkt nicht lange zu überreden.

Gut gelaunt und zu jedem Scherz bereit, verließen wir viel später das Hotel. Gute Restaurants gab es genug in der näheren Umgebung. Da dies allerdings unser letzter Abend in New York war, suchten wir nochmals das Indische Restaurant auf, in dem wir am ersten Tag gegessen hatten und wieder waren wir begeistert von der fremdländischen Atmosphäre und den guten Speisen.

»Am besten wird es sein, wir packen nachher unsere Koffer. Dann müssen wir morgen nicht so früh aufstehen", schlug ich vor. Roman war sofort damit einverstanden, weil frühes Aufstehen schon immer ein Gräuel für ihn war. Den letzten Abend verbrachten wir im Hotelzimmer. Eigentlich wollten wir nochmals auf Tour gehen, aber als wir um Mitternacht endlich mit dem Packen fertig waren, sahen wir unser Bett als den einzigen Ort an, an dem wir noch sein wollten.

Am nächsten Tag, auf dem J.F. Kennedy Flughafen, konnte ich nicht widerstehen. Ich kaufte eine tolle Ansichtskarte von New York und adressierte sie an meinen Ex-Freund Hardy.

Als Text schrieb ich lediglich »Viele Grüße aus New York von Roman und mir«. Darunter noch den Satz: »So spielt das Leben!«

Wir unterschrieben beide auf der Karte und schickten sie sofort ab.

»Das konntest du dir wohl nicht verkneifen?«, fragte Roman mit einem wissenden Lächeln auf den Lippen und hörte darauf nur ein »Nein«. Kurz nach Mittag ging unser Flug nach Cleveland in Ohio. Da wir kein Auto vorab reserviert hatten, mussten wir uns als Erstes darum kümmern. Wir mieteten einen roten Mittelklassewagen, verstauten die Koffer und machten uns auf den Weg nach Sandusky.

Die Fahrt dauerte fast eine Stunde und ich freute mich schon riesig auf meine Freundin Mellanie und deren Familie. Mellanie war im letzten Jahr umgezogen und so musste ich die neue Adresse erst suchen.

Als wir endlich vor ihrem Haus standen, waren wir begeistert. Es lag in einem Vorort der Stadt, mitten in einem schönen Garten mit viel Rasen und herrlichen Blumen, die in allen Farben leuchteten. Ich ging zur Tür und schellte. Roman hielt sich etwas zurück. Ihm war nicht ganz wohl in seiner Haut, denn bis jetzt war ich immer allein zu Besuch gewesen.

Mellanie öffnete und wir fielen uns stürmisch lachend in die Arme. Roman wurde ebenso herzlich begrüßt. Meine Freundin und ich hatten uns so viel zu erzählen und Roman war froh, dass Mell einen Hund hatte, mit dem er sich beschäftigen konnte. Der große Labrador freute sich über jemanden, der mit ihm toben wollte und jagte mit dem neuen Spielgefährten wild bellend durch den Garten. Ein paar von den bunten Blumen mussten leider dran glauben. Das störte aber weiter keinen.

Als die erste Begrüßungsfreude vorbei war, sagte Mellanie: »Ich musste leider ein Motelzimmer hier ganz in der Nähe für euch buchen. Dieses Haus hat nicht so viel Platz wie unser altes, aber es ist nur ein paar Minuten bis zum Motel. Ich zeig es euch später.«

Ich fand das zwar schade, jedoch war es Roman im Grunde lieber so.

Als Mells Mann und die Kinder nach Hause kamen, gab es nochmals eine heftige Begrüßungszeremonie und danach machten wir alle zusammen das Essen fertig. Es ging dabei recht lustig und turbulent zu und Roman fühlte sich schlagartig wohler. Nach dem Essen fuhren Mell, ich und Roman zum Motel. Das Zimmer war hell und mit zwei großen Betten, einigen bequemen Stühlen mit schönen Polstern, einem braunen Tisch, Fernseher und einem dreitürigen Schrank ausgestattet. Ein geräumiges Bad stand ebenfalls zur Verfügung. Ein großer Swimmingpool lud vorm Haus zum Baden ein. Die Sonnenliegen davor zum späteren Ausruhen.

»Hoffentlich gefällt es euch«, sagte Mell. Doch daran konnte es keinen Zweifel geben.

»Wenn ihr morgen ausgeschlafen habt, kommt zu uns zum Frühstück rüber«, schlug sie vor.

»Prima, machen wir gerne. Aber die Zutaten dafür bringen wir mit.«

»Nein. Auf keinen Fall. Ich habe schon alles eingekauft. Kommt nur einfach.«

»Dann laden wir euch aber zu einem ausgiebigen Abendessen ein«, sagte ich und Mell nahm dankend und lachend an.

Als sie gefahren war, machten Roman und ich es uns in unserem Zimmer gemütlich, lasen die Hotelbroschüre und ruhten uns erst einmal ausgiebig aus. Die Strapazen von New York mussten ausgeglichen werden. Hier in Sandusky wollten wir uns richtig erholen und einen »Faulenzerurlaub« machen. Leider sollte dieses Vorhaben gründlich schief gehen.

Kapitel 7

Am nächsten Morgen schwammen Roman und ich erst einmal eine erfrischende Runde im Pool. Die Sonne schien warm und es versprach, ein herrlicher Tag zu werden. Als wir bei Melly ankamen, war der Tisch bereits reichlich gedeckt.

"Ich habe richtig Hunger. Nach dem Schwimmen braucht mein Körper viele Kalorien und die scheint er hier zu bekommen«, witzelte Roman mit großer Vorfreude auf das tolle Frühstück.

»Kannst du dir auch leisten. Ich muss leider in letzter Zeit etwas aufpassen. Seit ich nicht mehr arbeite, nehme ich leichter zu als früher. Aber alles halb so schlimm«, meinte Mellanie mit etwas trauriger Mine und schaute etwas besorgt an sich herunter.

Nachdem wir reichlich zugelangt hatten und absolut nichts mehr essen konnten, fragte Mell:

»Was habt ihr denn für die nächsten Tage geplant?«

»Geplant haben wir eigentlich gar nichts. Das heißt, zum kleinen Strand an den Eriesee müssen wir natürlich unbedingt."

»Das darf auf keinen Fall fehlen. Wenn ich Zeit habe, komme ich auch mit, aber das weiß ich heute noch nicht.«

»Wir können uns ganz nach dir richten. Hauptsache, du kommst mit. Ich sehe dich so selten, da müssen wir diese paar Tage ausnutzen«, sagte ich.

»Da hast du recht! Ich versuch es.«Eine tolle Idee habe ich

noch für eure Zeit hier. Wir waren vor ein paar Wochen für einen Tag auf einer kleinen Insel im See. »Put in Bay« heißt sie und obwohl wir schon so lange hier wohnen, waren wir erst jetzt da. Man kann nur mit einer Fähre rüberfahren. Autos dürfen nicht auf die Insel, aber ihr könnt dort Fahrräder mieten oder so was ähnliches wie Golfcaddies. Eine kleine Inselbahn gibt es auch. Es wäre bestimmt lustig, wenn ihr da einen Tag hinfahren würdet«, erzählte Mell uns mit Begeisterung.

»Au ja, hört sich gut an. Prima Idee«, sagte ich und Roman schlug vor, doch gleich am nächsten Tag auf die Insel zu fahren.

»Macht das und zum Ende der Woche fahren wir alle an den kleinen Strand. Am Wochenende habe ich mehr Zeit und wir können frühmorgens hinfahren.«

Melly rief sofort an, um zu erfahren, wann die Fähren nach »Put in Bay« gingen. Die erste Fähre legte um 7 Uhr ab. Das war uns doch etwas zu früh. Die zweite ging um 9 Uhr und würde bestimmt reichen. Da war der Tag noch lang genug.

»Vergesst nicht, ihr müsst gut eine Stunde fahren, bis ihr an der Fähre seid«, erinnerte uns Mellanie.

»Oh je, das bedeutet richtig früh aufstehen und das im Urlaub«, lachte Roman.

»Du altes Faultier! Wir wollen doch was sehen. Schlafen können wir zu Hause.«

»Okay. Um 9 Uhr also. Dann muss ich aber heute ganz früh ins Bett. Ich brauche meinen Schönheitsschlaf", kicherte Roman.

Ich lachte und meinte: »So lange kannst du gar nicht schlafen.«
Tags darauf. Kurz bevor die Fähre ablegte, stellte Roman das
Auto auf einen Parkplatz, der extra für die Besucher von »Put
in Bay« reserviert war. Die Überfahrt dauerte gut eine halbe
Stunde. Das Thermometer zeigte schon jetzt 25 Grad an.
Roman wollte auf der Insel gerne einen dieser kleinen
elektrischen Golfcaddys mieten. Mellanie hatte aber leider
vergessen zu sagen, dass man dafür den Führerschein vorlegen
musste. Den hatte Roman im Motel vergessen. So blieb die
Frage: Fahrräder oder Inselbahn. Da die kleine, lustig bemalte
Bahn gerade abfahrbereit war, entschieden wir uns dafür, diese
zu nehmen. Der einzige Ort auf der Insel bestand zum
größten Teil aus Kneipen, Geschäften und einem großen
Jachthafen.
Roman und ich wanderten durch die Straßen. Ohne Autos war
das sehr angenehm. Wir sahen uns die Geschäfte an und
gingen zum Hafen. Die Kneipen wollten wir uns für später
aufheben. Als wir im Hafen einige Jachten sahen, sprach uns
ein junger Mann an: »Hey, schöner Tag heute. Von wo kommt
ihr zwei?«, rief er von einem der wunderschönen, weißen
Schiffe.
»Mit dem schönen Tag hast du recht und wir kommen aus
Deutschland. Mein Name ist Roman und dies ist meine
Freundin Anne«, erwiderte Roman freundlich lächelnd.
»Oh, aus Deutschland. Nice to meet you! Wohnt ihr auf der
Insel oder habt ihr ein Boot?«
»Nein, wir sind nur für heute auf der Insel« entgegnete
Roman.

»Eine Freundin von uns wohnt in Sandusky und wir haben dort in der Nähe ein Motelzimmer«, erklärte ich ihm.

»Kommt doch auf unser Boot und trinkt ein Bier mit uns. Mein Bruder Ray ist ebenfalls an Bord. Mein Name ist John.«

Roman und ich nahmen die Einladung sehr gerne an und folgten John auf sein »Boot«. Von einem Boot konnte jedoch kaum die Rede sein. Das war schon wirklich eine »ausgewachsene Jacht« mit allem Drum und Dran. Auch Ray begrüßte uns freundlich und drückte jedem erst einmal ein Bier in die Hand. Das war ganz typisch für Amerika. Gastfreundschaft wurde hier großgeschrieben und wo sonst konnte man so schnell neue Menschen kennenlernen?

Ray und John wollten jede Menge über Deutschland wissen und auch Roman und ich hatten viele Fragen. Der Gesprächsstoff ging uns nicht aus und nach etlichen Bieren wurden viele Fotos gemacht und die Adressen ausgetauscht.

Nach einiger Zeit verabschiedeten wir uns voneinander, verabredeten uns jedoch gleichzeitig für ein neues Treffen am Abend in einer bekannten Kneipe, dem »Round-House«. Dort spielten verschiedene Live-Bands und John versprach: »Da ist mit Sicherheit heute Abend ordentlich was los.«

Na ja, da durften wir natürlich nicht fehlen, dachten wir und freuten uns auf den gemeinsamen Abend.

Nachdem wir die Jacht verlassen hatten, gingen Roman und ich wieder in den kleinen Ort, um auszukundschaften, wo das Round-House zu finden war. Wir fanden es an der Hauptstraße. Es war tatsächlich rund und hatte ein großes rotes Dach. Da schon jetzt laute Musik zu hören war, gingen wir hinein, um etwas zu trinken und die Lage zu peilen.

Meine Güte, mit solch ausgelassener Stimmung hatten wir zu dieser Zeit nicht gerechnet. Bier wurde in Eimern bestellt und mit Plastikbechern herausgeschöpft.

Ein Mann hatte einen leeren Biereimer auf dem Kopf. Überall ging es recht laut und lustig zu.

Roman bestellte gerade zwei Bier, als ich zum Tanzen aufgefordert wurde. Bei so viel guter Laune konnte man nicht nein sagen. Zu meinem Tanzpartner gehörten drei weitere Herren. Roman schaute zwar etwas sparsam, unterhielt sich jedoch schon im nächsten Augenblick mit einigen Leuten an der Theke.

Mein erster Tanzpartner stellte sich als »Barry« vor und er war Börsenmakler, ebenso wie seine drei Freunde Mike, Jonathan und Pat. Ich stellte Roman vor und wir feierten zusammen lustig weiter. Um 18 Uhr wurde die Kneipe für zwei Stunden geschlossen.

»Wir könnten in der Zwischenzeit etwas essen gehen. Feiern macht ganz schön hungrig«, schlug Jonathan vor.

»Okay, ich lade euch alle dazu ein«, entschied Barry und so suchten wir uns ein nettes Lokal, in dem es riesige Steaks, aber auch eine große Auswahl an Salaten gab.

Drei Stunden später machten wir uns alle wieder Richtung Round-House auf. Hier trafen wir am Eingang auf Ray und John. Somit war eine lustige Clique für diesen Abend beisammen. Barry hielt sich immer in meiner Nähe auf. Er erzählte mir, dass er und seine Freunde mit einer recht großen Jacht hier seien, erst in zwei Tagen wieder fahren würden und vieles mehr. Roman amüsierte sich darüber, dass ich schon wieder einen Verehrer hatte, war aber nicht sonderlich verärgert. Schließlich behauptete er immer, nicht eifersüchtig zu sein.

Das Bier floss reichlich und es wurde immer später. Irgendwann in der Nacht spürte ich eine leichte Übelkeit — eins der Bierchen war wohl schlecht — und beschloss, für kurze Zeit nach draußen zu gehen. Im naheliegenden Park wollte ich frische Luft schnappen und setzte mich auf eine Bank. Kurze Zeit später wurde ich seltsam müde und schlief nach ein paar Minuten ein.

Erst Stunden später wurde ich wieder wach. Stockdunkel war es mittlerweile im Park. Kein Licht mehr in den naheliegenden Straßen und eine Ruhe zum Angst bekommen.

Es dauerte einige Zeit, bis ich wieder klar denken konnte und das trug nicht gerade zur Steigerung meiner Laune bei.

Kein Mensch war weit und breit zu sehen. Verdammt.

Warum war Roman nicht bei mir, dachte ich. Er hätte ja wohl nach mir suchen können. Bei diesem Gedanken musste ich mir allerdings eingestehen, dass ich ihm nicht gesagt hatte, wo ich hinwollte und eigentlich hatte ich nicht einmal gesagt, dass ich die Kneipe überhaupt verlassen würde.

Ich schaute auf meine Uhr. Oh nein, halb vier. Was sollte ich nun machen? Meinerseits Roman suchen? Nein, dazu war ich zu bockig und hatte überhaupt keine Lust. Sollte er sehen, wie er mich wiederfände. Allzu viel Aufmerksamkeit hatte er mir den ganzen Abend über nicht zukommen lassen. Ich ging mit übelster Laune zurück in den Ort, der zu dieser Zeit so gar nicht an den Ort von vor einigen Stunden erinnerte.

Überall absolute Ruhe. Auf dem Platz, wo die Inselbahn hielt, suchte ich nach dem Fahrplan und musste feststellen, dass die erste Bahn erst um 10 Uhr zur Fähre fuhr. Die erste Fähre ging allerdings schon um 7 Uhr – also musste ich ein Taxi nehmen. Aber woher nehmen und nicht stehlen!? Da fiel es mir wieder ein, es fuhren keine Autos auf der Insel.

Um die Ecke gab es einen Donut-Shop. Er öffnete um 6 Uhr. Meine schlechte Laune stieg von Minute zu Minute. Allmählich fing ich an zu frieren. Ich setzte mich auf eine Bank und grübelte. Schließlich entschloss ich mich dazu, bis 6 Uhr zu warten und dann im Donut-Shop erst einmal einen starken Kaffee zu trinken. Danach würde ich weitersehen. Wann waren mir jemals drei Stunden so lang vorgekommen?

Irgendwie ging die Zeit herum. Ich schlief in diesen Stunden etliche Male ein, nur um kurz darauf vor Kälte wieder aufzuwachen, sehnte mich nach meinem Bett und hatte im Moment von allen möglichen Abenteuern die Nase voll.

Als um 6 Uhr der Laden aufmachte, bestellte ich mir als erstes eine heiße Tasse Kaffee zum warm und wach werden.

Der Verkäufer sah mein panisches und verfrorenes Gesicht und als ich ihm erzählte, dass ich unbedingt die Fähre um 7.00 Uhr erreichen wollte, bot er mir an, mich mit seinem Auto zur Fähre zu bringen. Also fuhr doch ein Auto auf der Insel. Auf meine Frage erklärte mir der nette Mann, dass er eine Sondergenehmigung habe, da er ja oft Lebensmittel für seinen Laden abholen müsse. Ich nahm dankend an. Pünktlich um 7 Uhr konnte ich mit der ersten Fähre zum Festland rüberfahren. Als ich dort ankam, schaute ich sofort nach dem Mietwagen auf dem Parkplatz. Er stand auf seinem Platz. Also war Roman noch auf der Insel.

Leider hatte er die Autoschlüssel bei sich. Als ich versuchte, ein Taxi zu bestellen, erhielt ich die Information, dass Taxen erst ab 10 Uhr zu bekommen seien. Ich hatte absolut keine Lust mehr, so lange zu warten und mittlerweile war ich todmüde und sehr übellaunig.

Ein Polizeiwagen hielt ganz in der Nähe und ich kam auf eine verwegene Idee.

Ich ging und fragte den Polizisten, ob es eine Möglichkeit gäbe, dass er mich zu meinem Motel brächte, da ich dort eine wichtige Verabredung habe, aber noch kein Taxi zu bekommen sei. Eine sehr verzweifelte junge Frau konnte ich gut spielen.

Der Polizist musste leider verneinen, was ihm leid zu tun schien. Pech, dachte ich und wollte gerade gehen, als er mich wieder zurückrief. Der nette Officer sagte, er würde versuchen, von seinem Chef eine Sondergenehmigung zu bekommen und ich sollte bitte einen Moment warten.

Selbstverständlich würde ich warten, schließlich bot sich hier die Chance, schnell ins Motel und ins Bett zu kommen. Nach einigem Hin und Her erteilte der Chef die Erlaubnis. Ich musste auf dem Rücksitz des Polizeiwagens Platz nehmen, da auf dem Beifahrersitz mehrere Geräte aufgestapelt waren. So hatte ich an diesem Morgen das Vergnügen, hinter Gittern zu sitzen. So etwas hatte ich bis zu diesem Tag noch nicht erlebt. Die Situation kam mir so komisch vor, sodass sich schon wieder ein Lächeln auf meinem Gesicht zeigte.

Der nette Officer fragte sogar, ob er mir ein Frühstück besorgen solle. Das lehnte ich aber dankend ab. Ich wollte nur noch in mein Zimmer und schlafen. Als der Polizeiwagen vor dem Motel vorfuhr, kam gerade die Vermieterin aus dem Haus. Sie guckte reichlich verdutzt, aber als ich ihr die Umstände erklärte, musste sie lachen. So etwas hatte sie von ihren Gästen bisher noch nicht erlebt.

Ich bat die Frau, mir bitte Bescheid zu geben, wenn Roman sich telefonisch melden sollte, denn sein Handy hatte ich in meiner Tasche entdeckt. Danach verschwand ich endlich in unserem Zimmer. In diesem Moment war ich ziemlich sauer auf meinen Traummann und hielt ihn im Augenblick eher für einen Alptraummann.

Darüber, wie es Roman ging, machte ich mir weiter keine Sorgen. Der käme schon klar. Davon ging ich jedenfalls aus. Dass Roman sich eventuell Sorgen um mich machen könnte, kam mir überhaupt nicht in den Sinn.

»Hoffentlich taucht der Typ hier bald auf oder meldet sich«, war mein letzter Gedanke, bevor ich einschlief.

Nach fast zehn Stunden, wachte ich, noch vollkommen benommen und mit starken Kopfschmerzen, wieder auf.

Es war 20 Uhr und ich bekam einen ordentlichen Schrecken. So lange hatte ich geschlafen? Sollte das wahr sein und Roman war immer noch nicht da? Auch kein Anruf? Wo verdammt noch mal steckte der Kerl? Er hatte doch das Auto. Da konnte es so schwer nicht sein, zum Motel zu kommen. Ich beschloss als Erstes bei Mellanie anzurufen. Die würde sich sicher schon wundern, warum sich keiner bei ihr meldete.

Melly hatte sich in der Tat schon Sorgen gemacht und war heilfroh, endlich von mir zu hören.

»Du wirst es nicht glauben, aber Roman ist mir auf *Put in Bay*« abhandengekommen. Ich habe ihn verloren oder er mich, auf jeden Fall wir uns.«

Ich erzählte Mell die ganze Geschichte.

»Und er hat sich noch nicht gemeldet? Hoffentlich ist nichts passiert«, sagte Mell besorgt.

»Glaube ich nicht. Der hat bestimmt einiges zu viel getrunken und ist irgendwo ins Koma gefallen. Das kann bei ihm schon mal vorkommen«, entgegnete ich.

»Was willst du jetzt machen?«, fragte Mell.

»Erst einmal hoffe ich, dass er in den nächsten Stunden auftaucht oder wenigstens anruft. Wenn er sich bis morgen nicht gemeldet hat, bleibt mir nichts anderes übrig, als zu versuchen, einen Ersatzschlüssel für das Auto zu bekommen und erst mal den Wagen abzuholen. Ohne Auto sitze ich hier ja fest.«

Das Auto war mir in dem jetzigen Moment tatsächlich wichtiger als mein Freund. Nicht zu fassen!

»Aber du musst doch wissen, was mit Roman ist.« Mell verstand nicht, dass ich mir keine Sorgen um meinen Freund machte.

»Der taucht schon wieder auf. Warten wir noch ab. Falls er bis morgen Abend nicht erschienen ist, werde ich anfangen, mir ernsthaft Sorgen zu machen. Im Moment bin ich nur sauer auf ihn. Anrufen könnte er mindestens. Auf die Story, wo er abgeblieben ist, bin ich gespannt«, sagte ich, mehr ärgerlich als besorgt.

In der kommenden Nacht tat ich allerdings kaum ein Auge zu. Meine Gefühle schwankten zwischen Ärger, Angst, Verzweiflung und Liebe hin und her. Wie gerädert wachte ich am nächsten Morgen auf. Was sollte ich bloß machen? Ich konnte ja schlecht wieder zur Insel fahren und auf »Romansuche« gehen, oder doch?

Mellanie holte mich zum Frühstück ab. Wir versuchten beide »Gute Laune« zu spielen, aber so richtig gelang es uns nicht. Als wir zwei Stunden später wieder ins Motel kamen, fanden wir im Zimmer eine Mitteilung, ich möchte mich bitte im Office melden.

Mell und ich machten uns sofort auf den Weg. Die Vermieterin teilte uns mit, dass Roman angerufen hätte und er würde sich später nochmal melden.

»Gott sei Dank, dann geht es ihm also gut«, sagte ich und fühlte mich maßlos erleichtert. Mell war ebenfalls froh und konnte nun beruhigt wieder nach Hause fahren.

Sie hatte heute viel Arbeit.

»Ich rufe dich nachher an. Möchte doch zu gerne wissen, was er so erzählt«, sagte sie.

»Ob Roman wirklich nur versackt ist. Auf seine Geschichte bin ich äußerst gespannt«, sagte ich.

Ich winkte meiner Freundin hinterher und wartete danach auf Romans Anruf.

Gut eine Stunde später kam die Vermieterin und holte mich ans Telefon. Mittlerweile hatte sich meine Erleichterung darüber, dass es Roman anscheinend gut ging, wieder in Wut verwandelt. Dementsprechend sauer reagierte ich: »Was hast du dir eigentlich dabei gedacht, mich so hängen zu lassen und dich gar nicht zu melden? Wo steckst du überhaupt?«, wollte ich kratzbürstig von ihm wissen.

»Was heißt hier, hängen lassen? Ich dachte, du bist noch auf der Insel und habe dich wer weiß wie lange gesucht«, erklärte

Roman.

»Wer's glaubt! Wann bist du nun endlich hier?«

»Der Autoschlüssel ist mir abgebrochen. Ich kann nicht mit unserem Wagen kommen, aber Ken bringt mich ins Motel – bin in etwa einer halben Stunde da, dann können wir weiterreden« sagte er.

»Beeile dich«, erwiderte ich und legte auf.

Er hatte mich also gesucht. Auch nicht schlecht. Na ja, war irgendwie logisch, dass er mich noch auf der Insel vermutete. Wer war nun Ken schon wieder? Sicherlich hatte Roman diesen Ken noch im »Roundhouse« kennengelernt. Egal, Hauptsache, er käme gleich.

Allzu freundlich muss ich ja erst mal nicht sein, nahm ich mir vor. Wünschte jedoch gleichzeitig, die halbe Stunde möge schnell umgehen.

Als dann die Tür aufging, freute ich mich so sehr, Roman wieder zu sehen, dass mein ganzer Ärger verschwand.

»Du brauchst gar nicht mehr sauer zu sein, schließlich warst du doch plötzlich verschwunden. Ich dachte schon, du wärst mit zu Barry auf seine Jacht gegangen«, beschwerte er sich.

»Wie konntest du nur auf die Idee kommen? Mir war übel und ich bin nach draußen gegangen«, erklärte ich ihm.

»Das hättest du mir ja wenigstens sagen können. Barry war nämlich ebenfalls plötzlich nicht mehr da.«

»Ich bin im Park auf einer Bank eingeschlafen und morgens mit der ersten Fähre zurückgefahren.«

»Du wusstest doch, dass ich schon einiges zu viel getrunken hatte. Hast du dir nicht einmal Gedanken darüber gemacht, was mir hätte alles passieren können? Wenn ich jetzt ins

Wasser gefallen und einfach ertrunken wäre, was dann?«

»Jetzt versuch bloß nicht, mir Schuldgefühle einzureden.«

»Ich habe jedenfalls am nächsten Tag, als ich wieder einigermaßen klar denken konnte, überall nach dir gesucht. Frag Ken, der war dabei.«

Ken bestätigte Romans Schilderung mit einem Nicken und sagte:» Das stimmt. Er hat überall nach dir gefragt.«

So langsam musste ich über die ganze Situation lachen, ging zu Ken und reichte ihm die Hand. Dann umarmte ich Roman und meinte:»Setzt euch hin und erzählt in aller Ruhe, was alles passiert ist.«

Daraufhin legte Roman los und erzählte die ganze Geschichte.

»Ich habe bei Ken geschlafen. Richtig nachdenken konnte ich nicht mehr und dann bin ich auch davon ausgegangen, dass du mit zu Barry gegangen bist. Ihr habt euch ja so gut verstanden. Am nächsten Nachmittag haben wir versucht, dich zu finden, weil wir wirklich dachten, dass du noch auf der Insel bist. Ken hat mich dabei fast zur Weißglut gebracht. Er hat jeden, den er kannte, angesprochen und immer wieder gesagt: Hier ist Roman aus Deutschland. Er hat seine Freundin verloren. Hast du vielleicht eine schwarzhaarige, blauäugige Deutsche gesehen?«

Ich musste lachen und meinte zu den beiden:»Und ihr seid nicht einmal auf den Gedanken gekommen, hier im Motel anzurufen?«

»Eigentlich schon«, gab Roman zu, »aber zu der Zeit ist mir der Name des Motels einfach nicht eingefallen und so war das mit dem Anrufen schlecht.«

»Aha, daher weht der Wind."

»Dafür kennt jeder auf *Put in Bay*« jetzt deinen Namen," meldete sich Ken und schmunzelte.

»Zum Schluss sind wir mit einem Boot zur nächsten Insel gefahren. Da gibt es eine bekannte Weinhandlung und viele Touristen fahren von *Put in Bay* dort rüber. Wir dachten, dass hättest du vielleicht auch gemacht. Na, und als wir dich nicht fanden, haben wir erst mal Wein getrunken. Was zum Schluss dabei raus gekommen ist, kannst du dir denken." Roman fühlte sich nach dieser Beichte doch nicht mehr so wohl in seiner Haut.

»Ich glaube, wir haben beide nicht alles richtig gemacht«, sagte ich. »Wie hast du es denn geschafft, den Autoschlüssel abzubrechen?«

»Kann ich dir nicht genau sagen. Als ich ihn vorhin aus der Tasche holen wollte, war er hin. Keine Ahnung, wie das passieren konnte.«

»Jetzt müssen wir nur sehen, dass wir so schnell wie möglich einen neuen Schlüssel bekommen. Am besten, wir rufen bei der Verleihfirma an und fragen, was zu tun ist.«

»Das kann ich für euch erledigen«, bot sich Ken an.

»Ich nehme die Unterlagen von dem Auto mit und telefoniere ein bisschen herum. Danach komme ich wieder hierher«, meinte er.

»Oh, dass ist toll von dir«, freute ich mich und auch Roman war sichtlich erleichtert.

Als Ken gegangen war, sahen wir uns erst etwas verlegen an, konnten dann das Lachen nicht mehr unterdrücken und ich meinte: »So was kann auch nur uns passieren. Verschollen auf »*Put in Bay*« und das im Urlaub. Was kommt als Nächstes? «

»Als Nächstes machen wir uns einen netten Abend zu zweit«, schlug Roman vor.

Gute Idee. Erst jetzt fiel mir auf, wie sehr mir Roman in den letzten Stunden gefehlt hatte und welche Sorgen ich mir gemacht hatte.

Roman ging ins Bad und ich rief Mellanie an.

»Hey, Mell. Ich bin es.«

»Prima. Auf deinen Anruf habe ich schon gewartet. Was erzählt der Herr denn so?«

Ich erzählte meiner Freundin die Story und beide amüsierten wir uns über die ganze Geschichte.

»Dass so etwas dabei herauskommt, hätte ich nicht gedacht, als ich euch den Vorschlag mit *Put in Bay*« machte", meinte Mell. »Aber es ist ja Gott sei Dank alles gut gegangen.«

»Jetzt warten wir, bis Ken sich wegen des Schlüssels meldet und dann holen wir das Auto ab. Hoffe ich jedenfalls. Danach steht nur noch ein ganz ruhiger Abend auf dem Programm«, erzählte ich erleichtert.

Mellanie meinte: »Zu etwas anderem könnte ich euch nach der Aufregung nicht raten. Meldet euch morgen, wenn ihr ausgeschlafen habt.«

»Machen wir«, sagte ich und legte den Hörer auf.

Roman war gerade im Bad fertig, als es an der Tür klopfte.

Es war Ken und er hatte gute Nachrichten für uns. »Nach den Fahrzeugunterlagen kann jeder Schlüsseldienst einen Ersatzschlüssel anfertigen. Die Rechnung müsst ihr allerdings sofort bezahlen. Ich kenne eine Firma, die das schnell macht. Wenn ihr wollt, fahren wir gleich hin und holen danach das Auto.«

»Das ist ja prima, Ken. Vielen Dank, dass du die Sache für uns erledigt hast. Wir kommen sofort mit.« Roman war froh, dass wir nun endlich unser Auto holen konnten.

Wir fuhren mit Ken zum Schlüsseldienst und dann zum Parkplatz.

Welch ein Glück, der Schlüssel passte. Wir atmeten erleichtert auf.

Danach luden wir Ken für seine Hilfe zum Abendessen ein, tauschten mit ihm unsere Nummern aus und versprachen, uns auf jeden Fall zu melden, sobald wir wieder in Deutschland wären. Danach fuhren wir zu unserem Motel zurück.

»Gut, dass wir noch was von dem Koks übrighaben«, sagte Roman. »Jetzt brauche ich unbedingt was für die Nase – du sicherlich auch, oder?«

»Wäre nicht schlecht«, meinte ich, obwohl in mir Unbehagen aufstieg. Ich war im Umgang mit Koks bei Weitem nicht so routiniert wie Roman, dennoch genoss ich das angenehme Gefühl, sobald es wirkte. Auch wenn mich der Reiz des Verbotenen immer wieder fesselte, blieb doch die Angst, abhängig zu werden und in einen Teufelskreis zu geraten, in dem ich eventuell aus eigener Kraft nicht wieder herausfinden würde.

Roman holte das weiße Pulver aus seinem Versteck und legte vier Bahnen auf den dunklen Tisch. Beide nahmen wir eine Bahn. Roman mixte danach zwei Gläser mit Rum-Cola und gab mir eines.

»Darauf, dass wir uns wiedergefunden haben und auf einen netten Abend«, prostete mir Roman zu.

Das war ein guter Grund, auf den ich gern mit ihm anstieß.

Als das Kokain bei uns anfing zu wirken, wurden wir ziemlich ausgelassen.

Wir alberten herum, fühlten uns leicht, spielten Fangen im Zimmer, stießen dabei einen der Stühle um und rannten anschließend rund um den Swimmingpool.

Irgendwann kamen wir auf die Idee, Selfies zu machen, wobei wir die verrücktesten Einfälle hatten. Es wurden Fotos auf dem Auto gemacht, auf der Bank vor unserem Zimmer, am Pool und später in den Betten. So viel Spaß hatten wir schon lange nicht mehr und erst als wir todmüde waren, war an Schlaf zu denken. Unsere Körper hatten einiges in der Nacht zu verarbeiten, da sie so eine Tortur nicht gewöhnt waren und ich merkte am nächsten Morgen, dass meine Organe Schwerstarbeit geleistet hatten. War ich eigentlich verrückt, mir und meinem Körper so etwas anzutun? Ich ernährte mich vegetarisch, rauchte nicht und trank nur ab und zu. Aber was ich im Moment meinem Körper zumutete, konnte auf Dauer nicht gesund sein, das war mir klar.

In dieser Nacht hätte ich aber nirgends lieber sein mögen als mit Roman in Amerika. Ich war so glücklich, diesen Mann wieder an meiner Seite zu haben und mir wurde klar, dass mit keinem anderen dieser Urlaub so aufregend hätte sein können wie mit Roman – mit absolut keinem.

Kapitel 8

Die nächsten Tage verliefen tatsächlich so ruhig, wie wir erwartet hatten. Das war auch dringend notwendig. Mellanie und ich gingen shoppen und wir kamen endlich dazu, lange Gespräche zu führen, die nur uns etwas angingen. Unsere Freundschaft, die nun schon fast zwanzig Jahre bestand, wurde in diesen Tagen weiter gefestigt und wir genossen die glückliche Zeit. Roman sah sich währenddessen die Stadt und die Umgebung etwas genauer an. Viele Stunden verbrachten wir am Eriesee, dem südlichsten und viertgrößten See der fünf großen Seen Nordamerikas, durch den die Grenze der Vereinigten Staaten und Kanada läuft. Ein kleiner Strand im Nachbarort, Huron, lud zum Sonnenbaden und Faulenzen ein, und dort konnten wir auch gut schwimmen. So kamen wir doch noch dazu, richtig auszuspannen.

Vier Tage bevor der Rückflug gebucht war, hieß es Abschied von Melly und ihrer Familie nehmen. Keinem fiel es leicht, denn jeder wusste, dass dies ein Abschied für lange Zeit sein würde. Zu weit war die Entfernung zwischen Deutschland und Amerika. Es war nicht einfach nur die Reise über den Atlantik, die Kosten mussten ja ebenfalls bedacht werden. Wir trafen uns alle nochmals in Mellys Haus und verbrachten den Abend gemeinsam mit ihrer Familie. An Gesprächsstoff fehlte es uns nicht und wir konnten über vieles lachen. Zum Abschied nahmen Melly und ich uns noch einmal ganz fest in die Arme, hielten uns und hatten dabei dicke Kullertränen in den Augen. Am nächsten Tag ging es für Roman und mich weiter in

Richtung Niagara-Fälle in Kanada. Wir hatten lange überlegt, ob wir um den Eriesee herumfahren oder lieber mit der Fähre übersetzen sollten. Da wir mit der Fähre etliche Stunden Zeit sparen konnten und es bequemer war, entschieden wir uns für diese Möglichkeit.

»Tschüss, Sandusky«, sagte ich leise, als ich auf die Stadt mit dem hübschen kleinen Hafen und dem smaragdgrünen Wasser zurückblickte und hatte dabei schon wieder Tränen in den Augen. Der Abschied, besonders von Mellanie, fiel mir schwerer, als ich angenommen hatte.

Vier Stunden später kamen wir in Kanada an und fuhren am Ontariosee entlang, dem kleinsten der fünf großen Seen Nordamerikas, in Richtung Wasserfälle. Kurz vor der Stadt 'Niagara-Falls' nahmen wir uns ein Motelzimmer für die nächsten Tage. Das Motel Falcon-Inn lag direkt am Niagara Fluss. Obwohl das Zimmer nicht das Beste war, meinten wir, es würde für die kurze Zeit sicher reichen.

Wir brachten unsere Koffer herein und fuhren anschließend sofort weiter zu den weltberühmten, gigantischen Wasserfällen. Roman war so gespannt wie schon lange nicht mehr. Er wurde ganz aufgeregt und man spürte, wie hibbelig er war. Hatte er sich doch am meisten auf die Niagarafälle gefreut und für ihn war das heute ein ganz großes Abenteuer. Für mich war es das fünfte Mal an diesem Ort. Da ich mich hier schon gut auskannte, hielt sich meine Aufregung in Grenzen. Aber dieses Naturwunder faszinierte mich immer wieder. Allein das Getöse der herunterstürzenden Wassermassen war atemberaubend.

»Wenn man das hier so sieht, merkt man erst, wie unbedeutend ein Mensch eigentlich ist, jedenfalls für die Erde«, meinte Roman ergriffen und ich musste ihm in diesem Punkt Recht geben.

»Ja, da kann man zum Nachdenken kommen.«

»Du kennst dich doch hier aus. Was schlägst du als Nächstes vor?«, fragte Roman verschmitzt und sah dabei aus, als wäre er zu jeder »Schandtat« bereit.

»Da fällt mir in der Tat etwas Tolles ein. Du könntest eine Fahrt mit der *Maid of the Mist*« machen. Die Tour mit dem Schiff ist die seit 1846 älteste, kontinuierliche Touristentour und das Boot fährt bis ganz nah an die Fälle heran. Das ist ein starkes Gefühl«, versuchte ich Roman diese Unternehmung schmackhaft zu machen.

»Warum soll ich allein fahren?«, fragte Roman erstaunt. »Du kommst natürlich mit, oder glaubst du, ich will ohne dich untergehen?«, lachte er.

»Ist ja ausgesprochen nett von dir, aber ich habe das schon zweimal mitgemacht. In der Zeit mache ich lieber einen kleinen Bummel durch die Läden. Dazu hatte ich die letzten Male nie Gelegenheit«, sagte ich, konnte allerdings ein leichtes Grinsen auf dem Gesicht nicht verbergen. Er würde schon sehen.

»Die Sache hat bestimmt einen Haken«, vermutete Roman ganz richtig, schwang sich dann mit einem Satz über eine Absperrung, zog mich hinterher und wir stapften in Richtung Anlegestelle.

Als er sah, wie viele Menschen mit den Schiffen fahren wollten, ließ er sich doch von mir überreden, allein zu fahren. Es waren immer mehrere Schiffe mit dem interessanten Namen *Maid of the Mist*« unterwegs, die sich nur in den Zahlen hinter dem Namen unterschieden und so brauchte Roman nicht sehr lange auf einen Platz zu warten. Gleich am Eingang bekam jeder Passagier einen Regenumhang ausgehändigt.

»Das kann ja lustig werden«, meinte Roman und als er sich umdrehte, schaute er in mein lachendes Gesicht.

»Ich werde bestimmt gleich wissen, warum du lachst«, sagte er.

»Aber egal, es wird sicher lustig«.

Roman zog auf dem Schiff den Regenmantel an. Schon kurz nachdem es abgelegt hatte, wusste er, warum ich nicht ein drittes Mal mitfahren wollte. Die Wassermassen fielen mit mächtigem Getöse die Fälle herab. Es spritzten tausende von Litern Wasser in Form von Nebel und kleinen Wasserstrahlen auf die Besucher und der Bootsführer rief in sein Mikrofon »Enjoy the shower!« Romans Regenmantel war nicht im Stande, das von den Fällen herüberwehende Wasser abzuhalten. Er und fast alle anderen wurden binnen von Sekunden bis auf die Haut nass.

Allerdings störte ihn das nicht allzu sehr. Viel schlimmer war der Gestank, den die geliehenen Mäntel ausströmten. Vermutlich waren sie vorher nicht gewaschen worden.

Das Gefühl, so nah an dem herunterstürzenden Wasser zu sein, entschädigte ihn jedoch für seine durchweichten Klamotten.

Er genoss den Lärm, die Feuchtigkeit und nahm die Naturgewalten in sich auf.

»Niagara ist indianisch und heißt »donnerndes Gewässer« fiel es ihm in diesem Moment wieder ein und er wusste, dass er diese Eindrücke nie vergessen würde.

Ich war in der Zwischenzeit an einem Infostand vorbeigekommen und hatte mir mehrere Prospekte mitgenommen. In einigen Heften waren Gutscheinmarken für verbilligten Eintritt für verschiedene Attraktionen wie Museum, Seilbahn, Helikopterflüge usw. enthalten.

In anderen Heften boten Motels teure Zimmer für weniger Geld an, da die Saison mittlerweile vorbei war und die Gastronomen mit allen Mitteln an den letzten Gästen verdienen wollten. Ich schaute mir die Angebote an. Es wurde auch ein Zimmer mit Whirlpool und separatem Badezimmer angeboten.

Der Whirlpool befand sich, nur durch einen Wandvorsprung getrennt, direkt neben dem Bett. Schnell suchte ich nach dem Preis für dieses Luxuszimmer und war erstaunt, dass es so billig angeboten wurde. Es kostete nur noch die Hälfte vom Normalpreis. Das begeisterte mich.

So könnten wir uns für die letzten zwei Urlaubstage diesen Luxus leisten und uns die letzten Tage noch einmal richtig versüßen.

Als Roman kurze Zeit später pudelnass zurückkam, überfiel ich ihn gleich mit der Idee, dieses Zimmer zu mieten.

»Langsam, langsam! Ich muss erst wieder trocken werden und dann wissen wir ja nicht, ob es noch frei ist«, beschwichtigte er mich. »Außerdem haben wir schon ein Zimmer. Du willst doch wohl nicht zwei bezahlen müssen?«, fragte er.

»Nein, natürlich nicht. Wir müssen unser jetziges Zimmer irgendwie wieder loswerden.«

»Lass uns erst mal nachfragen, ob das Whirlpoolzimmer frei ist«, wiederholte Roman seine Bedenken.

»Gut, dann komm, fragen wir.«

So musste Roman, trotz nasser Sachen, mit mir zum Hotel fahren. An der Rezeption zeigte ich das Foto und sagte, dass wir dieses Zimmer gerne mieten würden.

Die Angestellte war sehr freundlich, konnte uns aber das abgebildete Zimmer nicht mehr geben. Sie bot uns daher ein anderes zum gleichen Preis an. Ebenfalls mit Whirlpool. Wir baten darum, uns das Zimmer einmal ansehen zu dürfen und die Dame ging mit uns und zeigte uns die Räume.

Wir waren auf der Stelle begeistert. Ein riesiges rundes Bett mit einem Spiegel darüber und ein Whirlpoolbad direkt daneben, separates Badezimmer und Balkon.

»Das nehmen wir für zwei Tage«, entschieden wir sofort, »Wir holen schnell unsere Koffer und kommen dann zurück", teilten wir der Angestellten mit.

»Klasse, jetzt haben wir zwei Zimmer«, flachste Roman.

»Ich werde das andere irgendwie wieder los. Lass mich nur machen", sagte ich voller Hoffnung und hatte schon eine Idee.

»Oh, da lass ich dir gern den Vortritt«, grinste er.

»Nur dabei? Das ist aber nett von dir.«

In diesem Moment schauten wir uns tief in die Augen und wussten, dass wir jedes noch so große Problem lösen konnten, wenn wir nur zusammen waren.

Wir alberten noch eine Weile herum und fuhren danach zu unserem Motel am Niagarafluss zurück.

Roman ging gleich ins Zimmer und ich zur Anmeldung. Als ich ein paar Minuten später nachkam, grinste ich ihn verschmitzt an.

»Alles in Ordnung. Wir können fahren und brauchen keinen Pfennig zu bezahlen.«

»Wie hast du das gemacht?«, wollte Roman wissen, aber dies blieb eins der wenigen Dinge, die er nie von mir erfuhr. »Er muss nicht alles wissen«, dachte ich bei mir und musste dabei über mich selbst lachen.

Wir packten schnell unsere Koffer ins Auto und fuhren zurück in die Stadt. Als wir in unserem Luxusapartment ankamen, nahmen wir uns gar nicht erst die Zeit, unsere Sachen auszupacken, sondern ließen sofort Wasser in den riesigen Whirlpool und nahmen zusammen ein ausgiebiges Bad. Wir genossen es, von der Wanne aus durch das große Panoramafenster nach draußen zu schauen. Die Sonne schien durch die Vorhänge und lud zu neuen Unternehmungen ein.

Im Anschluss an unseren Badespaß mussten wir allerdings Putzfrau spielen, da, wie immer das auch passieren konnte, fast der ganze Raum unter Wasser stand.

Überall um die Wanne herum war das Wasser gespritzt und die Schaumbällchen waren vom Beckenrand bis in die Mitte des Raumes geflogen.

Mit bester Laune machten wir uns kurze Zeit später auf, um in der Stadt eine Kleinigkeit zu essen. Vorher bummelten wir durch einige Geschäfte. In einem der vielen Andenkenläden wurden Freundschaftsarmbänder aus Leder verkauft. Ich sah mir die Bänder gerade an, als Roman dazukam und meinte:

»So ein Armband würde sogar ich tragen. Eigentlich finde ich diese bunten Stoffbänder albern, aber diese hier aus Leder sehen richtig gut aus«, meinte er.

Ich, die mir so ein Zeichen unserer Zusammengehörigkeit schon lange gewünscht hatte, aber nicht im Traum damit gerechnet hätte, dass Roman dafür ansprechbar wäre, packte schnell diese Gelegenheit beim Schopf und sagte: »Prima. Mir gefallen sie auch. Kauf uns doch zwei.«

»Gut, welche sind denn die Schönsten? Guck du bitte mit. Sie sollen uns ja beiden gefallen.«

Wie über dieses Lederband hatte ich mich lange nicht mehr über ein Geschenk gefreut. Ich wusste, dass ich das Band hüten würde wie meinen Augapfel. Es hatte einen ganz besonderen Stellenwert für mich. Gleichzusetzen mit einem Freundschaftsring bei frisch Verliebten. Ich freute mich sehr über dieses Zeichen der Zusammengehörigkeit.

Als wir anschließend beim Essen saßen, holte Roman die Bänder aus seiner Tasche.

»Gib mir deinen Arm, dann binde ich es dir um.«

Als er damit fertig war, band ich das andere Freundschaftsband Roman ums Handgelenk.

Ob er je wissen würde, wie glücklich ich in diesem Moment war? Wahrscheinlich nicht. Endlich hatte ich ein äußeres Zeichen unserer Verbundenheit. Frauen können doch ganz schon sentimental sein.

Wir schauten uns den ganzen Tag über die verschiedensten Sehenswürdigkeiten an. Als wir wieder im Hotel waren, fühlten wir uns ziemlich erledigt.

»Schade, dass wir keinen weißen Muntermacher mehr haben«, meinte Roman.

»Dann werden wir in diesem Ausnahmefall eben einfach ein paar Stunden schlafen, um wieder fit zu sein.«

Mir war es ganz recht, dass Roman nichts mehr von dem weißen Pulver übrighatte. War ich doch im Grunde gegen dieses Aufputschen. Immer wieder hört man von Abstürzen der verschiedensten Arten. Halluzinationen und sogar Todesfälle durch Überdosierung.

Keine schöne Aussicht, wenn man sich gerade in einem fremden Land fern ab von zu Hause befand. Allerdings, auch zuhause wäre die Vorstellung nicht besser gewesen.

»Gut, versuchen wir's halt, und heute Nacht fahren wir in irgendeine nette Disco, okay?«

»Einverstanden«, murmelte ich und schlief kurz darauf wie ein Murmeltier dicht an Roman gekuschelt ein.

Kurz vor Mitternacht wurde Roman wach und rüttelte mich erbarmungslos aus meinen Träumen.

»Aufwachen, Discozeit! Wir wollen doch nicht nur schlafen. Los, aufstehen!«

»Roman, ich will weiterschlafen, bitte«, bettelte ich.

»Kommt überhaupt nicht in Frage. Ich bin munter, also steh schon auf«, sagte er energisch.

»Nur weil du wach bist, muss ich es ja nicht sein. So was sollte ich mal mit dir machen. Da wärst du bestimmt sauer.«

»Das ist was anderes. Aber jetzt ziehen wir uns schick an, rufen ein Taxi und los geht's.«

Ich rappelte mich langsam hoch, ließ mir in der Dusche kaltes Wasser über den Körper laufen und zog mich danach fluchend und vor mich hin maulend an.

Roman hatte seine schwarze Hose und das schwarze Seidenhemd angezogen. Er sah toll aus. Da blieb mir nichts anderes übrig, als meinen schwarzen Minirock herauszuholen und die hochhackigen Schuhe. Wir gaben schon ein tolles Paar ab, wir zwei. Und wieder einmal war ich stolz, so einen attraktiven und weltgewandten Mann an meiner Seite zu haben.

Nachdem wir auf der Straße standen, riefen wir ein Taxi und fragten den Fahrer nach einer guten Adresse für die kommende Nacht.

»Die besten Clubs und Discos sind alle auf der amerikanischen Seite von 'Niagarafalls'. Wenn ihr eure Pässe dabeihabt, könnten wir dorthin fahren«, meinte der freundliche Taxifahrer.

»Die haben wir dabei. Bringen Sie uns einfach irgendwo hin, wo was los ist«, sagte Roman.

Wieder war ich erstaunt, wie aktiv Roman war. Keine Spur von Erschöpfung zu bemerken. Er konnte sich mit nur wenigen Stunden Schlaf komplett erholen und steckte mich immer wieder mit seiner Energie an.

Der Club, in dem wir dann landeten, war ein Country- und Westernclub mit Live-Musik und einer ausgelassenen Stimmung.

Es wurden ausgesprochen nette Stunden. Schnell kamen Roman und ich mit den Leuten an und hinter der Theke ins Gespräch. Roman hatte sogar Lust zum Tanzen. Die Band spielte flotte Stücke und obwohl wir hier fremd waren, kamen wir uns nach kurzer Zeit nicht mehr fremd vor. Der Taxifahrer, der uns hierhin gebracht hatte, holte uns Stunden später wieder ab, denn er hatte uns vorsichtshalber seine Karte gegeben, da Taxis zu so »früher« Stunde, nicht immer leicht zu bekommen seien.

Viel schlafen konnten wir in dieser Nacht allerdings nicht mehr. Für den nächsten Morgen hatten wir einen Tisch im Skylon-Tower, einem 160 m hohen Aussichtsturm bestellt, um dort zu frühstücken. Der Teil, in dem sich das Restaurant befand, drehte sich ganz langsam und wir hatten einen ständig wechselnden Blick auf die Stadt und die Niagara-Fälle.

Dieses Erlebnis wollten wir trotz unserer Müdigkeit nicht verpassen.

Es wäre zu schade gewesen, so etwas zu verschlafen.

Nun kam unser letzter Urlaubstag und die Stimmung hielt sich in Grenzen. Jeder hing seinen eigenen Gedanken nach. Langsam mussten Roman und ich uns von zwei herrlichen, teilweise sehr spannenden Wochen verabschieden und wieder an zu Hause denken. Das fiel uns nicht leicht. Diese Wochen, das war ein anderes Leben. Was würde uns in Deutschland erwarten?

Am frühen Abend packten wir unsere Koffer und gingen danach noch einmal schick amerikanisch essen. Das Restaurant hatten wir uns aus dem Reiseführer herausgesucht, weil es hervorragende Kritiken hatte und vor allem einen Blick auf die Niagarafälle. Roman aß wie immer sein T-Bone-Steak mit Backofen-Kartoffeln und ich meine heißgeliebten Mozarellasticks.

Da wir am nächsten Tag vor dem Abflug vom Flughafen Cleveland etwa fünf Stunden Autofahrt über Buffalo und

New York State vor uns hatten, gingen wir recht früh zu Bett. Nach dem Frühstück am nächsten Morgen verstauten wir die Koffer und fuhren danach sofort los. Wir hatten keine Lust, uns am letzten Tag abhetzen zu müssen. Auf der ganzen Fahrt hatten wir nicht sehr viele Worte. Beide waren wir traurig, dass der erste gemeinsame Urlaub zu Ende ging und das viel zu schnell.

Der Flieger ging pünktlich ab und nach einer Zwischenlandung in New York und einigen Stunden Aufenthalt, kamen wir früh um sechs in Frankfurt an. Todmüde holten wir die Koffer und danach das Auto, welches wir am Abreisetag in eines der vielen Parkhäuser gestellt hatten. Roman fuhr die ersten zwei Stunden, dann sagte er: »Bitte, ich kann mich absolut nicht mehr konzentrieren. Fahr du das letzte Stück.«

Als Roman auf dem Beifahrersitz saß, dauerte es keine Minute und er war eingeschlafen. Zu anstrengend war die Rückreise und der Jetlag war entsetzlich.

Ich musste mich stark auf die Straße konzentrieren, da auch ich unglaublich müde war. Gegen Mittag kamen wir zu Hause an. Gott sei Dank war Sonntag und wir hatten keine Verpflichtungen.

Roman und ich schafften es gerade noch, unsere Koffer in seine Wohnung zu bringen. Danach kuschelten wir uns auf dem breiten, braunen Sofa zusammen und schliefen bis zum nächsten Morgen.

Kapitel 9

Da mein Urlaub erst am Dienstag zu Ende ging und Roman nicht wusste, ob er die Stelle beim Theater wiederbekommen würde, ließen wir es auch am Montag sehr ruhig angehen.

Die Zeitverschiebung machte uns beiden schwer zu schaffen.

Erst am Nachmittag meinte ich: »Jetzt wird es höchste Zeit! Ich muss unbedingt meine Katzen wiedersehen. Hilfst du mir mit dem Koffer?«

»Klar, gib mal her. Ich werde heute nur das Nötigste erledigen, danach hau ich mich wieder aufs Ohr. Ruf später bitte an«, meinte Roman leise.

»Was willst du denn erledigen?«

»Ich muss als Erstes bei meiner Ex-Frau vorbeifahren und hören, ob die Sache mit dem Geld geklappt hat. Du weißt ja, dass ich immer noch einen guten Kontakt zu ihr habe und sie während meiner Abwesenheit meine Post in Empfang genommen hat. Meine Tochter will ich auch unbedingt sehen. Kannst du dir sicher vorstellen.«

»Ja, kann ich. Die Sache mit dem Geld hast du mir bis jetzt immer nur angedeutet. Könntest du mir mal sagen, worum es eigentlich geht?«

»Vielleicht später. Ich krieg das schon hin. Mach dir keine Gedanken.«

»Okay, ich fahr jetzt. Bis dann.«

Wir umarmten uns fest und küssten uns innig. Danach fuhr ich nach Hause, wobei ich ein komisches Gefühl in der

Magengegend hatte, das ich mir nicht erklären konnte. Jetzt war die Zeit vorbei, in der ich Roman ganz für mich hatte, und ob es mir nun passte oder nicht, ich würde mich wieder daran gewöhnen müssen, ihn nur alle paar Tage zu sehen. Das machte mich traurig. Aber alles Grübeln half nicht.

Als ich in meiner Wohnung ankam, waren nur meine Katzen da. Ich setzte mich auf die Couch und kraulte die beiden Fellbälle ausgiebig. Sie schienen mich vermisst zu haben, denn sie schnurrten noch lange um meine Beine herum und machten es sich auf meinem Schoß bequem. Mir machte es nichts aus, allein zu sein. Ich musste meine Gedanken sowieso erst einmal ordnen.

Mein Körper befand sich zwar wieder zu Hause, aber mein Geist sauste noch in der Weltgeschichte herum. Den Koffer ließ ich erst einmal Koffer sein und kümmerte mich die nächsten Stunden nur um meine Lieblinge. Wegen der Katzen war es schön, wieder zuhause zu sein. Ursprünglich hatte ich vorgehabt den Abend zu Hause zu verbringen, aber als ich mein langes Gesicht im Spiegel sah, das mich anschaute, versorgte ich Theo und Sarah, nahm meine Jacke, sagte: »... und Tschüss!«, schnappte mir meine Schlüssel, lief die Treppen hinunter zu meinem Auto und fuhr wieder zu Roman.

Ich staunte, als ich mit dem Schlüssel, den er mir vor unserem Urlaub gegeben hatte, seine leere Wohnung betrat. War ich doch sicher gewesen, ihn tief und fest schlafend auf seiner Couch vorzufinden. Nach zwei endlos langen Stunden, kam er endlich zur Tür herein.

»Hallo, du hier? Wie kommt es?«, fragte er überrascht.

»Du hast mir gefehlt und ich hatte keinen Nerv auf mein mürrisches Spiegelbild. Allerdings, viel besser scheinst du auch nicht drauf zu sein. Was ist los?«, fragte ich.

»Die Sache mit dem Geld ist noch nicht klar und jetzt muss ich sehen, dass ich es irgendwie anders hinbiege.«

»Wenn du die Stelle beim Theater wiederkriegst, schaffst du es doch sicher — oder?«, fragte ich unsicher.

»Das wäre zu spät. Ich muss unbedingt mit meinem Dealer reden. Das ist der Bekannte, der das Geld bekommt. Vielleicht kann ich für ihn arbeiten.«

»Und was wäre das für eine Arbeit?«, fragte ich ihn.

Aber im Grunde war es mir schon klar und es gefiel mir überhaupt nicht.

»Er braucht hin und wieder Leute, die ein paar Touren in die Türkei fahren. Sein Onkel hat dort ein paar Spielhallen und andere Geschäfte.«

»Um wie viel Geld geht es überhaupt?«, wollte ich wissen.

Roman war die Angelegenheit mehr als peinlich und er hätte es mir liebend gern verschwiegen Aber er kannte mich und meine Sturheit. Er wusste genau, dass ich ihn jetzt nicht mehr in Ruhe lassen würde. Er biss in den sauren Apfel und erklärte: »Ich schulde dem Dealer fünftausend Euro.«

Bei dieser Summe verschlug es mir fast die Sprache. Ich hatte zwar einiges an Geld gespart, aber auch für mich war diese Summe mächtig. Als ich mich von dem Schock erholt hatte, fragte ich ihn: »Wie willst du das denn machen? Du musst doch von irgendwas leben.«

»Wenn ich für einen Bekannten schwarzarbeiten kann, habe ich mein Arbeitslosengeld. Das reicht für das Nötigste und in ein paar Monaten bin ich meine Schulden los.«

Ich war sprachlos. Gerade hatte er mir erzählt, dass er Sozialbetrug begehen wollte. Schwarzarbeiten und dann noch Arbeitslosengeld beziehen? Es schüttelte mich vor Entsetzen. So sehr ich ihn liebte, aber das war ein Verhalten, das ich weder kannte noch unterstützen wollte. Jetzt wollte ich natürlich alles wissen.

»Wofür schuldest du ihm das ganze Geld?«, fragte ich.

»Ich habe vor einiger Zeit größere Mengen Koks gekauft und der Betrag ist noch offen.«

»Und was hast du mit dem ganzen Stoff gemacht?« Augenblicklich bekam ich Schnappatmung und mein Magen drehte sich vor Sorge.

Roman erzählte: »Die größte Menge habe ich weiterverkauft und den Rest selbst behalten. Du weißt doch, dass ich meistens etwas dabeihatte.«

»Ich fasse es nicht. Koksschulden von fünftausend Euro? Was passiert, wenn du es nicht zurückzahlen kannst?«, fragte ich besorgt.

»Dann kannst du mich möglicherweise demnächst im Krankenhaus besuchen. Diese Jungs verstehen keinen Spaß.«

»Roman, mach mir keine Angst«, rief ich erschrocken aus.

»Was meinst du, warum ich dir von der Sache nichts erzählen wollte? Ich wusste genau, wie du reagieren würdest.«

»Wann entscheidet sich, ob du für diesen Dealer arbeiten kannst?«

»Ein Kollege von ihm hat mir eine Nummer gegeben. Darunter soll ich ihn am Freitag um acht Uhr in der Türkei anrufen. Er ist zurzeit da unten. Ich glaube, er ist bei seinem Onkel.«

»Na, dann hoffe ich, dass du wirklich für ihn arbeiten kannst. Bitte, sieh aber zu, dass es legal abläuft. Was willst du sonst machen?«

»Ich weiß es noch nicht. Aber warten wir einfach mal das Gespräch ab.«

Die Müdigkeit, der Stress vom Flug und jetzt noch so ein Gespräch. Ich war fix und fertig. Roman allerdings nicht weniger. Wir beschlossen die Angelegenheit, fürs Erste auf sich beruhen zu lassen. Im Moment konnten wir nichts weiter unternehmen.

Erst musste Roman mit seinem Dealer sprechen. Ich machte mir große Sorgen und ich hatte Angst, wie die Angelegenheit wohl ausgehen würde.

»Von wem wolltest du dir eigentlich das Geld leihen?« fragte ich am nächsten Morgen bevor ich zur Arbeit fahren musste. Diese Frage war letzte Nacht offengeblieben, da ich Roman nicht weiter bedrängen wollte.

»Ich hatte ein paar Kreditvermittler angeschrieben. Ohne gewisse Absicherungen rücken die allerdings nichts raus und so einige Papiere konnte und wollte ich nicht unterschreiben. Die Absage von dem Institut, auf das ich noch gehofft hatte, kam in unserem Urlaub. Meine Ex-Frau hatte das Schreiben.«

»Roman, das hätte alles nur schlimmer gemacht. Hast du darüber denn gar nicht nachgedacht?« Ich geriet schon wieder in Panik.

»Was hätte ich machen sollen? Kannst du mir das mal verraten?«
»Weiß ich im Moment auch nicht.«
»Siehst du.«

Auf dem Weg zur Arbeit überlegte ich hin und her, wie ich Roman helfen könnte. Da ich einiges an Geld gespart hatte, kam ich zum Schluss: »Bevor irgendjemand auf die Idee kommt, Roman zusammenzuschlagen, leihe ich ihm das Geld.«
Mir war allerdings nicht klar, wie ich ihm das sagen sollte und ob er überhaupt bereit sein würde, es anzunehmen. Eines war klar, wenn er das Geld von mir annähme, wäre die Angelegenheit ernster, als er zugeben wollte.

In den nächsten Tagen telefonierten wir nur zusammen.
Am Freitag holte Roman mich vom Büro ab. Wir aßen eine Kleinigkeit in unserem Lieblingsbistro und warteten, dass es acht Uhr würde. Als Roman zum Telefon gehen wollte, hielt ich ihn kurz zurück und sagte: »Roman, wenn das mit der Arbeit nicht klappt – was würdest du sagen, wenn ich dir das Geld leihe? «
Er schaute mich an und diesen Blick konnte ich nicht recht deuten. Es lag etwas wie Panik, Angst, Ungläubigkeit, Hilflosigkeit und Hoffnung darin und ich bekam einen Schrecken.
Ob ich etwas total Falsches gesagt hatte? War es ein Fehler gewesen, ihm diese Art von Hilfe anzubieten?

Dann änderte sich seine Haltung schlagartig und obwohl seine erste Reaktion sicherlich Ablehnung war, fragte er jetzt: »Bist du dir sicher, dass du das tun willst? Du kennst meine finanzielle Lage ... Lass uns später darüber reden, okay?!«

Er ging zum Telefon und als ich ihm nachschaute, wäre ich bereit gewesen, ihm noch mehr zu geben. Ich liebte diesen Mann und würde alles für ihn tun. Das »Warum« konnte ich mir selbst nicht beantworten. War er der Mann, den ich brauchte und auf den ich so lange gewartet hatte?

Als Roman zurückkam, brauchte er nichts mehr zu sagen. Seinem Gesicht sah ich an, dass die Sache mit dem Bekannten nicht geklappt hatte. Ich wagte kaum ihn darauf anzusprechen, denn ich wusste, dass er jetzt lieber nicht reden wollte.

Roman setzte sich, sagte nichts und trank sein Bier aus. Nach einer gefühlten Ewigkeit des Schweigens, konnte ich mir ein »Und?« nicht verkneifen.

»Mein Bekannter hat zurzeit keine Fahrten und er will das Geld sofort. Er meint, er hätte schon lange genug gewartet. Jetzt sei endgültig Schluss.«

»Mein Angebot steht. Du musst nur entscheiden, ob du es annimmst.«

»Wenn du mir die fünftausend Euro wirklich leihen kannst, nehme ich sie an. Ich weiß sonst keinen Ausweg aus der Scheiße.«

Es war ihm sehr unangenehm, aber es blieb ihm keine andere Wahl als mein Angebot anzunehmen.

»Gut, ich gebe es dir Anfang der Woche. Ist das früh genug?«

»Sicher. Ich danke dir! Was sollte ich bloß ohne dich machen!?«

Im tiefsten Innern war es mir klar, dass ich dieses Geld wohl nie wiedersehen würde. Aber Roman war es mir wert.

Er war in diesem Moment mehr als deprimiert. Schließlich war es nicht leicht für ihn, so viel Geld von mir anzunehmen. Er war ein stolzer Mann, aber er wusste, dass er keine andere Wahl hatte und das war schlimm für ihn. Mir war das allerdings ebenfalls klar.

Eine Woche später bezahlte Roman seine Schulden und konnte wieder ohne Angst durch die Stadt gehen. Er war mir einerseits sehr dankbar, andererseits verlor er dadurch von seiner Selbstachtung. Er hatte es alleine nicht geschafft und das rumorte in ihm.

Um nicht immer darüber nachdenken zu müssen, trank er nun häufiger zu viel und nahm Kokain bei jeder sich bietenden Gelegenheit. Ich merkte, dass er sich von mir emotional entfernte und das tat mir sehr weh.

Es war nicht so, dass wir uns weniger sahen. Wir trafen uns ein paar Mal in der Woche und waren meistens an den Wochenenden zusammen. Manchmal fühlte ich mich Roman ganz nah, dann aber war da wieder diese unsichtbare Mauer. Erklären konnte ich es nicht, ich fühlte es nur.

Die Aushilfsstelle beim Theater wurde nicht wiederbesetzt und so war Roman auf unbestimmte Zeit arbeitslos.

Langsam aber sicher driftete sein Tagesrhythmus und meiner immer mehr auseinander. Er schlief lieber am Tage und ging abends los.

Ich arbeitete den ganzen Tag und hätte wesentlich mehr Schlaf gebraucht, als ich in dieser Zeit bekam. Aber meine Glückshormone hielten mich weiterhin munter.

Um Roman nicht weniger zu sehen, hielt ich deshalb nachts lange durch. Oft bis zum Morgen.

Wenn ich noch so kaputt war, ich war immer pünktlich bei der Arbeit und auch meine Tiere mussten nicht unter dieser Situation leiden Ich dachte mir insgeheim, dass das auf Dauer nicht funktionieren könnte. Man kann nur eine bedingte Zeit Raubbau mit seinem Körper betreiben. Irgendwann würde es mich aus den Schuhen heben, dachte ich besorgt.

Das schien Roman zu bemerken und er fragte mich eines Abends: »Wie kannst du nur nach so einer Nacht morgens wieder fit sein?«

Daraufhin sagte ich nur: »Ich habe eben eine gute Kondition.« Lachte zwar, bekam aber langsam immer mehr Zweifel.

»Das würde ich nicht durchstehen«, gähnte Roman und legte sich schlafen. Wie konnte er nur so ignorant sein? Er legt sich schlafen. Ich hatte wieder einen schweren Achtstundentag vor mir.

Leise fluchend fuhr ich zur Arbeit. In solchen Momenten hätte ich ihn fast hassen können. Allerdings nicht allzu lange.

Ich kannte viele Geschäftsleute und hatte bei der einen oder anderen Firma wegen eines Jobs für Roman nachgefragt. Es hatte sich allerdings noch nichts ergeben.

An den Wochenenden gingen wir meistens ins »Pomm« – eine Disco, in der Roman immer Bekannte traf. Ich lernte schnell Romans Freunde kennen und mit den Meisten kam ich sehr gut aus. Im »Pomm« fühlte ich mich wohl. Es war eine Disco nach meinem Geschmack. Gespielt wurde moderne Musik, vor allem die in allen amerikanischen Charts an erster Stelle stehenden Hits, die bekanntesten Oldies und zwischendurch legte der DJ auch mal deutsche Schlager auf. Die Räumlichkeiten waren großzügig, mit tollen Lichteffekten und alles war sehr sauber. Die Disco war an Wochenenden oder vor Feiertagen bis 5 Uhr morgens geöffnet. Meistens blieben Roman und ich bis zum Schluss. Das letzte Lied, das gespielt wurde, war immer »New York, New York« von Frank Sinatra. »New York, New York« wurde somit »Roman und mein Lied«.

Kapitel 10

Eines Abends kam ich ins »Pomm« und sah Roman dort mit einem anderen Mann stehen. Als ich zu den Beiden kam, stellte Roman ihn mir vor: »Hallo, Süße, das ist Ecki, mein ehemaliger Arbeitskollege vom Theater.«
Ecki und ich begrüßten uns und Roman bestellte für uns drei Getränke. Ecki war ein großer schlanker, gut gekleideter, brillentragender Mann mit naturgewellten, mittelblonden Haaren und einem einnehmenden Gesichtsausdruck, sehr sympathisch. Einer, mit dem man gleich reden konnte.
Schon nach kurzer Zeit unterhielten wir uns so angeregt, dass wir alles um uns herum vergaßen. Roman und Ecki konnten viele lustige Geschichten vom Theater und den Schauspielern erzählen. So hatten wir viel zu lachen und ich lernte Ecki besser kennen. Ein paar Tänze wollte ich ihm nicht abschlagen, aber als »New York, New York« gespielt wurde, musste ich natürlich mit Roman auf die Tanzfläche.

Die Wochen gingen ins Land und unsere Tage und Nächte verliefen in etwas ruhigeren Bahnen. In dieser Zeit war ich richtig glücklich und ausgeglichen; war ausgeruht und bekam alles gut unter einen Hut. Allerdings hielt dieser Zustand nicht lange an; war doch die Zeit mit Roman schon immer ein ewiges Auf und Ab.
Sobald ich ein paar Stunden erübrigen konnte, traf ich mich mit Udo, Lydia oder Jutta. Als Udo mitbekommen hatte, dass Roman mit Drogen zu tun hatte, zog er sich immer mehr

zurück und wollte nicht mehr mit ihm zusammentreffen. Natürlich konnte ich ihn in dieser Hinsicht verstehen. Es tat mir allerdings sehr weh, dass wir uns in der letzten Zeit nicht oft zu Gesicht bekamen. Trotzdem war ich mir sicher, dass ich immer auf meine Freunde würde zählen können. Auch meine Freundinnen brachten ebenfalls ihre Bedenken zum Ausdruck, zogen sich aber nicht zurück und dafür war ich ihnen sehr dankbar. Ich brauchte meine Freundinnen in meinem Leben.

Dann jedoch kam der schicksalshafte Abend, an dem ich Roman schon sofort anmerkte, dass da irgendetwas nicht stimmte. Er war launisch und wirkte abwesend.

Als ich ihn darauf ansprach, wollte er erst nicht mit der Sprache herausrücken. Ich ließ trotz meiner Angst vor seiner Antwort nicht locker und dann kam der Schock, der mir förmlich die Schuhe aus und den Boden unter den Füßen wegzog. Roman wollte sich von mir trennen.

Einen Grund war er absolut nicht bereit zu nennen.

Fassungslos redete ich auf ihn ein, konnte es einfach nicht glauben. Was war in den letzten Wochen geschehen, ohne dass ich es bemerkt hätte? War ich so in meiner Traumwelt gefangen, dass ich die Realität nicht erkannte? Ich hatte kurz das Gefühl, hysterisch zu werden. Ein so starkes Gefühl der Enttäuschung und Verzweiflung überkam mich, dass ich am liebsten laut los geschrien hätte.

Zum Schluss sagte er: »Du kannst es heute nicht verstehen. Glaub mir, eines Tages wirst du es verstehen.«

Ich sagte noch: »Roman, ich habe das Gefühl, dass ich dir viel zu nahegekommen bin.«

»Damit könntest du Recht haben«, sprach er, drehte sich um

und ließ mich einfach stehen. Ich schaute ihm ungläubig nach. Hatte ich das gerade geträumt? War das wirklich passiert? Viel später sollte ich begreifen, dass Roman sich von mir getrennt hatte, um mich nicht weiter mit sich in den Abgrund zu ziehen.

Wie ich nach Hause gekommen bin, konnte ich nicht mehr sagen. Ein Wunder, dass ich keinen Unfall hatte, so wie ich fuhr. Vor lauter Tränen konnte ich kaum die Straße sehen und meine Gedanken kreisten um alles, nur nicht ums Autofahren. Dennoch kam ich irgendwie heil zu Hause an. Holte mir schnell meine Katzen zum Kuscheln und schlief irgendwann vor lauter Erschöpfung ein. Wie ferngesteuert funktionierte ich die nächsten Tage, versuchte immer wieder, Roman zu erreichen. Der ging nicht ans Telefon. Er ignorierte mich vollkommen. Ich fuhr zu seiner Wohnung, aber keiner machte auf. Bei den Nachbarn fragte ich nach. Die konnten mir nur sagen, dass Roman aus der Wohnung ausgezogen war, ihnen aber ebenfalls nichts Genaues gesagt hatte.

In meiner Verzweiflung rief ich Ecki an. Zum Glück hatte er mir seine Telefonnummer gegeben. Er war sofort bereit, sich mit mir zu treffen, als er hörte, wie Roman sich verhalten hatte. Es tat ihm leid, dass ich so lieblos abgefertigt worden war.

Ecki konnte sich allerdings keinen Reim aus dem Verhalten von Roman machen.

Er meinte aber: »Roman war beim Theater immer schon ein Außenseiter, ein Querdenker und ein komischer Kauz. Obwohl ihn die Leute dort mochten, gehörte er nie so richtig dazu.

Du wirst lernen müssen, ihn zu vergessen«, mahnte Ecki.

»Das kann ich nicht. Ich liebe ihn und ich kann nicht verstehen, wie er sich so verhalten konnte«, antwortete ich mit Tränen in den Augen.

Ecki nahm mich in den Arm und versuchte mich zu trösten. In dem Moment weinte ich bitterlich und war Ecki sehr dankbar für seine Anwesenheit.

»Kann es sein, dass Roman es nicht mehr verantworten wollte, dass du wegen ihm zu den Drogen gekommen bist?«, fragte Ecki mich eine ganze Zeit später.

Der Gedanke war mir noch gar nicht gekommen. Konnte aber in der Tat ein Grund sein, den ich so noch nicht in Betracht gezogen hatte. Daher der letzte Satz von Roman? Machte der jetzt einen Sinn? Wollte er mich im Grunde nur beschützen? Ich brauchte nicht beschützt zu werden. Wollte nur meinen Roman wiederhaben.

So sehr ich mich bemühte, Roman ausfindig zu machen, hatte ich dennoch keinen Erfolg. Dass auch die fünftausend Euro endgültig verloren waren, schmerzte mich zu diesem Zeitpunkt nicht so sehr wie der Verlust dieser Liebe.

Udo kam nun wieder oft zu mir und wir führten lange Gespräche. Im Grunde war er sehr froh darüber, dass ich nicht länger in die Nähe von Drogen kam und unsere alte Vertrautheit gab mir in dieser Zeit starken Halt.

Kapitel 11

In den folgenden Wochen und Monate wurde Ecki immer mehr zu einem wichtigen Freund. Er wohnte nur zwanzig Kilometer von meiner Wohnung entfernt in einem kleinen alleinstehenden Bauernhaus, umgeben von Wiesen und Feldern. Ein wenig einsam, aber sehr idyllisch. Eine Gegend, wo sich Hase und Fuchs Gute Nacht sagen. Ecki hatte weder Ehefrau noch Kinder und so konnte ich ihn zu jeder Tages- und Nachtzeit anrufen. Mit ihm konnte ich mich immer treffen, wenn er nicht gerade im Theater zu tun hatte. Sogar dann machte er es oft möglich, dass ich einfach mal schnell eine Vorstellung mit ansehen konnte und wir uns danach sahen. Die Freundschaft zu ihm war mir sehr wichtig geworden. Ecki war ein toller Freund. Nicht mehr, aber auch nicht weniger. Meine Liebe gehörte immer noch Roman. Da Ecki Roman besser kannte als Udo, war es mir oft ein Bedürfnis, mit ihm über Roman zu reden. Das half mir bei der Bewältigung der Geschehnisse.

Roman vergessen?

Das war zu dieser Zeit absolut nicht möglich für mich. Zu aufregend war die Zeit mit ihm gewesen. Eine leise Hoffnung blieb, dass ich ihn doch eines Tages wiedersehen würde. An diese Hoffnung klammerte ich mich. Vielleicht würde ich dann verstehen können, warum er so abrupt aus meinem Leben verschwunden war.

Langsam, nur sehr langsam, versuchte ich wieder Ordnung in mein Gefühlsleben zu bekommen.

Es war für mich im Moment nichts anderes möglich und ich wollte nicht immer Trübsal blasen. Das lag nicht in meiner Natur und ich war im Grunde ein sehr positiv denkender Mensch. Nichts sollte mich und meine seelische Verfassung weiter stören.

Die Arbeit lenkte mich ab und meine Katzen heiterten mich wie immer auf. Sarah und Theo waren so lustige Tierchen. Da gab es immer wieder etwas zu lachen. Sie tobten durch die Wohnung und durch den Garten. Einmal, als Theo einer bunten Libelle hinterherjagte, die über den Gartenteich flog, dachte er nicht an das Wasser und landete mit einem Riesensatz mitten im Teich. Als er begriff, dass er im nassen Wasser planschte, prustete er erschrocken und begann mit seinen Pfötchen heftig zu strampeln. Nach dem ersten Schrecken holte ich das triefnasse Etwas aus dem Teich heraus.

Ein klatschnasser beleidigter Kater lief so schnell er konnte ins Haus und versteckte sich erst einmal, was ganz typisch für Katzen ist. Sarah, seine tierische Freundin, sah dem Ganzen etwas gelangweilt zu und leckte sich die Vorderpfötchen. Nach einiger Zeit kam Theo wieder zum Vorschein. Er schüttelte sich ein paar Mal und putzte sich so lange, bis er wieder flauschig war.

Solche kleinen Geschichten lenkten mich ab und brachten wieder Freude in mein Leben. Mit Drogen hatte ich nichts mehr zu tun. Glücklicherweise hatte ich die nicht lange genommen. So kam ich schnell wieder davon los. Alleine kam ich überhaupt nicht auf die Idee, mir Drogen zu besorgen. Das war nur interessant, solange Roman an meiner Seite war.

Ich dachte oft darüber nach, was wohl geschehen wäre, wenn ich mit Roman weiter zusammengeblieben wäre. Wie hätten dann wohl die Drogen mein Leben weiter bestimmt? Ich war insgeheim erleichtert, dass mir eine Drogenzukunft erspart geblieben war.

Udo, mein langjähriger Freund aus Jugendzeiten, kam nun auch wieder öfter zu Besuch. Solange es Roman für mich gegeben hatte, hatte er sich zurückgezogen, da er schnell gemerkt hatte, was mit ihm los war. Jedenfalls hatte er es schneller gemerkt als ich. Er mochte Roman, dachte aber, er würde mir nicht guttun.

Udo liebte Sarah und Theo sehr und spielte bei seinen Besuchen immer eine ganze Weile mit den Süßen. Da wurden Bällchen gefangen oder Sarah sauste einem Lichtpunkt hinterher. Theo war etwas ruhiger und gemächlicher. So ein bisschen wie Garfield aus dem Fernsehen, nur in cremefarben. Wenn es so lustig bei uns zuging, konnte ich Roman für einige Zeit vergessen.

Mit der Zeit hatte mich mein altes Leben wieder zurück. Keine extremen Nachtschwärmereien mehr und ich erholte mich zusehends. Mir ging es gut und meine Freunde lenkten mich immer ab, wenn ich mal wieder zu viel an Roman dachte.

Die immer fester werdende Freundschaft zu Ecki war eine große Hilfe. Wir konnten so herrlich miteinander lachen, aber auch streiten. Eine Beziehung versuchten wir ebenfalls. Das klappte aber nicht wirklich. Mal waren wir kurz zusammen, dann trennten wir uns wieder. Das eine hielt nicht lange und das andere auch nicht. Wir hatten eine echte on/off Beziehung, verloren uns aber nie aus den Augen. Lange böse sein konnten wir uns nicht. Es machte einfach Spaß, mit ihm befreundet zu sein und es erhoffte sich keiner von uns beiden wirklich mehr davon.

Wir beschlossen eines Tages, unseren Urlaub gemeinsam auf Gran Canaria zu verbringen. Dort lebten meine langjährigen Freunde Irmgard und Juan. Irmgard war eine hübsche Frau mit hellblonden Haaren, die sie als Pagenkopf geschnitten trug. Wache blaue Augen passten gut zu ihrem ausgelassenen Temperament. Sie arbeitete im Verkauf von Aloe-Produkten und konnte daher sehr gut mit den unterschiedlichsten Menschen umgehen. Irmgard stammte aus Wien, war gelernte Fotografin und hatte ihre Heimatstadt verlassen, um auf Gran Canaria ein neues Leben zu beginnen.

Juan, der eigentlich Johannes heißt und aus der Nähe von Münster stammt, betrieb eine urige Bar oben in den Bergen von Gran Canaria und sein ruhiges Wesen hatte schon immer anziehend auf mich gewirkt. Seine blonden langen Haare erinnerten immer ein bisschen an einen Hippie aus vergangenen Tagen und in den letzten Jahren hatte ein kleines Bäuchlein seine ansonsten schlanke Gestalt etwas verändert.

Die beiden kannte ich von früheren Urlauben auf Gran Canaria. Juan lernte ich in seiner Bar kennen, Irmgard erst später. Wir trafen uns immer mal wieder auf der Insel oder der eine oder andere besuchte mich schon mal in Deutschland.

Ecki und ich buchten den Urlaub, aber kurz nach der Buchung hatten wir einen Streit über Kleinigkeiten. Im Grunde waren es Nichtigkeiten. Wir hatten immer mal wieder Meinungsverschiedenheiten und legten diese meistens schnell beiseite. Dieses Mal dauerte es allerdings etwas länger und keiner wollte nachgeben.

Da aber keiner auf den Urlaub verzichten wollte, flogen wir gemeinsam auf die Insel. Ursprünglich war geplant, dass wir beide bei Irmgard wohnen würden. Da ich wegen des Streites mit Ecki nicht zusammenwohnen wollte, beschloss ich, in ein Hotel zu ziehen und er sollte bei Irmgard bleiben.

Irmgard holte uns vom Flughafen in Las Palmas ab, brachte mich ins Hotel und nahm Ecki mit zu sich. Sie fand das zwar sehr komisch, beließ es aber dabei.

Mit meiner Freundin traf ich mich später und wir redeten über alles und amüsierten uns über das Verhalten von Ecki. Am Abend holte Irmgard' mich ab und wir gingen ins »La Terrassa«, eine Disco ganz in der Nähe meines Hotels.

Oh Wunder, auch Ecki kam einige Stunden später dort an. Irmgard hatte ihm eine SMS geschrieben, ohne mir davon zu erzählen.

Nach einigem Hin und Her begruben Ecki und ich unseren Streit und nachdem er beim DJ unser Lied »Ich war noch niemals in New York« von Udo Jürgens bestellt hatte, tanzten wir eine ganze Weile zusammen. Danach gingen wir zur Theke und bestellten uns einen Drink. Ein bisschen »zeterten« wir noch miteinander, als uns von der Seite ein Spanier ansprach: »Wie kommt es eigentlich, dass es sich bei Deutschen immer so anhört, als würden sie streiten, wenn sie miteinander reden?«, fragte er in perfektem Deutsch.

Ich musste lachen und erwiderte:« Na, könnte sein, weil wir das gerade tun. Ist aber nicht so ernst gemeint.«

Wir kamen ins Gespräch und Mario, der Spanier mit den guten Deutschkenntnissen, erzählte uns, dass er in

Deutschland aufgewachsen sei und darum so gut unsere Sprache spreche. Ecki war etwas ärgerlich darüber, dass ich mich mit dem fremden Mann unterhielt und wollte lieber gehen.

Daraufhin meinte Mario, wenn wir mal Probleme mit der Polizei hätten, dann sollten wir ihn ruhig anrufen. Er könne bestimmt helfen und schrieb uns seine Handynummer auf.

Ecki wollte den Zettel einfach liegen lassen, aber ich steckte ihn ein. Ich wusste selbst nicht, warum ich das tat.

Ecki und ich gingen in mein Hotel und verbrachten die Nacht zusammen. Es war eine tolle Nacht und ich war der Überzeugung, dass sich nun alles zum Guten wenden würde. Weit gefehlt …

Am Morgen meinte Ecki locker zu mir: »Geh du mal im Hotel frühstücken. Ich suche mir eine kleine Bar.«

»Typisch Ecki«, dachte ich mir. Manche seiner Handlungen konnte ich beim besten Willen nicht nachvollziehen. War wohl nichts mit der Versöhnung. Wir waren wieder auf dem Stand vom Vortag.

»Egal«, dachte ich mir, rief Irmgard an und wir verbrachten einen tollen Tag am Meer. Abends musste sie allerdings arbeiten und hatte keine Zeit mehr für mich. Mir fiel ein, dass ich einen guten Bekannten auf der Insel hatte und verabredete mich mit ihm zum Abendessen. Jürgen und ich bestellten ein Pilzgericht, welches sehr gut schmeckte und wir unterhielten uns eine ganze Weile.

Dann hatte auch er einen Termin und ich ging wieder ins Hotel.

Dort angekommen überlegte ich, wie ich den Abend

verbringen könnte.

Mich aufbretzeln und in die Disco gehen (na ja, alleine nicht so spaßig), den Abend gemütlich mit einem Buch im Hotel verbringen (und das im Urlaub – nein) oder die Nummer anrufen, die mir Mario, der nette deutschsprechende Spanier am Abend vorher gegeben hatte, um mal zu fragen, ob wir nicht einen Kaffee oder Wein zusammen trinken könnten?

»Gut, also anrufen«, dachte ich. Oder war das zu aufdringlich? Hatte er mir doch gestern keinerlei Andeutungen gemacht, dass er sich für mich interessierte. Bis auf ein nettes Gespräch und die Handynummer hatten wir nichts ausgetauscht. Oder hatte er Hemmungen, weil Ecki neben mir gestanden hatte und augenscheinlich nicht besonders erfreut gewesen war, als ich mich mit ihm unterhielt?

Mir war schon ein bisschen flau dabei, aber ich machte es trotzdem. Nach kurzem Klingelton war Mario bereits am Telefon und ich fragte ihn, ob er Lust hätte, etwas mit mir zu trinken.

Er konnte sich sofort an mich erinnern und sagte erfreut zu. Es würde aber noch etwas dauern, da er arbeiten müsse. Mario fragte, ob er mich im Hotel so gegen zehn abholen dürfe.

Das kam mir sehr gelegen, denn so hatte ich Zeit, mich ein bisschen auszuruhen und schick zu machen.

Kurz nach zehn läutete das Haustelefon, und Mario fragte, ob er mich vom Zimmer abholen solle oder ob ich runterkäme.

»Du kannst gerne hochkommen« sagte ich zu ihm.

Ein paar Minuten später klopfte es an der Tür und als ich öffnete, war eigentlich schon alles klar. Dieser Mann war wirklich interessant und er musste wohl ebenfalls so positiv von mir gedacht haben. Wir sahen uns an und mussten beide etwas verlegen lachen. War das Liebe auf den ersten Blick? Passierte mir das gerade wirklich? Ich war keine zwanzig mehr. Nein, vielmehr war ich eine erwachsene Frau, die sich nicht mehr so einfach verliebte.

Der Abend wurde ein voller Erfolg. Mario zeigte mir neue Lokale, kaufte mir Blumen und stellte mich bei Bekannten als seine Freundin vor. Das ging aber schnell!

Aber so sind die Spanier ... viel offener als wir Deutsche.

Ich genoss seine Zuwendung, hatte Urlaub, und Ecki war für diesen Abend total vergessen.

Vergessen war später so einiges mehr. Dass Mario noch mal mit ins Hotel käme, war eigentlich nicht vorgesehen, ergab sich aber nach diesem Abend wie von selbst.

Womit ich nicht gerechnet hatte war das Pilzgericht zuvor.

Wie selbstverständlich begleitete Mario mich ins Hotel. Nach den vielen Stunden, die wir unterwegs gewesen waren, wollten wir erst einmal ein Bad nehmen, auch wie selbstverständlich zusammen.

Da wir nun wirklich keine Kinder mehr waren, Mario war Ende dreißig und ich Ende vierzig, hatten wir alle Ziererei nicht mehr nötig. Wir waren beide nicht an andere Partner gebunden und mussten somit auch kein schlechtes Gewissen haben.

Irgendjemand schien aber wohl doch etwas dagegen gehabt zu haben. Nach einiger Planscherei rutschte Mario in der Wanne aus und fiel so unglücklich, dass er sich, wie sich später herausstellte, zwei Rippen anbrach.

Das tat natürlich höllisch weh. Wir mussten aber trotzdem so lachen, dass auch mir die Bauchmuskeln weh taten. Wir ließen uns ausgelassen ins Bett fallen und hofften dennoch auf eine schöne Nacht. Auch hier weit gefehlt.

Kaum lagen wir, da fing mein Magen an sich zu drehen und mir wurde höllisch schlecht. Einige Stunden durfte ich nun auf der Toilette verbringen und Mario lag mit Schmerzen im Bett. Dieses Pilzgericht hätte ich besser lieber nicht gegessen.

Hoffentlich hatte ich keine Lebensmittelvergiftung, dachte ich besorgt und beschloss, in diesem Lokal nie wieder etwas zu essen.

Gegen Morgen hatte sich alles etwas beruhigt und Mario meinte lachend zu mir: »Schatz, nachdem wir diese Nacht durchgestanden haben, schaffen wir alles zusammen.«

Wir trennten uns für den Tag und verabredeten uns für den kommenden Abend. Tagsüber hatte Irmgard wieder Zeit und konnte meine Erzählungen kaum glauben. Wir genossen die Sonne und das Meer und meinem Magen ging es von Stunde zu Stunde immer besser.

Der Abend und das Treffen mit Mario rückte näher und ich wurde immer nervöser. Würde es wieder so aufregend werden wie am Vorabend? Was würde diesmal passieren? Auch in diesem Punkt hatte ich die Rechnung ohne das Temperament von Mario gemacht. Wir trafen uns in der bekannten Discothek und wollten dann einige andere Lokale besuchen. Bei einer Blumenfrau kaufte Mario wieder rote Rosen für mich. Dieses Mal gleich einen ganzen Strauß. Wunderschöne rote Baccararosen, mit dunklen Rändern an den Blütenblättern und mit langen Stielen. Die Dornen hatte man zum Glück schon entfernt.

Der Riesenstrauß im Arm hatte zur Folge, dass ich überall als Blumenfrau angesehen wurde und die Leute mir Rosen abkaufen wollten.

Als wir gegenüber von einem großen Einkaufszentrums ankamen, sahen wir, wie dort drei dunkelhäutige Männer einen Mann zusammenschlugen. Mario fackelte nicht lange, bat mich, an Ort und Stelle stehen zu bleiben und spurtete über die Straße. Bis zu diesem Zeitpunkt hatte ich nie gesehen, wie ein einziger Mann drei Männer in die Flucht schlagen und somit dem vierten Mann sogar das Leben retten konnte. Mario brachte ihn mit zu mir. Er blutete aus einer tiefen Kopfwunde.

»Wir müssen ihn schnell ins Krankenhaus bringen«, sagte Mario und versuchte gleichzeitig ein Taxi heran zu winken. Einige Taxifahrer wollten uns nicht befördern, da sie befürchteten, der Verletzte könnte ihnen die Sitzpolster mit Blut verschmieren und Mario wurde langsam ziemlich sauer. Er bat mich um ein paar Taschentücher, damit wir das Blut stoppen könnten. Endlich fanden wir einen Taxifahrer, der uns zur Notaufnahme ins Hospital de Maspalomas bringen sollte. Dort angekommen ging das Theater weiter. Der Mann hatte keine Krankenkassenkarte und die Ärzte wollten ihn nicht behandeln.

Mario wurde so wütend, dass er fast einen der spanischen Ärzte über den Tresen gezogen hätte. Er bestand darauf, ihn über seine Karte behandeln zu lassen. Genau in dem Moment tauchte einer der drei Männer in der Notaufnahme auf, der an der Schlägerei beteiligt gewesen war. Mit einer gebrochenen Nase und einigen weiteren, blutenden Wunden stand er an der

Anmeldung. Die Männer wären fast trotz ihrer Verletzungen wieder aufeinander losgegangen.

Mittlerweile hatten die Ärzte die Polizei gerufen und so tauchten fünf Streifenwagen mit zehn Mann Besatzung der Guardia Civil auf. Die grimmig dreinschauenden Polizisten standen breitbeinig wie aufgereiht nebeneinander mit den Händen an ihrem Koppelgürtel und warteten erst einmal ab. Zwei von ihnen hatten die Hand um ihre Waffe gelegt. Sie machten damit unmissverständlich deutlich, dass sie in jedem Fall bereit waren zu handeln.

Ich hatte mich etwas abseits gestellt und konnte nur noch denken: Das glaube ich jetzt nicht! Nein, ich stehe nicht um zwei Uhr morgens in einem Minikleid und mit Pumps, einem großen Strauß roter Rosen im Arm, in der Notaufnahme in Maspalomas und ein temperamentvoller Spanier mischt das ganze Krankenhaus auf. Meine Güte, wie soll das nur weitergehen?

Ich geriet wohl immer wieder an den gleichen Typ von Mann. Die Langweiler waren nichts für mich. Mich zog es anscheinend immer wieder zu den echten Männern hin.

Einmal in Marios Bann gezogen, kam ich nicht mehr so schnell von ihm los. Aus der Notaufnahme kamen wir gegen drei Uhr morgens heraus und Mario hatte es geschafft, dass der Verletzte doch noch behandelt wurde. Die Polizei mischte sich nicht weiter ein und zog ab, als sich alles etwas beruhigt hatte.

Auf dem Weg zum Hotel fragte ich Mario, ob er die Polizisten kannte. Er druckste etwas herum und meinte, er müsse mir da wohl etwas beichten.

»Oha, was kommt jetzt wieder?«, dachte ich mir.

Mario erzählte mir, dass die Polizeimarke, die er Ecki und mir gezeigt hatte, von seinem Onkel war. Der sei ein hoher Polizist in Malaga und diese Marke sei auf keinen Angestellten mehr registriert. Wie genau Mario an die Marke gekommen war, wollte ich gar nicht wissen und er äußerte sich nicht weiter dazu.

»Ja, und was machst du nun beruflich?«, wollte ich wissen. Er holte etwas aus und berichtete, dass er einer von den vielen Time-Share-Linern war, die zu Massen auf der Insel arbeiteten und versuchten, Touristen Anteile an Wohnungen zu verkaufen. Ich erinnerte mich, dass sogar schon am Flughafen vor diesen Praktiken gewarnt worden war und nun hatte ich so einen Verkäufer an meiner Seite.

Egal, er war interessant, lustig und sah gut aus. Südländisch, war ja nun mal auch Spanier aus Andalusien, mit diesem leichten Macho-Gehabe, was mich ja scheinbar bei den Männern immer wieder anzieht. Nicht übermäßig groß, aber sehr gut gebaut, was er durch seinen eleganten Kleidungsstil stets unterstrich. Dunkle kräftige Haare, die sein markantes Gesicht umspielten.

Was wollte ich im Moment mehr? Ich hatte Urlaub und den wollte ich genießen.

Ecki versuchte zwar immer wieder, mich über das Handy zu erreichen, aber es war alles viel zu aufregend und spannend, als das ich darauf reagieren wollte. Sollte er ruhig noch ein wenig schmoren und über sein blödes Verhalten nachdenken, dachte ich mir.

Im Hotel angekommen, wollte Mario mich wie selbstverständlich auf das Hotelzimmer begleiten. Doch bei diesem Vorhaben machte uns der Portier bedauerlicherweise einen Strich durch die Rechnung. Der Hotelangestellte fragte, ob auch Mario ein Zimmer gemietet habe und nachdem wir das verneinen mussten, teilte er uns mit, dass Mario nicht mit mir nach oben gehen dürfe.

Es täte ihm leid, aber so seien die Hotelstatuten und er könne keine Ausnahme machen. Es verwunderte mich schon ein wenig. Waren doch hunderte von Touristen unterschiedlichster Nationalitäten im Hotel untergebracht und eine genaue Zuordnung, in welche Zimmer sie gehörten oder gingen, war beim besten Willen nicht möglich. Oder sah der Portier, dass ich mir hier einen feschen Spanier geangelt hatte, mit dem ich im Begriff war, eine nette Nacht zu verbringen?

Und wieder bekam ich eine Kostprobe von Marios Temperament, denn die Ablehnung des Hotelportiers gab wieder Anlass für Ärger. Mario erzählte dem Portier eine rührende Geschichte, dass ich seine Frau sei und nur ein paar Tage auf der Insel bleibe. Er müsse immer viel arbeiten und dass er nur ein Zimmer bei einem Freund habe usw. usw.

Der Portier ließ sich nicht erweichen, hatte er vermutlich schon viele solcher Geschichten gehört, und blieb dabei, dass Mario mich nicht nach oben begleiten dürfe.

Es war mir sofort klar, dass das wieder Aufregung geben würde. Nach langem Hin und Her nahm Mario meine Hand und sagte, es sei ihm egal, was der Portier sage und er würde trotzdem mit mir hochkommen.

Der Hotelangestellte wurde wütend, hatten wir doch dreist seine Autorität in Frage gestellt, und drohte uns daraufhin mit der Polizei. Ich schaute Mario erschrocken an. Ich wollte auf keinen Fall riskieren, dass wegen mir die Guardia Civil im Hotel anrückte. Es beruhigte mich auch nicht, dass ich wusste, dass Marios Onkel ein hohes Tier bei der Polizei war, aber Malaga war weit weg.

Mario interessierte das Gezeter des Hotelangestellten schon nicht mehr und wir gingen zusammen auf mein Zimmer. Oben angekommen fragte ich ihn: »Meinst du, dass der wirklich die Polizei holt?«

»Damit müssen wir wohl rechnen«, erklärte Mario und mir wurde schon wieder ganz komisch.

Wir lagen noch nicht ganz im Bett, da klopfte es an der Tür. Mario stand wieder auf und öffnete und vor ihm standen zwei Polizisten. Sie baten Mario, sich anzuziehen und gingen dann mit ihm auf den Flur. Dort entbrannte eine heftige Diskussion und ich hörte, wie sie stritten. Was genau sie sagten, konnte ich nicht verstehen, da natürlich alles auf Spanisch gesprochen wurde und das recht schnell.

Nach einiger Zeit kam Mario wieder zu mir ins Zimmer und ich fragte, was nun passieren würde. Er lachte und meinte: »Für heute Nacht lassen sie uns in Ruhe«.

Er solle sich aber nicht noch mal erwischen lassen, denn dann müssten sie ihn mit auf die Wache nehmen. Ich war erleichtert, denn ich wollte unter keinen Umständen weiter für Aufsehen sorgen.

Es wurde noch eine sehr schöne Restnacht und wir kamen uns näher, als ich das nach so kurzer Zeit je erwartet hätte.

Allerdings, das musste ich zugeben, hatte ich so viele Polizisten auf einmal noch in keinem meiner Urlaube zuvor in so kurzer Zeit gesehen.

Nachdem ich am nächsten Morgen mit Mario in aller Ruhe gefrühstückt hatte, ging er wieder zur Arbeit. »Ich melde mich, sobald ich weiß, wann ich heute frei machen kann«, sagte er und gab mir einen leidenschaftlichen Kuss.

Ecki versuchte weiter Kontakt mit mir aufzunehmen und am nächsten Tag erzählte mir Irmgard, dass er mit ihrem Hund Ilse »die ganze Insel« umrunden würde und meine Nichtbeachtung nicht verstehen könnte.

Diese konnte ich allerdings sehr gut verstehen, denn er hatte sich wirklich nicht von seiner besten Seite gezeigt und nun musste er die Suppe halt auslöffeln, die er sich selbst eingebrockt hatte. Was dachte er eigentlich, was er mit mir machen konnte? Mir war mein Urlaub viel zu schade, um mich noch einmal über ihn zu ärgern und darum hielt ich mich weiter von ihm fern.

Da ich nicht wusste, wann Mario sich melden würde, beschloss ich, erst einmal einen Bummel durch Playa de Ingles zu machen und dann ein paar Stunden am Strand von Maspalomas zu verbringen. Herrliches Wetter und gute Laune begleiteten mich dabei. Ich genoss die lange Strandpromenade mit den unzähligen kleinen Souvenirshops, den breiten gelben Sandstrand und das azurblaue Wasser.

Am späten Nachmittag meldet sich Mario auf meinem Handy und wir machten ein Treffen im La Terrazza aus. Diese Diskothek gefiel uns beiden sehr gut und pünktlich um zehn war Mario da. Seine Pünktlichkeit verwunderte mich ein wenig, denn ich kannte bisher nur unpünktliche Spanier. Normalerweise waren die immer mindestens eine Stunde zu spät und hatten die Ruhe weg. Dafür saßen sie dann bis zur späten Stunde zusammen und genossen die Geselligkeit. Vermutlich hatte Mario in seiner Kindheit die deutsche Pünktlichkeit angenommen. Das gefiel mir gut.

Nach einer stürmischen Begrüßung mit einer festen Umarmung und heftigen Küssen beschlossen wir, uns einen gemütlichen Abend zu machen und in ein gutes Restaurant zum Essen zu gehen. Mario hatte viele Geschichten von seinem heutigen Arbeitstag zu erzählen. Davon, wie verrückt manche Touristen waren und sich in ihrer Urlaubslaune fast alles verkaufen ließen. Ich dagegen konnte nur von meinem faulen Bummel- und Strandtag berichten. Der allerdings mehr als fantastisch war.

Ich genoss die Zeit auf der Insel, die Wärme, die Atmosphäre, die Freundlichkeit der Bewohner und die kanarische Gemütlichkeit. Bei dem weiteren Gespräch stellte sich heraus, dass Mario die Insel gar nicht kannte. Das erstaunte mich. Lebte er doch auf einer der wunderbarsten kanarischen Inseln und hatte sie noch nicht erkundet. Es stellte sich heraus, dass er kein Auto hatte und deshalb immer nur in der Stadt unterwegs war. Das erklärte, warum er sich noch auf keine Erkundungstour begeben hatte. Der öffentliche Busverkehr war zwar sehr gut ausgebaut und man kam fast überall hin, aber Besichtigungstouren mit dem Bus kosteten viel Zeit und die hatte er nicht wegen seines Jobs.

Daraufhin machte ich ihm den Vorschlag, für den nächsten Tag ein Auto zu mieten und mit ihm zum Pico de las Nievas zu fahren. Der Pico ist mit fast zweitausend Metern Höhe die zweithöchste Erhebung der Insel und der Gipfel befindet sich auf einem bereits erloschenen Vulkan, der aufgrund der Höhe manchmal sogar Schnee haben kann und dem Berg seinen Namen gab. In dieser Region kannte ich mich sehr gut aus und hatte schon viele Touren unternommen.

Mario musste erst noch abklären, ob er den nächsten Tag frei bekommen könnte. Das klappte und so gingen wir los und mieteten ein Auto bei einem der unzähligen Autovermieter auf der Insel. Der weitere Abend verlief glücklicherweise ohne weitere Katastrophen und ohne dass wir noch einmal die Polizei hätten sehen müssen.

Spät in der Nacht schlichen wir uns in mein Hotelzimmer. Dieses Mal hatten wir Glück und es war ein anderer Portier an der Rezeption und dieser bekam nicht mit, dass wir auf mein Zimmer gingen.

Wir genossen die Nacht ohne Störungen und erwachten am Morgen ausgeruht und gut gelaunt.

Das Auto wartete schon auf uns und wir freuten uns auf einen gemeinsamen Tag.

Natürlich wollte Mario fahren, Macho halt, und so machte ich den Tourguide. Wir fuhren in die Berge, an den herrlichen Stauseen vorbei, die als ein wahrer Geheimtipp für Touristen galten und der Bewässerung der üppigen Vegetation und den kanarischen Gemüsefeldern dienten. Mario war total erstaunt über die Schönheit der Insel, von der er an diesem Tag das erste Mal etwas mehr als nur die Stadt sah.

Oben in den Bergen, mit Blick auf einen der Stauseen machten wir eine Pause und gingen ein Stück spazieren. Wir setzten uns unter einen Baum und genossen die Natur, den Ausblick über die Insel und das schöne Wetter. Ein Specht war ganz in der Nähe zu hören, ein warmes Lüftchen zog über uns und Mario nahm mich fest in seine Arme.

»Hört sich das nicht toll an und ist das nicht einfach romantisch?«, fragte er und ich konnte nur zustimmend nicken.

Dieser Urlaub hatte sich bisher viel besser entwickelt, als ich nach dem missglückten Start zu hoffen gewagt hätte und so ging ich davon aus, dass auch die nächsten Tage interessant werden würden. Mit Mario an meiner Seite würde das bestimmt klappen, da war ich sicher.

Mario sprach immer mehr davon, dass wir in Zukunft zusammenbleiben würden. Woher nahm er in der kurzen Zeit schon die Gewissheit? Das war für mich noch nicht so ganz klar, aber ich wollte ihn nicht vor den Kopf stoßen und erst einmal abwarten, wie sich alles entwickelt.

Von Ecki erzählte ich ihm nur kurz und er wurde wütend. »Der soll mir mal begegnen, dann bekommt er aber einiges zu hören«, meinte er.

In diesem Moment konnte ich nur hoffen, dass sich die beiden Männer nie begegnen würden. Keine Ahnung, was das für Folgen haben könnte. Ich fand, so interessant Mario auch war, in mancher Situation kam ein wenig zu viel temperamentvoller Spanier zutage.

Daran wollte ich aber nicht weiterdenken, da der Tag zu schön war und zu einem Zusammentreffen würde es mit Sicherheit nicht kommen, denn leider war für mich der Urlaub in zwei Tagen schon wieder zu Ende. Diesen traurigen Gedanken schob ich erst einmal beiseite.

Wir fuhren weiter durch die atemberaubende Landschaft, suchten uns gegen Mittag ein kleines Restaurant und ließen uns die kanarischen Köstlichkeiten schmecken. Mario wählte das Tagesmenü, Puchero, einen Gemüseeintopf mit Schweinefleisch, als Hauptgang gab es Kaninchen und als Nachtisch einen gestockten Vanillepudding mit Karamellsoße. Ich hatte einen leckeren Kichererbseneintopf, ein sehr traditionelles Gericht der Kanaren. Dazu tranken wir eine Sangria mit frischen Orangenscheiben.

Als wir nach unserer Tagestour am Abend wieder in der Stadt ankamen, unternahmen wir noch einen Bummel durch das Centro und mir fiel das erste Mal auf, dass Mario ziemlich viel Alkohol trank. Ich wusste, dass die meisten Spanier recht trinkfest sind und auch die Touristen sich von der Trinkfreude der Einheimischen anstecken ließen.

Man merkte ihm den Alkohol aber gar nicht so an. Er wurde nur etwas gesprächiger, etwas lauter und sprach schon mal wildfremde Leute an. Da wir uns aber noch nicht lange kannten, hielt ich mich zurück und sagte nichts dazu. Auch ich trank bestimmt im Urlaub mal ein Glas Wein mehr und da Mario nicht aggressiv wurde, störte es mich zu diesem Zeitpunkt nicht weiter.

Auch in dieser Nacht hatten wir Glück und wurden nicht vom Portier erwischt. Der nächste Tag war schon mein letzter Urlaubstag. Am übernächsten Morgen ging mein Flug zurück nach Deutschland. »Nur noch einen Tag und eine Nacht«, dachte ich traurig. Das war mir definitiv zu wenig und ich wünschte, ich könnte noch länger bleiben. Zu schön war die Zeit auf Gran Canaria und ich wollte mich nicht von Mario trennen.

Ecki funkte mich immer wieder an und wollte per SMS wissen, ob er mich zum Flughafen bringen sollte. Auch daraufhin meldete ich mich nicht bei ihm. Vielleicht war ich etwas kindisch, aber ich nahm ihm sein Verhalten immer noch übel.

Mit Irmgard wollte ich mich auf jeden Fall noch einmal treffen. Das nahm ich mir für den nächsten Tag ganz fest vor und für ein Treffen mit ihr würde ich genügend Zeit haben, wenn Mario bei der Arbeit wäre.

Der Morgen weckte uns mit herrlichem Sonnenschein und Mario machte sich nach einem langen, gemeinsamen Frühstück auf den Weg zur Arbeit.

Ich verabredete mich mit Irmgard in einem kleinen Café und wir bestellten uns erst einmal einen Baraquito und überlegten, was wir noch Schönes unternehmen könnten. Bei dem herrlichen Wetter lockte uns natürlich der Strand.

Irmgard erzählte mir von Ecki. Dass er sehr niedergeschlagen sei und noch immer nicht verstünde, warum ich mich so gar nicht meldete und nicht von ihm zum Flughafen gebracht werden wollte. Ich erzählte Irmgard die ganze Geschichte von Mario und sie war sehr neugierig auf ihn.

In diesem Urlaub würde es zwar kaum ein Treffen der beiden geben können, aber wir machten aus, dass wir es auf den nächsten Urlaub verschieben würden, falls ich dann noch mit Mario zusammen sein sollte.

Der Tag war noch einmal sehr erholsam für uns beide und am späten Nachmittag trennten wir uns in dem Wissen, dass der nächste Besuch nicht sehr lange auf sich warten sollte.

Ich bat Irmgard, Ecki nichts weiter zu erzählen. Sollte der doch erst einmal überlegen, warum ich keine Lust hatte, mich bei ihm zu melden. Ecki würde noch eine Woche länger auf der Insel bleiben und so hätte er noch viel Zeit dazu.

Am Abend holte Mario mich in meinem Hotel ab und wir steuerten zuerst eine uns bekannte Bar mit Blick auf das Meer an. Sobald Bekannte von Mario auftauchten, und davon gab es reichlich, stellte er mich immer als seine Verlobte vor. Das schmeichelte mir zwar, erschreckte mich aber auch ein bisschen.

Was dachte er sich bloß dabei? Nach so einer kurzen Zeit fand ich das recht unangemessen.

Er hatte mir mittlerweile alles von seiner Familie erzählt. Da gab es noch eine Mutter, die in Deutschland lebte. Der Vater war schon vor Jahren gestorben und er hatte noch drei Brüder und eine Schwester. Ein Bruder lebte in Deutschland und zwei irgendwo in Spanien, die Schwester in Griechenland. Es war wohl ein bunter Haufen und über den halben Erdball verteilt. Sehr viel Kontakt hatte Mario aber zu keinem von seiner Familie, was er allerdings bedauerte.

Er sprach immer öfter davon, dass ich ganz nach Spanien kommen solle. Oder er müsse zu mir nach Deutschland. Bei mir kam immer mehr das Gefühl auf, dass er die kurze Beziehung schon sehr ernst nahm.

Nachdem wir einige Zeit in der Bar verbracht hatten, suchten wir uns wieder ein kleines, gemütliches Lokal am Strand und bestellten uns ein paar leckere Tapas. Ein fantastischer Sonnenuntergang begleitete uns dabei. Die letzte Nacht für eine unbestimmte Zeit wollten wir natürlich wieder zusammen in meinem Hotel verbringen und da in den letzten Nächten kein Portier etwas gemerkt hatte, hofften wir natürlich, dass das auch in dieser Nacht so sein würde. Weit gefehlt. Der Portier von vor einigen Tagen war wieder im Dienst und fing uns natürlich sofort ab. Mario diskutierte heftig mit ihm. Der Portier ließ aber nicht mit sich reden. Mario erzählte ihm, dass es unsere letzte Nacht zusammen für eine unbestimmt lange Zeit sein würde. Der Portier meinte nur sarkastisch, dann sollten wir doch noch für ein paar Stunden in die Hoteldiskothek gehen. Dort könnten wir ja auch Zeit zusammen verbringen. Wir gingen tatsächlich noch in die Diskothek und wir waren sehr enttäuscht. An diesem Abend war ich enttäuschter als Mario und er versuchte mich aufzuheitern, in dem er von einer gemeinsamen Zukunft sprach und dass wir uns sehr bald wiedersehen würden. Mich konnte das nicht wirklich aufheitern.

Nach einiger Zeit entschuldigte sich Mario bei mir und meinte, dass er noch kurz was erledigen müsse. Er kam nach ein paar Minuten zurück und meinte, er habe eine Überraschung für mich.

»Na, sag schon«, forderte ich ihn auf und da holte er ein Ticket aus der Tasche, das besagte, dass er für eine Nacht ein Zimmer gebucht hatte. Das konnte ich kaum glauben und fiel ihm glücklich um den Hals. Der muffige Portier hatte ihm doch tatsächlich mein Zimmer mit vermietet und so konnte Mario ganz offiziell die Nacht im Hotel verbringen.

Als wir am Portier vorbeikamen, verbeugte dieser sich sogar vor uns und wünschte uns mit einem Lächeln eine gute Nacht. So eine Geste hatte ich auf keinen Fall erwartet und war für den Moment einfach nur glücklich und hätte beiden Männern um den Hals fallen können.

Ohne Angst vor einem erneuten Polizeieinsatz haben zu müssen, gingen wir entspannt auf unser Zimmer und verbrachten die letzte Nacht meines Urlaubs gemeinsam.

Der nächste Morgen kam viel zu schnell und Mario musste zur Arbeit. Für ein gemeinsames Frühstück blieb leider keine Zeit und mit Tränen in den Augen verabschiedete ich mich von meinem Spanier.

Wir beteuerten uns gegenseitig, dass nicht allzu viel Zeit vergehen sollte, bis wir uns wiedersehen würden. Mario hatte sich ganz fest vorgenommen, sich um eine eigene Wohnung zu kümmern, damit ich das nächste Mal zu ihm kommen könnte und wir kein Hotelzimmer bräuchten.

Für mich hieß es anschließend Kofferpacken und danach wollte ich mich noch ein letztes Mal mit Irmgard treffen. Sie holte mich gegen Mittag im Hotel ab und wir fuhren an den Strand, um dort in einem gemütlichen Lokal zu essen und uns die neuesten Neuigkeiten zu erzählen.

Wir sahen den Surfern zu, aßen, tranken noch einen Kaffee und ich musste doch allmählich zum Flughafen fahren. Für Irmgard und mich war der Abschied ebenfalls nicht leicht. Wir versprachen uns gegenseitig ein baldiges Wiedersehen.

Kapitel 12

Der Flieger hob pünktlich ab und in etwas mehr als vier Stunden war ich wieder in Deutschland angekommen. Während des gesamten Fluges hing ich meinen Gedanken nach. Es überlief mich ein wohliger Schauer, wenn ich an die schöne Zeit mit Mario dachte. Meine Güte, dass ich mich noch einmal verlieben könnte, und das in meinem Alter, hatte ich nicht für möglich gehalten.

Es war stockdunkel und bitterkalt, als ich aus dem Flughafengebäude kam. Ich fror fürchterlich, auch wenn diese Temperatur nicht ungewöhnlich für einen 11. Januar in Deutschland war, aber mein Körper war noch auf wohlige 25 Grad eingestellt und wurde von der Kälte überrascht.

Das Auto wartet schon auf mich im Parkhaus und ich fuhr noch eine Stunde, um zu Hause anzukommen. Dort erwarteten mich meine beiden Katzen Sarah und Theo. Mein Vater hatte sie wie immer liebevoll versorgt und sie waren nicht beleidigt, dass ich so lange weg war, sondern kamen mir schnurrend entgegen.

Die beiden trösteten mich über die weite Distanz zu Mario hinweg. Wir schmusten eine Weile zusammen, dann musste ich dringend ins Bett, um Schlaf nachzuholen.

Die Eingewöhnung in meinen normalen Alltag fiel mir am nächsten Tag schwer, aber das war immer so, wenn ich aus dem Urlaub kam.

Im Büro angekommen, brachte mich die Arbeit schnell auf andere Gedanken und mein übliches Leben hatte mich wieder. Viel zu schnell, wie ich meinte.

Na ja, nicht so ganz.

Schon gegen Mittag kam der erste Anruf von Mario: »Ich möchte nicht mehr ohne dich auf der Insel sein. Kannst du nicht wieder herkommen!?«

»Schatz, ich freue mich wieder von dir zu hören, aber so schnell geht es nun doch nicht. Ich muss erst mal wieder arbeiten, sonst kann ich keinen Urlaub machen«, musste ich ihm sagen, obwohl ich am liebsten sofort wieder in ein Flugzeug gestiegen wäre. Wir redeten noch kurze Zeit, doch die Arbeit holte uns aus unseren Träumen.

Von Ecki kamen Anrufe und SMS. Er war noch auf Gran Canaria und konnte absolut nicht verstehen, warum ich mich so zurückgezogen hatte. Das mit ihm, das würde sich schon wieder einrenken, da war ich mir sicher.

Wir waren nicht so fest zusammen, dass wir uns auf Dauer böse sein würden. Bei uns war es immer eine On/Off-Beziehung. Eben nichts Festes. In erster Linie waren wir Freunde und das würden wir auch bleiben. Dafür kannten wir uns schon viel zu lange. Die Freundschaft wollte ich auf Dauer nicht aufs Spiel setzen. Wenn Ecki zurück von der Insel käme, würde sich schon die Möglichkeit für ein klärendes Gespräch ergeben. Irmgard war ja bei ihm und so hatte er jemanden zum Reden. Das würden die beiden mit Sicherheit ausgiebig machen.

In den nächsten Tagen kam ich nun doch etwas zur Ruhe. Das tat mir und meinen Gedanken sehr gut und ruckzuck hatte mich der normale Alltag wieder in seinen Fängen.

Zum Wochenende hatten meine Freundin Lydia, mein Vater und ich eine Einladung zu einer Veranstaltung der Tourismusbranche.

Ein paar freie Tage vor Augen und mit guter Laune fuhren wir dorthin. Es gab zum Empfang Canapes und alkoholfreie Getränke und danach einen Vortrag über verschiedene Reiseziele. Das Ganze war sehr interessant aufgemacht und recht informativ.

Schon während des Essens ging andauernd mein Telefon. Gut, dass ich es auf lautlos stehen hatte. Dann kamen auch noch SMSe an. Zuerst versuchte ich das Ganze zu ignorieren. Dann siegte doch die Neugier. Anrufe von Mario, Ecki und Irmgard. Das war nicht so ungewöhnlich, aber so viele?

Bei meinem Vater und bei meiner Freundin entschuldigte ich mich und verschwand in einen Vorraum. Die SMS sagten mir schon, dass da auf der Insel wohl die Hölle ausgebrochen war. Beim nächsten Klingeln ging ich dran. Irmgard erzählte mir ganz hektisch, dass Mario und Ecki aufeinandergetroffen seien, in der uns allen bekannten Diskothek. Wenn ich es richtig verstand, dann hatte Mario Ecki auf das Heftigste bedroht. Ich sagte Irmgard, dass ich versuchen würde, Mario anzurufen. Das brauchte ich aber gar nicht mehr, denn sobald ich aufgelegt hatte, rief er schon an.

Mario musste einiges zu viel getrunken haben, denn seine Stimme hörte sich ganz fremd an: »Schatz, ich habe hier deinen Exfreund und du sagst ihm jetzt bitte, dass du mit mir zusammen bist und er sich nicht mehr bei dir melden soll«, teilte er mir mit Nachdruck mit.

Dann hatte ich schon Ecki am Telefon: »Hier ist ein bekloppter Spanier und der bedroht mich mit Kehle durchschneiden, wenn ich dich noch einmal anrufe oder sehe. Bring den mal zur Vernunft«, kam es entsetzt von Ecki.

Erst versuchte ich noch, die beiden zu beruhigen. Das war aber absolut nicht möglich. Beschimpfungen von beiden Seiten und dann auch noch Irmgard am Telefon.

»Ecki hat mich angerufen, dass ich ihn unbedingt retten muss, da ihm jemand die Ohren abschneiden und auch die Kehle durchtrennen will, wenn er dich noch einmal sieht oder bei dir anruft. Das kann ja wohl nicht wahr sein!«

Auf einer Veranstaltung mit meinem Vater und meiner Freundin musste ich mir so etwas anhören. Die Szenen, die da im La Terrazza abliefen, konnte ich mir nur zu gut vorstellen. Dagegen tun konnte ich allerdings nichts.

Da ich die Streithähne einfach nicht zur Ruhe und zur Vernunft bekommen konnte, legte ich nach einiger Zeit auf, stellte mein Handy auf stumm und hoffte, dass die zwei sich nicht tatsächlich die Köpfe einschlügen.

Bei Ecki hatte ich da wenig Angst, der war überhaupt nicht aggressiv veranlagt. Bei Mario hatte ich da aber so meine Befürchtungen, den hatte ich bei der Schlägerei vor dem Einkaufszentrum zur Genüge erlebt.

Den Rest der Veranstaltung genoss ich, trotz der Bilder, die mir im Kopf herumspukten, so gut es ging und nach ein paar Stunden fuhren wir mit vielen neuen Eindrücken wieder heim.

Mein Handy hatte ich nicht mehr angesehen und wollte es eigentlich auch nicht vor dem nächsten Morgen.

Zu Hause konnte ich doch nicht widerstehen und sah nach. Sieben Anrufe in Abwesenheit von Mario, fünf von Ecki und zwei von Irmgard.

Eine SMS von Ecki war darunter. Darin schrieb er:»Ich werde dich bestimmt nie mehr anrufen, denn ich will ja noch ein bisschen leben«.

Oh je, wie sollte ich das alles wieder in Ordnung bringen? Erst mal schlafen und morgen weitersehen. Über 4.000 Kilometer Entfernung konnte ich im Moment nichts machen.

Hätte ich das Handy nicht ausgeschaltet, es hätte wohl die ganze Nacht keine Ruhe gegeben. Ich machte mir große Sorgen und hoffte, es ginge gut. Meine Katzen waren die Einzigen, die mich weiterhin ausgeglichen sein ließen. Sie waren einfach zu süß und sie spürten immer ganz genau, wenn es mir nicht gut ging oder ich Stress hatte. Dann kamen die beiden an, schnurrten oder wollten spielen und sehr schnell brachten sie mich auf andere Gedanken.

Am nächsten Morgen fuhr ich zur Arbeit, ohne mein Handy zu beachten. Ich war es leid, mir über die Jungs Gedanken zu machen. Sie waren erwachsen. Sollten sie es auch wie erwachsene Männer regeln. Ich musste und wollte mich nur auf mich konzentrieren. Dieser Urlaub hatte mich in ein solches Gefühlschaos getrieben, dass ich nicht noch mehr davon brauchte. So konnte ich den Tag ohne weitere Aufregung hinter mich bringen.

Am Abend versuchte ich, Mario von mir aus zu erreichen und nach nur zweimal Klingeln und einem lauten Knacken in der Leitung bekam ich ihn ans Telefon.

»Na, hast du dich wieder beruhigt und lebt der arme Ecki noch?«, fragte ich Mario.

»Ja, tut mir leid. Ich hatte wohl ein bisschen viel getrunken und da kam er mir gerade Recht. Ich war so frustriert, dass du mich verlassen hast, dass ich zu tief ins Glas geschaut habe«, war seine zerknirschte Antwort.

Amüsiert hörte ich weiter zu und Mario erklärte mir, dass er einfach zu eifersüchtig sei und er es nicht ertragen könne, wenn ich weiterhin Kontakt mit Ecki habe.

Irgendwie konnte ich ihn verstehen, wollte ich ebenfalls nicht, dass er sich noch mit Ex-Verflossenen treffen würde. Sein aggressives und temperamentvolles Verhalten konnte ich aber auf gar keinen Fall gutheißen und das sagte ich ihm sehr deutlich.

»Mario, mach so was nie wieder. Das ist einfach nur grauenhaft. Du bist ein erwachsener Mann. Dann verhalte dich auch so!«

Mario versprach mir, dass so etwas nicht wieder vorkommen würde. In diesem Punkt war ich mir sicher, denn Ecki würde in ein paar Tagen die Insel verlassen und bis dahin bestimmt nicht mehr in die Diskothek gehen.

Ich hoffte, ich hatte ihm klar gemacht, dass er über das Ziel deutlich hinausgeschossen war und dass ich es keinesfalls noch einmal dulden würde. Wollte ich doch einen echten Mann. Allerdings keinen, der kopflos und aggressiv reagierte, sobald ihm etwas nicht passte.

Irmgard rief mich später ebenfalls nochmal an und schilderte mir aus ihrer Sicht den ganzen Abend. Es musste wirklich schlimm gewesen sein. Sie warnte mich vor Mario und seinem Verhalten. »Der ist nicht normal und gefährlich dazu! Er hat sich aufgeführt wie ein Berserker!«

In diesem Punkt konnte ich ihr allerdings sagen, dass das wohl nur so war, wenn er zu viel trank. »Warum sollte ich ihn in Schutz nehmen?«, dachte ich mir. Aber es ist wohl ganz natürlich, dass man sich als verliebte Frau vor seinen Mann stellt, auch wenn der sich unmöglich verhalten hatte.

»Das reicht schon«, meinte Irmgard und damit hatte sie natürlich absolut recht.

Ecki meldete sich nicht mehr bei mir. Der war bestimmt sehr gekränkt und einen ordentlichen Schrecken hatte er bestimmt auch davongetragen. Diese Entwicklung tat mir leid, denn ich wollte Ecki nicht als Freund verlieren.

In den nächsten Tagen telefonierten Mario und ich sehr viel. Wir hatten uns so viel zu erzählen und uns ging der Gesprächsstoff nie aus. Berichteten uns täglich über die Dinge, die wir erlebten und die uns berührten, so dass wir viel voneinander kennenlernten und einander immer besser einschätzen konnten. Mit jedem Gespräch verliebte ich mich ein Stück mehr in ihn und ich hoffte, ich könnte ihn bald wiedersehen.

Eine Woche später teilte er mir ganz freudig und aufgeregt mit, dass er endlich eine Wohnung für sich alleine gefunden habe und dort könne ich ihn jederzeit besuchen.

Er meinte, die Wohnung läge in einem ruhigen Stadtteil oberhalb von Maspalomas, dem berühmten Strand und gleichnamigen Stadtteil von Playa del Ingles, ganz im Süden von Gran Canaria. El Tablero kannte ich noch nicht, freute mich aber, es bestimmt in Kürze kennenzulernen.

Wir schmiedeten Pläne. Die Aktion im La Terrazza erwähnte keiner mehr von uns und so geriet sie erst einmal in Vergessenheit. Wie gut, dass unser Gehirn die schlechten Erinnerungen irgendwann aus dem Gedächtnis löscht, oder wenigstens sehr weit nach hinten schiebt und oft nur die schönen Erinnerungen lebendig hält.

Es machte mir Spaß, täglich mit Mario zu telefonieren, jedoch blieb die Sehnsucht und wurde jeden Tag ein Stück größer Kein Telefongespräch konnte einen persönlichen Kontakt ersetzen. Ich sehnte mich nach seiner Aufmerksamkeit, der körperlichen Nähe und seinen leidenschaftlichen Küssen.

So überlegte ich fast stündlich, wie ich es möglich machen konnte, dass ich ihn bald wiedersähe.

Sollte ich nach Gran Canaria fliegen, oder sollte ich versuchen, dass Mario mich besuchen käme?

Da war ich mir nicht ganz sicher, was besser für uns wäre. So ganz konnte ich mir den Spanier nicht in Deutschland vorstellen und das, obwohl er doch hier aufgewachsen war. Er war einfach zu temperamentvoll und würde in meiner Umgebung bestimmt wie ein Paradiesvogel auffallen. Ich sah meine Bekannten schon vor dem geistigen Auge, wie sie Mario musterten und in Gedanken den Kopf schüttelten und sich fragten, was ich denn mit ihm wollte.

In diesem Moment kamen sie mir sehr spießig vor. Ich liebte mein Leben und meine Freunde, aber ich verabscheute es, wenn Menschen so intolerant waren.

Ich hatte noch ein paar Urlaubstage auf meinem Zeitkonto und kam zu dem Schluss, einfach kurzfristig auf die Insel zu fliegen.

Die paar Tage im Januar hatten mir einfach nicht gereicht, um mir ein Bild darüber zu machen, ob ich etwas Festeres mit Mario wollte und ob das eine Zukunft mit uns haben könnte.

Er wohnte nicht gerade um die Ecke. Ja, nicht mal auf dem gleichen Kontinent, sprach eine andere Sprache, lebte in einer anderen Kultur und nach mir unbekannten Regeln.

Nach einigen Überlegungen nahm ich mir ein paar Tage im Februar frei, organisierte eine Betreuung für die Katzen und buchte kurzerhand einen Flug.

Als ich das Mario bei unserem nächsten Telefonat erzählte, war er ganz aus dem Häuschen, freute sich wie ein Kind und steckte mich mit seiner Vorfreude an.

Er wollte ebenfalls versuchen, ein paar Tage frei zu bekommen, sodass wir so viel Zeit wie möglich zusammen verbringen könnten.

Da er noch immer kein Auto hatte, bat ich Irmgard, mich vom Flughafen abzuholen.

Das sagte sie sofort freudig zu. So hatten wir beide wieder ein paar Stunden für uns.

Sie wohnte in der Nähe des Flughafens, in dem Städtchen Vecindario, einem kleinen Städtchen, das größtenteils von Einheimischen bewohnt wird und hatte es somit nicht weit zu fahren.

Von ihrer Wohnung aus wollte ich mir dann ein Taxi bestellen. Sie sagte aber sofort: »Ich bringe dich natürlich zu ihm. Frag nur genau, wo wir uns treffen können.«

Das waren gute Aussichten. Mit meinem Vater besprach ich also wieder die Pflege meiner Stubentiger und freute mich, nachdem alles geklärt war, auf die paar Tage außerplanmäßigen Urlaub.

Mitte Februar stieg ich aufgeregt in den Flieger Richtung Gran Canaria und war gespannt, was die Tage bringen würden.

Der Flug ging pünktlich los und im Flieger konnte ich gut entspannen und mich erfasste eine riesige Vorfreude, Mario, Irmgard und die Insel wiederzusehen.

Über den Wolken war der Himmel herrlich blau und die Wolken unter uns sahen aus wie riesige Wattebäusche. Einfach nur schön.

Nach einer perfekten Landung auf dem Flughafen von Gran Canaria holte ich meinen Koffer und hoffte, dass Irmgard schon auf mich wartete.

Ja, sie stand am Ausgang und winkte mir heftig zu. »Schön, dass du wieder da bist!«, begrüßte sie mich.

Wir umarmten uns herzlich und liefen vergnügt zu ihrem Auto.

»Erst mal in Ruhe ans Meer fahren, einen Kaffee trinken und dann Mario anrufen«, sagte ich.

Wir fanden beide, das sei ein guter Plan. In Deutschland war es kalt und gruselig, wie es eben oft im Februar ist. Hier schien die Sonne und die Luft war sehr warm. Nicht ganz sicher für diese Jahreszeit, da konnte es schon mal kühler sein und regnen.

Wir hatten Glück und genossen unseren Kaffee auf einer Terrasse mit Meerblick. Auch die Surfer ganz in der Nähe waren toll anzusehen, wie sie mit ihren bunten Brettern durch das kristallklare Wasser peitschten. Die weiße Gischt schäumte auf und hob sich von dem türkisfarbenen Wasser deutlich ab. Das Auf und Ab der sich am Strand brechenden Wellen gab mir ein beruhigendes Gefühl. Ich war einfach nur glücklich, wieder hier zu sein.

Nachdem ich mit Irmgard eine Weile geredet hatte, auch noch mal über die Ereignisse im Januar, rief ich Mario an. Da er um diese Zeit sicherlich arbeiten musste, war ich froh, dass ich ihn sofort am Telefon hatte.

»Schatz, bist du auf der Insel? Hat alles gut geklappt? Wann können wir uns treffen?«

Wieder einmal war ich verwundert, wie selbstverständlich er mich mit lieben Worten bedachte.

»Schatz«, klang für mich noch immer so fremd, weil ich dieses Wort mit solch einem liebevollen Singsang schon sehr lange nicht mehr gehört hatte.

Ich musste lachen über seine vielen Fragen, beantwortete alles und wir machten für später einen Treffpunkt aus.

»Ruf mich bitte kurz vorher noch mal an. Ich bin mir nicht sicher, ob ich die Zeit einhalten kann«, meinte Mario vorsichtshalber.

»Kein Problem, ich bin bei Irmgard gut aufgehoben« erwiderte ich und danach legten wir mit Vorfreude auf unser baldiges Wiedersehen auf.

»Wir haben Zeit«, sagte ich zu Irmgard, »Mario muss arbeiten und hat erst gegen Abend frei. Also, was stellen wir an?«

Meine Freundin schlug einen Besuch im Einkaufszentrum vor. Sie musste einige Sachen besorgen und so konnten wir die Zeit gut nutzen.

Wir bummelten, kauften ein, tranken frische Obstsäfte und fuhren danach in ihre Wohnung, um die Einkäufe zu verstauen.

Wir saßen schon einige Zeit auf dem Balkon, als ich versuchte Mario anzurufen. Sein Telefon war ausgeschaltet und ich bekam nur die Mailbox dran. Darauf zu sprechen hatte ich keine Lust, also wartete ich einige Minuten und versuchte es erneut. Wieder keine Antwort.

Das ging fast eine Stunde lang und ich bekam Panik. Wollte er mich nun doch nicht mehr sehen? War alles eine Lüge und er hatte mir das Blaue vom Himmel gelogen?

Ich war völlig verwirrt. Irmgard beruhigte mich aber und meinte: »Das ist bei den Time-Share-Linern oft so, die können einfach keine Zeiten einhalten.«

Ihre Abneigung war dabei deutlich zu spüren. Die konnte ich mir zwar nicht richtig erklären, beließ es aber ohne weitere Fragen dabei. Ich würde zu einem späteren Zeitpunkt herausfinden, ob ich mich mit meinem Eindruck getäuscht hatte.

Gute zwei Stunden später rief Mario endlich zurück. Er entschuldigte sich viele Male und nannte mir ein Lokal in El Tablero, in dem wir uns treffen sollten. »Das ist genau gegenüber von meiner Wohnung und so haben wir es später nicht weit«, meinte er und damit war ich einverstanden.

Irmgard kannte das Lokal und brachte mich dort hin, verabschiedete sich aber vor der Tür und wünschte mir viel Spaß. »Wenn was ist, dann ruf mich an«, sagte sie, nahm mich in den Arm, stieg in ihr Auto und brauste davon.

Ich schnappte mir meinen Koffer und betrat etwas unsicher das Lokal. Es war mehr eine Bar und nichts Besonderes. Eine lange Theke aus dunkelbraunem Holz mit einfachen Barhockern. Einige kleine Tische mit Plastiktischdecken, jeweils mit zwei oder vier Stühlen. Mittendrin sah ich Mario mit einigen anderen Männern an der Theke stehen.

Als er mich sah, kam er sofort auf mich zu, nahm mich leidenschaftlich in den Arm und küsste mich. Die Männer schauten nicht schlecht, als er mich ihnen als »Esta mi esposa – das ist meine Frau« vorstellte. Auch ich war ziemlich erstaunt, dachte ungläubig, ich hätte mich verhört, ließ es aber so stehen. Was hätte ich den Spaniern, auch mit meinen paar Brocken Spanisch, erklären sollen? Außerdem wollte ich Mario nicht als Lügner oder Angeber hinstellen. Ein bisschen freute es mich sogar, dass er mich als seine Frau ansah.

Aber schnell bemerkte ich, dass Mario nicht mehr nüchtern war und oft mit seinen Aussagen sehr prahlerisch rüberkam. Mir fiel das auf, den Kollegen von Mario aber anscheinend nicht. Die hatten alle Spaß und tranken munter weiter.

Nach einer Weile bat ich Mario: »Können wir bitte gehen? Ich bin müde von dem langen Tag und würde gerne ein bisschen mit dir alleine sein.«

Mario wollte gerne noch bleiben, ließ sich aber überzeugen, nahm mir den Koffer ab und wir gingen in seine Wohnung.

Das Appartement lag im obersten Stock eines Mehrfamilienhauses und wir mussten einige Treppen steigen bis wir oben waren. Einen Aufzug gab es nicht. Sein Appartement war wirklich schön. Hatte eine kleine Küche, ein Wohn-Esszimmer, Bad und Schlafzimmer und eine große Dachterrasse.

Die Dachterrasse gefiel mir am besten. Der Blick über den kleinen Ort bis hin zum Meer war fantastisch. Mario schenkte uns zwei Gläser Rotwein ein, nahm mich fest in den Arm und meinte: »Willkommen zu Hause, mein Schatz.«

»Zu Hause«, das hörte sich für mich sehr fremd an. Mein Zuhause war in Deutschland und nicht auf Gran Canaria. Das konnte ich ihm aber in diesem Augenblick nicht sagen und so genossen wir den Wein, die schöne Nacht und die Aussicht auf ein paar gemeinsame Tage.

Erst viel später würde ich erkennen, dass mein Herz schon lange nicht mehr in Deutschland zu Hause war.

Da Mario ebenfalls drei Tage frei hatte, konnten wir am nächsten Tag ausgiebig ausschlafen.

Wir frühstückten auf der Dachterrasse und machten Pläne für den Tag.

Meine Idee war es, ein Auto zu mieten und in die Berge zu fahren, um einen langjährigen Freund zu besuchen. Juan war schon vor über 20 Jahren nach Gran Canaria ausgewandert und ich kannte ihn von den Urlauben zuvor sehr gut. Gerne wollte ich ihn wiedersehen und auch Mario fand die Idee zu meiner Verwunderung gut.

Wir machten uns zum Autovermieter auf, waren gut gelaunt und scherzten viel miteinander. Ein richtig guter Start in den Tag. Mario kannte den Herrn von der Vermietung gut und so bekamen wir einen Jeep für kleines Geld. Die benötigten Papiere für die Vermietung musste ich vorzeigen, da Mario seine in der Wohnung gelassen hatte. Das war für mich kein Problem. Meine Papiere hatte ich vorsichtshalber immer bei mir. Unser knallroter Jeep gefiel mir sehr gut. Meistens mietete ich nur kleine Autos mit Klimaanlage, da ich das offen fahren nicht so mochte.

Lieber fuhr ich in einem gut klimatisierten Auto und genoss die Wärme außerhalb. Da wir nun also offen fahren mussten, besorgten wir uns vorsichtshalber zwei Kappen, damit uns die Sonne nicht zu sehr auf den Kopf brannte und wir bestimmt Kopfschmerzen bekommen hätten.

Auf ging es in die Berge. Juan wusste noch nichts von meinem Besuch und würde sich bestimmt freuen, da war ich sicher. Nach eineinhalb Stunden kamen wir bei seinem Verkaufsstand oben auf dem Pass an. Der Stand war schon mehr eine kleine urige Bar. Hier konnte man gemütlich an Holztischen sitzen mit einem grandiosen Ausblick bis aufs Meer, frische Obstsäfte trinken und Tapas, Tortilla, Spanisches Kartoffelomelette, oder Pimientos Padron, in Meersalz frittierte kleine grüne Paprikaschoten und einiges mehr essen. Ich nannte Juan immer »meinen Mann aus den Bergen«.

Wieder einmal war Mario über die Schönheit der Insel erstaunt, viel hatte er von der Insel noch nicht gesehen, da er sonst kaum aus den Touristenzentren rauskam. Die vielen Serpentinen, die wir fahren mussten, machten ihm richtig

Spaß, denn natürlich ließ mich mein spanischer Macho nicht ans Steuer. Mieten durfte ich, fahren musste er. Wenn ich ehrlich war, gefiel mir das sogar ganz gut, denn im Allgemeinen war ich die, die immer fahren musste. Ich genoss es, mich durch die Landschaft kutschieren zu lassen.

Juan konnte es kaum glauben, dass ich wieder auf der Insel war, ohne ihm vorher Bescheid gesagt zu haben. Sonst machte ich das nämlich immer.

Er freute sich, wunderte sich allerdings über Mario. Der begrüßte ihn, als würde er ihn schon lange kennen und teilte dann sofort mit: »Meine Frau hat mir schon viel von dir erzählt. Schön, dass ich dich jetzt mal treffe.«

Ich signalisierte Juan, dass er das nicht so ernst nehmen solle und er verstand mich sofort. Als wir kurz alleine waren, erzählte ich ihm, wie ich Mario kennengelernt hatte und dass er immer so sprach.

»Sei ein bisschen vorsichtig. Ich möchte nicht, dass du auf irgendeinen Hallodri hereinfällst«, meinte er und ich wusste, dass Juan es nur gut meinte.

Wir hielten uns noch eine Zeitlang bei Juan auf und hatten immer Gesprächsstoff. Es stellte sich heraus, dass auch Juan in den ersten Jahren auf der Insel in Timeshareanlagen gearbeitet hatte und so gab es für die Männer viel zu erzählen.

Mario und ich fragten Juan nach einer schönen Tour und versprachen, auf dem Rückweg nochmals bei ihm reinzuschauen.

Das Wetter war zwar nicht schlecht, es sah aber irgendwie nach Regen aus und so fuhren wir nur an einen Stausee, der sich mitten in den Bergen befindet, um das Regenwasser aufzufangen, damit die Versorgung der Bevölkerung mit Wasser gewährleistet ist. Wir gingen auf den Trampelpfaden rund um den Stausee spazieren. Genossen die Ruhe und die klare frische Luft und machten uns dann auf den Rückweg.

Wir kamen gerade wieder bei Juan an, als es anfing, wie aus Kübeln zu schütten. Schnell schlossen wir das Verdeck vom Jeep und spurteten zu Juan in die Hütte.

Der bot uns lachend etwas Warmes zum Trinken an. Heißer Kakao kam jetzt gerade recht.

»Mach mir mal einen ordentlichen Schnaps da rein«, meinte Mario und Juan tat ihm den Gefallen, schaute mich dabei aber komisch an. Alkohol und Autofahren passte bei ihm nicht zusammen. Er kannte diese Art von Männern, die sich ganz schnell selbst überschätzten.

Juan schaute nach draußen und meinte, dass es wohl noch etwas länger mit dem Regen dauern würde. Er kannte sich mit dem Wetter sehr gut aus, stand er doch täglich in seiner Hütte am Pass und hatte schon viele Wetterkapriolen erlebt.

Was er noch gesehen hatte, gefiel uns dann so gar nicht. Unser Jeep hatte einen Platten. Mario wurde ganz hektisch und wollte den Reifen sofort wechseln.

»Warte doch, bis der Regen aufgehört hat«, schlug Juan vor, aber mein Spanier stürmte in den Regen, holte das Reserverad raus und fing an, im strömendem Regen den Reifen zu wechseln.

Juan und ich konnten uns sein erstaunliches Verhalten nicht erklären und Juan war auch nicht bereit, Mario bei diesem Wetter zu helfen. Wir amüsierten uns heimlich in der Hütte und tranken noch einen Kaffee.

Als Mario fertig war, wollte er sofort losfahren und so verabschiedeten wir uns schnell von Juan. Ich versprach ihm, dass nächste Mal mehr Zeit zu haben und machte mich mit Mario auf den Weg in den Süden der Insel.

Es war schon dunkel, als wir in El Tablero ankamen. Da es aber nicht spät war, überlegten wir uns, noch in die Stadt zu gehen. Erst einmal mussten wir uns beide frisch machen und umziehen.

Der Tag in den Bergen war herrlich, wenngleich auch anstrengend. Die frische Luft tat uns gut und wir beschlossen zu Fuß zu gehen.

In Strandnähe gab es viele kleine Restaurants und Bars. Wir suchten uns einen Platz, von dem aus man das Meer sehen konnte und bestellten uns etwas Warmes zum Trinken.

Mario war komisch still und ich fragte ihn, was denn los sei. Dabei kam heraus, dass er das Treffen mit Juan doch nicht so toll gefunden hatte. Er war eifersüchtig auf mein Verhältnis zu dem Mann aus den Bergen und ließ es jetzt heraus.

Bei Juan wollte er sich keine Blöße geben und nahm sich und seine Eifersucht zurück. Nach einer Weile konnte ich ihn jedoch beruhigen und so wurde es ein schöner, entspannter Abend.

Gegen Mitternacht machten wir uns auf den Weg zum Apartment und wollten nichts weiter als schlafen.

Am nächsten Morgen wachten wir frisch und gut gelaunt auf und genossen erst einmal ein ausgiebiges Frühstück auf der Dachterrasse. Der Blick bis zum Meer war traumhaft und so beschlossen wir, an diesem Tag einmal nichts zu unternehmen.

Gegen Mittag wurde Mario allerdings unruhig und hielt es nicht mehr in der Wohnung aus.

»Lass uns in die Stadt fahren«, schlug er vor. »Mir fällt hier die Decke auf den Kopf!«.

Dagegen hatte ich nichts einzuwenden. Als erstes steuerte er sofort eine Bar an und bestellte einen Kaffee mit viel Rum. Das machte mich stutzig, aber sagen wollte ich dazu nichts. War ja seine Sache. Für mein Gefühl trank er wirklich zu viel Alkohol. War er ein Alkoholiker? Konnte er überhaupt ohne Hochprozentiges auskommen? Ich versprach mir selbst, die nächsten Tage darauf zu achten.

Die kleinen Barraquitos, Espresso mit gezuckerter Kondensmilch und einem Schuss Mandellikör, hatten es mir angetan und so bestellte ich mir einen. Als Mario sich noch einen weiteren Kaffee mit Rum bestellte, wollte ich das nicht weiter beachten.

Ich wusste, wenn ich ihn darauf ansprächе, würde er es abtun oder es würde Ärger geben und das wollte ich nach einem solch schönen Tag wirklich nicht riskieren.

So langsam bekam ich Hunger und das sagte ich mit Nachdruck, sodass Mario sofort ein gutes Lokal vorschlug. Ich bestellte mir kleine kanarische Kartoffeln mit verschiedenen Mojo-Saucen, Mario wollte nur einen Rum mit Cola. Mir kam das allmählich spanisch vor, da der Herr aber nicht ausfallend oder komisch wurde, hielt ich auch jetzt meinen Mund.

Für mich war die Beziehung immer noch nicht wirklich fest, und was sollte ich mich in seine Angelegenheiten mischen?

Je mehr Alkohol er trank, umso redseliger wurde er.

Nicht aggressiv, nur aufgekratzter und lustiger.

Für einen Urlaubsflirt nicht mal die schlechteste Mischung.
Mario war sehr aufmerksam und wollte mir jeden Wunsch erfüllen. Sobald Bekannte von ihm in die Nähe kamen, winkte er sie sofort heran und trank mit ihnen weiter. Mich stellte er allen als seine zukünftige Frau vor. Na ja, daran hatte ich mich schon gewöhnt.

Die paar freien Tage vergingen für uns viel zu schnell. Da ich im April Geburtstag hatte, wollte ich diesen auf jeden Fall bei Mario auf der Insel verbringen und so machten wir eifrig Pläne.

Da es aber noch zwei Monate dauern würde, sprach Mario immer wieder davon, vorher zu mir nach Deutschland zu kommen. Sicherlich war mir das recht, so richtig glauben konnte ich es aber nicht. Egal, träumen durfte man ja.

Am Abflugtag brachte Mario mich zum Flughafen und uns beiden fiel der Abschied schwer. Er blieb bis zum letzten Moment bei mir und uns tröstete, dass wir uns spätestens im April wiedersehen würden.

Kapitel 13

Zu Hause erwarteten mich meine Katzen und viel Arbeit. Die Fellknäuel liefen immer hinter mir her und wollten spielen. Es gefiel ihnen nie, wenn ich einige Zeit nicht für sie da war. Die Arbeit tat sich auch nicht von alleine und so hatte mich der Alltag schnell wieder fest im Griff. Ich ertappte mich bald täglich dabei, dass ich irgendwelchen Tagträumen nachhing und begann, mir Gedanken über mein bisheriges Leben zu machen. Resümierte die positiven wie negativen Dinge, die bisher geschehen waren und stellte mir vor, wie ein mögliches Leben mit Mario aussehen könnte.

Mario meldet sich fast täglich und konnte es nicht erwarten, dass ich endlich wieder zu ihm auf die Insel käme. Eines Tages rief er mich schon gegen Mittag an und teilte mir ganz aufgeregt mit, dass er unbedingt zu mir kommen wolle.

»Ich würde sofort ins Flugzeug steigen und wäre in fünf Stunden bei dir. Leider fehlt mir das Geld für den Flug, die Zeit hätte ich«, sagte er aufgeregt.

Seine Begeisterung steckte mich natürlich an und nach einigem Hin und Her bot ich ihm an, ihm ein Ticket zu buchen.

»Wie lange kannst du bleiben?«, fragte ich.

»Zwei Wochen könnte ich frei bekommen«, war seine Antwort. Zwei Wochen mit Mario in Deutschland. Na, wenn das nur gut geht, dachte ich bei mir.

Trotzdem, ich freute mich auf ihn und buchte den Flug für den nächsten Tag. Der Flieger landete kurz vor Mitternacht in Hannover und ich stand erwartungsvoll und aufgeregt wie ein kleines Schulmädchen am Ausgang in der Ankunftshalle C1 vom Terminal 1 am Flughafen. Als ich meinen Spanier sah, wie er braungebrannt, glattrasiert und strahlend aus der Tür trat, flatterten die Schmetterlinge schon tüchtig in meiner Magengegend und wir fielen uns überglücklich in die Arme. Viel zu lange war ich ohne ihn gewesen und mir wurde schlagartig bewusst, wie sehr ich ihn vermisst hatte.

Schnell gingen wir zu meinem Auto, das auf dem Parkdeck gleich hinter der Ankunftshalle stand und machten uns auf den einstündigen Weg zu meinem Haus. Mario war schon ganz gespannt auf meine Wohnung und die Katzen. Tierlieb war er genauso wie ich. Er konnte allerdings mehr mit Hunden anfangen und hatte als Jugendlicher sogar Hunde ausgebildet, wie er mir stolz erzählt hatte Dennoch taten es ihm Theo und Sarah sofort besonders an ... Die Wohnung interessierte ihn nicht so sehr, obwohl er natürlich alles erst einmal ansehen musste.

Wir setzten uns noch einige Zeit zusammen, tranken einen leckeren Tee und freuten uns einfach, wieder zusammen zu sein.

Todmüde gingen wir wenig später ins Bett und schliefen nach einiger Zeit eng aneinander gekuschelt ein.

Am nächsten Morgen musste ich früh aus dem Haus, da ich so schnell keinen Urlaub bekommen hatte. »Mach es dir mit der Katzenbande gemütlich und komm erst mal richtig an«, sagte ich zu ihm und musste ihn alleine in meinen vier Wänden zurücklassen. So ganz wohl fühlte ich mich nicht in meiner Haut. Hatte ich doch noch nie einen fremden Mann bei mir allein gelassen. Aber ich vertraute Mario und wusste, dass ich sicher nicht so lange arbeiten würde. Er wäre daher nicht lang allein.

Auf meine Arbeit konnte ich mich an diesem Tag nicht richtig konzentrieren und ich rief Mario mehrmals am Tag an. Wir verabredeten, dass wir am Wochenende seine Mutter in Süddeutschland besuchen wollten. Mario hatte sie schon einige Jahre nicht mehr gesehen und freute sich sehr darüber, dass ich mit ihm diese Tour machen wollte. Er rief seine Mutter an und überraschte sie mit der tollen Neuigkeit. Sie konnte es erst gar nicht glauben, dass ihr Sohn in Deutschland war und freute sich ebenso auf seinen Besuch.

Ich dachte »Fünf Stunden für eine Fahrt? Na, ein entspanntes Wochenende wird das nicht werden.« Für mich war es aber ganz klar, dass ich Mario die Gelegenheit geben wollte, seine Mutter wiederzusehen. Wir machten uns früh am Samstagmorgen auf den Weg. Gesprächsstoff hatten wir wie immer und so verging die Zeit wie im Flug. Marios Mutter hatte Tränen in den Augen, als sie ihren Sohn nach so langer Zeit wieder in die Arme nehmen konnte und sie begrüßte mich ebenfalls auf das Herzlichste. Da ich niemanden gefunden hatte, der nach meinen Tieren sehen konnte, mussten wir schon am späten Abend wieder nach Hause fahren. Das tat mir zwar leid, war aber nicht zu ändern und die zwei verstanden das auch.

Wir aßen noch gemeinsam zu Abend, erzählten viel und mussten dann aufbrechen. Natürlich wollte der Spanier wieder fahren. Mir sollte es recht sein. Ich war müde und konnte so ein kleines Nickerchen machen.

Mario fuhr sehr gut und ich fühlte mich sicher und hatte keine Angst um mein Auto. Als wir es nicht mehr weit hatten, kannte ich natürlich die Straßen genau und wusste auch, wo die Blitzer standen. Ich warnte Mario und bat ihn, langsamer zu fahren, da er sicherlich seinen Führerschein nicht verlieren wollte.

»Aber Schatz, was man nicht hat, kann einem auch nicht weggenommen werden«, sprach er und lachte mich dabei verschmitzt an.

Mir verschlug es die Sprache und ich war entsetzt.

Fuhr er tatsächlich ohne Führerschein oder würde er mich gerade veräppeln wollen? Ich glaubte nicht, was ich gehört hatte.

Dann gab es eine heftige Diskussion und ich bestand darauf, ab sofort mein Auto wieder selber zu fahren. »Du riskierst den Versicherungsschutz, wenn irgendetwas geschieht!«, schrie ich ihn an. »Kannst du dir vorstellen, was uns blüht, wenn du ohne Führerschein jemanden umfährst und ihn ins Krankenhaus bringst? Mal ganz abgesehen davon, dass ich richtig Ärger kriegen kann, wenn rauskommt, dass ich wusste, dass du ohne Führerschein fährst. Was denkst du dir eigentlich?«, fuhr ich ihn weiter an.

Mario war richtig sauer auf mich, war er es anscheinend nicht gewohnt, dass eine Frau ihn so zurechtwies und wollte es einfach nicht verstehen, dass ich ihn nicht weiterfahren lassen wollte.

Bis zuhause schwiegen wir uns nur noch an. Jeder gedankenverloren und sauer auf den anderen. Ich hätte ihn am liebsten gleich wieder nach Gran Canaria geschickt.

Traute mich aber nicht, es so deutlich zu sagen. Ich war wirklich schrecklich böse und fragte mich, an welchen Menschen ich da geraten war.

Sofort nach unserer Ankunft musste Mario sich erst mal einen starken Drink genehmigen und dem einen folgten noch mehrere. Zum Schluss war er sehr betrunken und ich hätte sonstwas darum gegeben, wenn er auf der Insel geblieben wäre.

Wie sollte ich so noch über eine Woche mit ihm durchstehen? Na, da würde mir noch etwas einfallen. Die Nacht verbrachte ich in meinem Schlafzimmer und Mario auf dem Sofa.

Morgens kam er dann ganz kleinlaut an, hatte schon Kaffee gekocht und bat mich vielmals um Verzeihung.

Viel zu schnell gab ich nach, konnte seiner charmanten Art einfach nicht widerstehen und sagte: »Also gut, Strich unter die letzte Nacht. Aber wage dich nicht, noch einmal so einen Mist zu machen.«

Meine Hoffnung war in diesem Moment einfach nur, dass die nächsten Tage harmonischer verlaufen würden. Schließlich hatten wir uns beide so sehr über das Wiedersehen gefreut.

Mario ließ in der nächsten Zeit den Alkohol Alkohol sein und so war wieder gut mit ihm auszukommen.

Wir verabredeten uns mit Freunden von mir und da sie natürlich schon viel von ihm gehört hatten, waren alle recht neugierig.

Besonders Udo wollte den Spanier unbedingt kennenlernen.

Wir verabredeten uns in einem Café in der Innenstadt, um gemütlich zusammen einen Kaffee zu trinken, damit die beiden Männer sich kennenlernen konnten.

Sie verstanden sich auf Anhieb, unterhielten sich angeregt und so verbrachten wir die nächsten Abende meistens zu dritt. Mario wollte unbedingt, dass Udo im April mit nach Gran Canaria käme und der sagte sofort begeistert zu.

»Prima«, dachte ich. »Dann brauche ich nicht alleine zu fliegen. Mit Udo wird es auf jeden Fall mehr Spaß machen«, freute ich mich.

Was mich die ganze Zeit schon gewundert hatte, war, dass Mario so gar nicht nach Ecki fragte.

Udo erzählte mir allerdings später, als Mario gerade nicht in der Nähe war, dass er ihn nach Ecki ausgefragt hätte.

»Dich wollte er nicht fragen«, lachte Udo »Da war der Spanier wohl zu stolz für.«

Von Ecki hatte ich tatsächlich nichts mehr gehört und da es öfter mal vorkam, dass er sich längere Zeit nicht bei mir meldete, fiel es mir nicht sonderlich auf. Der hatte wohl immer noch unter dem Vorfall auf der Insel zu leiden. Im Moment war es mir ganz recht, dass ich nichts von Ecki hörte. Auf ein weiteres Zusammentreffen der beiden Männer konnte ich wirklich gut verzichten.

In den nächsten Tagen zeigte ich Mario meine Heimat. Wir fuhren an einen nahegelegenen See und verbrachten dort schöne und entspannende Stunden.

Das Wetter spielte zwar nicht mit, das konnte man um diese Jahreszeit auch nicht erwarten und so verbrachten wir die Zeit im kleinen Restaurant am See und hatten wieder viel Zeit für lange Gespräche.

Wieder ließ Mario durchblicken, dass er mit mir zusammenleben wollte. Irgendwie konnte ich mir ein Zusammenleben in Deutschland aber so gar nicht mit ihm vorstellen.

Nicht, dass ich nicht mit ihm leben wollte, aber dieser Mann passte einfach nicht in dieses kalte, dauernasse Land. Er kam mir hier auch irgendwie »kleiner« vor. Warum, konnte ich nicht sagen. Nur, dass er nicht richtig hierher passte.

Mario brauchte Sonne und das lockere Leben im Süden und nicht das spröde Deutschland. Wenn ich es auch nicht erklären konnte, eins wurde mir zu dieser Zeit ganz klar: Wenn wir wirklich zusammenleben wollten, dann nur im Süden. Obwohl ich das Leben auf den Kanaren liebte, die zwanglose Atmosphäre, die Herzlichkeit der Einwohner, kam eine Auswanderung für mich zu dieser Zeit so gar nicht in Frage. Dafür hielt mich zu viel in Alemannia.

Mein Vater lebte hier und wir hatten ein sehr enges Verhältnis. Mein Sohn studierte weiterhin und kam nur selten nach Hause. Er war zwar schon lange erwachsen und ging seine eigenen Wege, aber bei so einer Überlegung dachte ich natürlich über alle Punkte nach. Meine Katzen wollte ich nicht umsiedeln.

Mein Haus verlassen? Nein, auch nicht. Ich fühlte mich hier so wohl. Meine Arbeit, meine Freunde, mein ganzes Leben fand hier statt und dass wollte ich zu diesem Zeitpunkt auf keinem Fall ändern. Oder war dieses Festhalten an Deutschland die Angst, sich auf etwas Neues einzulassen?

Die Furcht in der Fremde möglicherweise zu scheitern oder sich nicht zurecht zu finden?

Sicherlich waren alle diese Überlegungen der Grund dafür,

warum ich mich nicht so ganz und gar auf Mario einlassen konnte. Die Zeiten mit ihm waren aufregend und ich wollte diese nicht missen. Nur alles aufgeben wollte ich für ihn nicht. Die kurze Zeit, die ich im Moment mit Mario hatte, sollte für uns beide eine schöne sein und so antwortete ich auf seine Fragen nach einem gemeinsamen Leben nur ausweichend und ich merkte, dass er damit nicht zufrieden war. Das konnte ich aber in diesem Augenblick nicht ändern. Zu verwurzelt war ich noch mit allem hier.

Um keine voreilige Entscheidung zu treffen, versuchte ich die Gespräche erst einmal auf meinen geplanten Urlaub im April zu lenken. Die Aussicht, dass wir uns dieses Mal nicht für lange Zeit trennen mussten, munterte ihn wieder auf.

So konnte ich die Fragen nach einer gemeinsamen Zukunft erst einmal gut umschiffen. Keine Ahnung, wie lange das gut gehen würde. Irgendwann müsste ich eine Entscheidung treffen. Wie die ausfallen sollte, konnte ich jetzt noch nicht genau sagen. Aber ganz tief in mir wusste ich die Antwort bereits.

Udo plante nun mit uns zusammen die Reise auf die Insel und wir alle hatten daran viel Spaß. Die Tage vergingen viel zu schnell und schon hieß es wieder Abschied nehmen. Udo und ich brachten Mario zum Flughafen und schon in einigen Stunden würde er wieder auf Gran Canaria landen.

Gleich nach der Landung rief Mario mich an. Es gefiel ihm gar nicht, nun wieder alleine auf der Insel zu sein. »Ich vermisse dich jetzt schon«, sagte er ganz geknickt.

Er hörte sich wirklich traurig an. Klar tat mir das leid, aber die paar Wochen würden mit Sicherheit schnell vergehen und dann würden Udo und ich zu ihm fliegen. Für mich vergingen die Wochen wie im Flug. Im Büro hatte ich reichlich zu tun und konnte viel vorarbeiten, sodass ich mit einem guten Gefühl in den nächsten Urlaub ging.

Kapitel 14

Anfang April packte ich wieder meinen Koffer. Da unser Flug sehr früh ging, holte Udo mich kurz nach Mitternacht ab. Meine Fellknäuel blieben in der Obhut meines Vaters, da konnte ich ganz beruhigt sein. Er kümmerte sich immer sehr liebevoll um die zwei Süßen.

Der Flieger hob pünktlich ab und so waren wir schon vor Mittag auf Gran Canaria. Da Mario noch arbeiten musste, holte Irmgard uns vom Flughafen ab. Wir lagerten unsere Koffer zwischenzeitlich bei ihr in der Wohnung und fuhren erst einmal ans Meer, um richtig anzukommen. Eine leckere Sangria konnten wir uns nicht verkneifen. Wir stießen gut gelaunt zusammen an und hatten dabei einen herrlichen Blick auf das blau schimmernde Wasser mit seinen weißen Schaumkronen.

Wir hatten noch bis zum Abend Zeit, vorher konnten wir uns nicht mit Mario treffen und so beschlossen wir, in das Tal von Guayadeque zu fahren, in dem die letzten Höhlenwohnungen von Gran Canaria zu finden sind.

Diesen Barranco kannte ich von früheren Besuchen und die Landschaft begeisterte mich immer wieder.

Hier gab es ein Höhlendorf, einen Höhlenladen, in dem man angeblich den besten Schinken der Insel kaufen konnte, eine Höhlenkirche mit Altar, der nur durch Kerzen und Fackeln erleuchtet wurde, und ein nettes, kleines Höhlenrestaurant.

Wir besuchten die kleine, in den Felsen gehauene Kirche und tranken in der gleich danebengelegenen Bar ein Glas frisch gepressten Orangensaft. Ein richtiger Glücksmoment.

Irmgard konnte so Udo ein bisschen kennenlernen. Die beiden mochten sich und verstanden sich schnell erstaunlich gut.

Als Udo noch ein Glas Saft holen ging, fragte sie mich: »Warum bist du eigentlich nicht mit Udo zusammen? Der gefällt mir viel besser als Mario und ich meine, der passt auch besser zu dir.«

Ich antwortete etwas verdutzt. »Weil Udo einfach nur ein Freund ist und das schon seit vielen Jahren. Da ist nicht mehr, aber auch nicht weniger.«

Mehr konnte und wollte ich dazu nicht sagen. Manchmal fragte ich mich selber, warum das so war. Eine richtige Antwort konnte ich darauf nie wirklich finden.

Es war nun einmal so, und Udo und ich, wir beide wollten es nicht anders. Unsere Freundschaft war uns schon immer sehr wichtig gewesen und dabei wollten wir es belassen.

Zwischendurch telefonierte ich mit Mario und wir beschlossen, dass wir uns erst einmal in seiner Wohnung treffen wollten. Für Udo hatte Mario ein Zimmer mit Bad im gleichen Haus besorgt. Nachdem wir aus dem Tal zurückkamen, suchten wir uns eine Autovermietung und mieteten ein Auto bis zum Abflugtag. So waren wir freier in unseren Entscheidungen und mussten nicht immer Irmgard bitten, uns zu fahren oder ein Taxi nehmen.

Mario wartete schon und wir drei freuten uns riesig über das Wiedersehen. Meinen Koffer brachte ich in Marios Wohnung und Udo bezog sein Zimmer zwei Etagen tiefer. Danach gingen wir zusammen in die Stadt.

Erst einmal hatten Udo und ich Riesenhunger, hatten wir doch außer dem schmalen Flugzeugessen noch nichts bekommen.

Wir bestellten uns in einem einfachen Restaurant reichlich zu Essen und fielen fast darüber her. Noch nie hatten uns Pommes frites, Salat und Hamburger so gut geschmeckt. Mario wollte nur Rum mit Cola. Gegessen habe er schon am Mittag, meinte er und bestellte sofort ein zweites Getränk, nachdem er das erste schnell ausgetrunken hatte.

Ich bemerkte wieder einmal, dass er, wenn er gestresst war, zu schnell und zu viel trank. Aber warum war er gestresst? War es wegen Udo, dass er sich nicht entspannen konnte?

Am nächsten Tag, es war der 10. April, hatte ich Geburtstag und wollte aus diesem Grund nicht die halbe Nacht unterwegs sein. Mario passte das zwar nicht so richtig, da es aber mein Wunsch war, gingen wir nach dem Essen zurück in seine Wohnung. Tranken dort einen Wein, redeten noch ein bisschen zusammen und danach verabschiedete sich Udo.

Er wollte nicht länger bleiben, da er einerseits von dem langen Tag sehr geschafft war, andererseits uns alleine lassen wollte. Ganz offensichtlich hatte er das Gefühl, dass er uns stören würde, und da er sehr taktvoll war, zog er sich lieber zurück. Mario und ich machten noch Pläne für den nächsten Tag und gingen dann ebenfalls schlafen.

Am Morgen weckte Mario mich mit einem Ständchen und einem kleinen Stück Kuchen mit einer Kerze darauf.

»Ist das süß von dir. Vielen Dank!«, rief ich und umarmte ihn stürmisch.

Wir machten uns ausgehfertig und holten Udo zum Frühstücken ab. Danach musste Mario wieder arbeiten.

Am Abend wollten wir mit Juan, Irmgard und Udo zusammen nach Puerto de Mogán fahren. Der idyllische Fischerort hatte mir schon immer gut gefallen und in einem kleinen Restaurant am Meer wollte ich mit meinen Freunden meinen Geburtstag feiern. Den Tag verbrachte ich mit Udo und Irmgard zusammen. Wir ließen es uns gut gehen, sonnten uns am Strand, bummelten durch die Gassen und gönnten uns zum Abschluss ein leckeres Eis.

Recht lustig holten wir am Abend Mario ab, fuhren nach Puerto de Mogán und trafen dort Juan. Juan hatte für uns einen Tisch in einem sehr guten Restaurant reserviert und so konnten wir beim Essen auf den kleinen Hafen mit seinen vielen Segeljachten schauen.

Meine Freunde hatten kleine Geschenke für mich besorgt, die ich begeistert auspackte.

Mario trank zwar viel, wurde aber immer stiller. Er konnte es sich zurzeit nicht leisten, mir ein Geschenk zu kaufen und das passte ihm überhaupt nicht. Sein Stolz konnte es gar nicht vertragen, dass die anderen Geschenke hatten und er nicht.

Ich dachte nur kurz darüber nach. War ich doch viel zu glücklich bei ihm zu sein, und ein Geschenk war nun wirklich nicht das Wichtigste für mich.

Allerdings ein winzig kleiner Gedanke schoss mir doch durch den Kopf und pochte an meinen Schläfen:

»Würdest du weniger trinken, hättest du auch fünf Euro übrig, um mir eine Kleinigkeit zu kaufen.«

Ich schob den Gedanken schnell weg. Wollte ich mir dadurch unter keinen Umständen den Abend verderben lassen.

»Du bekommst noch ein Geschenk von mir, ganz sicher«, sagte er immer wieder. Der Alkohol machte sich wieder bemerkbar.

Wir feierten noch bis spät in die Nacht. Gute Musik, gutes Essen und allgemeine gute Laune an einem herrlichen Platz. So hatte ich mir meinen Geburtstag gewünscht.

Als wir in Marios Wohnung ankamen, war bei ihm von guter Laune nichts mehr zu merken. Er fing ohne Grund an, auf alles und jeden zu schimpfen. Da ich das nicht weiter mitmachen wollte, bekamen wir unseren ersten großen Streit. Nach einigem Hin und Her nahm ich meine Handtasche, knallte die Tür hinter mir zu und machte mich auf ins Zimmer von Udo.

Den Armen holte ich mit lautem Klopfen an die Tür wieder aus dem Bett. Er sah mir sofort an, dass da was nicht stimmte. »Komm erst mal rein«, sagte er schlaftrunken zu mir und ich erzählte ihm, dass ich so ein Verhalten von Mario nicht ertragen konnte und es auch nicht dulden wollte. Udo verstand das, bot mir das zweite Bett im Zimmer an und so verbrachte ich die Nacht nicht mit Mario, sondern bei Udo.

Am nächsten Morgen frühstückten Udo und ich zusammen und danach wollte ich zu Mario gehen, um zu sehen, ob er sich wieder beruhigt hatte.

Im oberen Stockwerk angekommen, sah ich erschrocken, dass da doch tatsächlich mein Koffer gepackt vor der Tür stand. Was sollte das nun wieder bedeuten? War er nun gänzlich verrückt geworden?

Ich klopfte an die Tür, aber keiner öffnete. Mit meinem Handy versuchte ich Mario zu erreichen. In der Wohnung war er nicht, denn sonst hätte ich das Klingeln hören müssen. Nachdem ich es noch einige Male versucht hatte, gab ich es erst einmal auf.

Der Herr hatte sich wohl noch nicht wieder beruhigt und wollte mich anscheinend nicht sprechen. Nach meiner Meinung war gar nichts Schlimmes passiert.

Wir hatten nur unterschiedliche Meinungen vertreten. Gut, er hatte zu viel getrunken und recht aggressiv reagiert. Das konnte doch nicht der Grund dafür sein, einfach meinen Koffer zu packen und ihn vor die Tür zu stellen? Oder doch? War er in seiner Mannesehre so sehr gekränkt worden, dass ich ihm eine Szene gemacht und dann auch noch die Nacht bei Udo verbracht hatte? Ich erinnerte mich, dass Mario ein echter spanischer Mann war und es hier andere Spielregeln gab, als ich es in Deutschland gewohnt war.

Udo musste tatsächlich lachen, als ich mit meinem Koffer bei ihm ankam. »Der hat echt eine Schraube locker«, sagte er und verstaute meine Sachen in seiner Wohnung. Wir beschlossen, den Tag so gut wie möglich zu planen, damit wir nicht mit tausend Gedanken in der Wohnung sitzen blieben. So fuhren wir in die Berge und statteten Juan einen Besuch ab. Der bekam ebenfalls das Grinsen ins Gesicht und konnte sich keinen Reim aus Marios Verhalten machen.

Am späten Nachmittag bekam ich den Herrn dann endlich ans Telefon: »So etwas macht man mit mir nicht, einfach die Wohnung verlassen und bei einem anderen Mann schlafen. Das lasse ich nicht mit mir machen.

Für mich ist damit die Sache erledigt.«

Mario hörte sich mehr als ärgerlich an. Dieses extreme Verhalten war für mich nicht nachvollziehbar und ich versuchte, ihm zu erklären, warum ich gegangen war. Er hörte mir gar nicht richtig zu und beendete das Gespräch. Nach einigen weiteren Versuchen bekam ich ihn nochmals ans Telefon. Wieder beschimpfte er mich und betonte nochmals, für ihn sei die Beziehung beendet.

»Das kann doch wohl nicht dein Ernst sein, gestern wolltest du mich noch heiraten und ein gemeinsames Leben mit mir aufbauen und heute schickst du mich einfach weg. Was geht da eigentlich in deinem Kopf vor, und was meinst du, wie ich mich dabei fühle?«, fragte ich ihn. »Erklär mir das doch bitte mal etwas genauer«, sagte ich ziemlich aufgebracht. Die Antwort erhielt ich umgehend

»Gestern war eben der zehnte und heute ist der elfte«, war alles, was der Spanier sagte, bevor er den Hörer wieder auflegte.

Das war nun auch mir zu viel. Was für ein Gefühl ich in dem Moment hatte, hätte ich nicht genau beschreiben können. Ich war geschockt, extrem ärgerlich, unfassbar enttäuscht und sehr traurig. Mit verheultem Gesicht kam ich wieder bei Udo an. Nun wurde auch er ärgerlich.

»Wir bleiben keine Minute mehr hier«, sagte er und fing an seinen Koffer zu packen.

Mir blieb nichts anderes übrig, als meinen Koffer ebenfalls zu packen, denn ich wusste genau, dass ich ihn nicht mehr umstimmen konnte.

Udo hatte jetzt erst einmal genug von Mario und wollte noch ein paar schöne Urlaubstage genießen. Wir riefen Irmgard an und fragten, ob wir ein paar Tage bei ihr wohnen könnten. Sie sagte sofort zu, als sie hörte, was passiert war.

Udo und ich fuhren zu ihr und sie kochte uns einen starken Kaffee mit einem großen Schuss Rum. Obwohl ich mir das alles immer noch nicht erklären konnte, war ich doch bereit, fürs erste die ganze Angelegenheit zu vertagen. Im Moment konnte ich kein vernünftiges Gespräch mit Mario führen. Das war mir sehr klar geworden.

Irmgard, Udo und ich gestalteten uns die nächsten Tage mit so viel Abwechslung wie eben möglich. Wir verbrachten viel Zeit in den Dünen von Maspalomas, in einem kleinen Restaurant in Arinaga oder gingen in Vecindario shoppen. Mario versuchte nach einigen Tagen seinerseits etliche Male, mich per Handy zu erreichen. Anscheinend hatte er sich wieder gefangen. Nur, nun wollte ich ihn nicht mehr sprechen. So flogen Udo und ich nach Deutschland zurück, ohne dass ich nochmals mit Mario gesprochen hätte. Gut fühlte ich mich auf diesem Flug nicht.

Ich hing meinen Gedanken nach und mir war so gar nicht klar, wie die Sache mit Mario weitergehen sollte. Oder war das nun doch das Ende einer so kurzen und heftigen Beziehung?

Kapitel 15

Nach der Landung auf dem Flughafen von Hannover mussten wir lange auf unser Gepäck warten. Meine Stimmung, die schon ziemlich am Boden war, wurde noch schlechter. Udo versuchte, mich etwas aufzuheitern: »Wenn du möchtest, bleibe ich heute bei dir und wir können noch einen Wein zusammen trinken.«

»Danke, lieb von dir. Ja, es würde mich freuen, wenn ich nicht alleine sein müsste, obwohl Sarah und Theo bestimmt spielen möchten und sich freuen, dass ich endlich wieder zu Hause bin. Das bringt mich wieder auf andere Gedanken.«

»Prima, dann bespaßen wir die Süßen gemeinsam«, meinte Udo und da nun auch unser Gepäck endlich angekommen war, machten wir uns gemeinsam auf den Heimweg.

Zu Hause angekommen, war es so wie erwartet. Die Katzen kamen sofort an und schnurrten uns um die Beine. Endlich mal ein tolles Gefühl und meine Stimmung heiterte sich auf. Nach einer Runde »Spielen mit den Stubentigern« machten wir es uns gemütlich. Ich holte eine Flasche Rotwein aus dem Keller und machte noch schnell ein paar Häppchen zurecht.

Mein Vater hatte liebenswerterweise dafür gesorgt, dass der Kühlschrank nicht ganz leer war. Udo und ich sprachen noch lange über den Urlaub auf Gran Canaria und das Verhalten von Mario. Nachvollziehen konnten wir es beide nicht.

Vermutlich konnten wir es deswegen nicht verstehen, weil wir einfach in einer anderen Welt als Mario lebten. Wir verstanden nichts von der spanischen Ehre eines Mannes. Wie auch?

Wir wuchsen beide in Deutschland auf und lebten hier unser Leben nach deutschen Regeln und deutschen Gesetzen. Die spanischen waren mir zu diesem Zeitpunkt einfach nur fremd. Udo machte es sich für diese Nacht im Gästezimmer bequem und auch ich fiel total erschöpft in mein Bett. Sarah und Theo konnten es nicht lassen, sich sofort an mich zu kuscheln. Ein beruhigendes Gefühl, zwei weiche Fellbündel neben mir zu haben. So konnte ich nach einer aufregenden Zeit doch noch entspannt einschlafen. Der letzte Gedanke an diesem Abend galt aber dennoch Mario. Ich bereute den Ausgang unseres Streites auf Gran Canaria und auch, dass wir den Streit nicht vor unserer Abreise beilegen konnten.

Am nächsten Morgen wachte ich leicht verkatert auf. Zu viel Aufregung, zu wenig Schlaf und das Glas Rotwein am Abend bescherte mir eine ordentliche Migräne.

Udo schlief noch und so machte ich erst einmal Futter für Sarah und Theo fertig.

Sofort kam die Katzenbande an und machte sich über das Fressen her. Einen Moment schaute ich den Süßen zu, dann kochte ich Kaffee und weckte Udo. Wir nahmen uns die Zeit, in Ruhe zu frühstücken. Danach mussten wir beide wieder an unsere Arbeitsplätze.

Ich war froh, so genügend Ablenkung zu bekommen, um nicht andauernd an Mario denken zu müssen. Ein paar Tage verlief alles ganz ruhig. Aufstehen, die Katzen versorgen, zur Arbeit fahren, wieder nach Hause kommen, mit Sarah und Theo spielen und sie versorgen. Es waren ruhige, aber auch erholsame Tage.

Dann, ein paar Tage später, ich war gerade zu Bett gegangen, meldete sich mein Telefon. Mario, wer sonst rief mitten in der Nacht an!?

Nein, auf den Herrn hatte ich noch so gar keine Lust. Ich ließ das Telefon schellen und als es keine Ruhe geben wollte, schaltete ich es aus.

Am nächsten Tag versuchte es Mario etliche Male, mich zu erreichen. Mir fehlte noch immer die Lust auf ein Gespräch mit ihm. Was wollte der denn noch?

Er hatte mir deutlich zu verstehen gegeben, dass die Beziehung für ihn zu Ende war. Ein paar Tage und Nächte hielt ich es aus, dann siegte die Neugier. Nicht zuletzt, weil Mario eine ziemliche Ausdauer bewies, um mich zu erreichen. Hatte er doch mindestens dreißigmal angerufen.

Ziemlich ärgerlich meldete ich mich:

»Was willst du?«, fragte ich kurz angebunden.

»Schatz, es tut mir so leid, wie ich mich verhalten habe. Ich kann verstehen, dass du sauer bist, aber bitte verzeih mir, ich liebe dich doch!«, kam es ziemlich zerknirscht von Mario.

»So, heute liebst du mich also und morgen ist dann wieder der elfte und du liebst mich nicht mehr?«, fragte ich ihn ungehalten. »Nein mein Lieber! Das kannst du machen, mit wem du willst, aber nicht mit mir«, teilte ich dem Herrn immer noch ärgerlich mit und legte den Hörer auf. Sollte der doch erst einmal überlegen, was er überhaupt wollte. Eine gewisse Genugtuung machte sich in mir breit. Sicher, ich war immer noch verliebt in Mario und ich war gespannt, wie er sich nun weiter verhalten würde. Hatte er es verstanden, dass er den Bogen viel zu weit gespannt hatte?

Die Anrufe hörten nicht auf und nach ein paar Tagen war ich bereit, nochmals mit ihm zu sprechen.

»Bitte, leg nicht gleich wieder auf«, bat er mich und ich sagte ihm, dass er nur noch eine Chance hätte, das Ganze zu erklären. Mario erzählte mir lang und breit, dass er absolut zu viel getrunken hatte und nicht mehr klar denken konnte. Er bat mich immer wieder, ihn doch zu besuchen, damit wir alles Auge in Auge klären könnten.

»Nein, mein Lieber. Der Aufwand ist mir einfach zu groß, und wer kann mir versichern, dass du dann nicht wieder zu viel trinkst und ich noch mal enttäuscht zurückfliegen muss?«, war darauf meine Antwort.

»Gut, dann komme ich zu dir, wenn du mich lässt«, meinte Mario und das überraschte mich so sehr, dass ich mich damit einverstanden erklärte. Der Spanier hörte sich danach ganz glücklich an und wollte sofort nach einem Flug schauen. Erst einmal bremste ich ihn aus und erklärte, dass ich die nächste Woche keine Zeit für ihn hätte. Da ich aber generell bereit war, ihn zu sehen, gab Mario sich damit zufrieden, dass wir die nächste Zeit nur telefonieren würden. Das taten wir ausgiebig und so näherten wir uns gefühlsmäßig wieder an.

Meine Wut auf ihn verrauchte immer mehr.

Ganz langsam freute ich mich sogar sehr darauf, Mario wiederzusehen.

Wir sprachen einen Termin ab und Mario buchte den Flug. Er erzählte mir in den nächsten Tagen von Schwierigkeiten mit der Arbeit und das er am liebsten ganz bei mir in Deutschland bleiben würde.

Sofort schrillten bei mir alle Alarmglocken.

»Komm einfach her und dann sehen wir weiter«, war das Äußerste, was ich dazu bereit war zu sagen. Am nächsten Tag rief Mario mich wieder an, war ganz aufgeregt und teilte mir ohne Punkt und Komma mit: »Schatz, ich komme zu dir und bleibe bei dir. Mit meiner Arbeit geht es hier nicht mehr weiter und wenn ich bei dir bin, werde ich mir dort einen Job suchen.«

Hilfe! Nein! Was um alles in der Welt sollte ich mit einem arbeitslosen Spanier in Deutschland anfangen? Mir wurde schwindelig und die Gedanken rasten durch meinen Kopf. Vom Glücklichsein bis zu extremen Streitattacken war alles dabei.

Da Mario aber den Flug schon gebucht hatte und es ihm im Moment allen Anschein nach nicht gut ging, wollte ich ihn nicht auch noch vor den Kopf stoßen und so sagte ich ihm nicht ab.

Ein bisschen freute ich mich sogar auf ihn. Gespannt war ich auf jeden Fall, was bei diesem Besuch nun herauskommen würde. Mario teilte mir die Ankunftszeit seines Fliegers mit und ich fuhr mal wieder zum Flughafen um ihn abzuholen.

Einen richtigen Schock bekam ich dann in der Ankunftshalle, als ich ihn dort mit zwei großen Koffern stehen sah. Hatte er wirklich vor, in Deutschland zu bleiben? Auf jeden Fall brauchte man keine zwei großen Koffer für eine Woche Aufenthalt.

Mario ließ die Koffer Koffer sein und fiel mir temperamentvoll um den Hals.

»Schatz, ich bin so glücklich dich zu sehen! Komm, lass uns schnell nach Hause fahren«, war das Erste, was ich von ihm hörte.

»Na, das kann ja noch heiter werden«, dachte ich bei mir. Mit gemischten Gefühlen half ich Mario, die Koffer in meinem Auto zu verstauen. Ein bisschen glücklich war ich in diesem Moment aber auch. Meine Gefühle fuhren mal wieder Achterbahn.

Zuhause angekommen, brachten wir Marios Sachen erst einmal in mein Gästezimmer. Zwei Koffer voll mussten verstaut werden und dafür hatte ich nur Platz im Gästezimmer. Mario guckte zwar etwas betreten, akzeptierte meine Entscheidung aber, da auch er einsehen musste, dass in meinem Schlafzimmer für all die Sachen kein Platz war.

«Aber schlafen muss ich hier doch nicht, oder?«, kam sehr schnell die Frage von ihm.

»Nein, natürlich nicht. Allerdings wäre es nicht schlecht, wenn du dieses Zimmer für dich nehmen würdest. Dann könntest du dich auch mal zurückziehen«, antwortete ich ihm darauf.

Das war für den Spanier eine gute Idee. Er nahm mich zärtlich in die Arme und bedankte sich nochmals dafür, dass ich ihm diese Chance gab.

Sarah und Theo erkannten Mario natürlich sofort wieder und erinnerten sich wohl daran, dass er beim letzten Besuch so lange mit ihnen gespielt hatte. Sie schlichen ihm um die Beine, wollten seine Beachtung und unbedingt mit ihm spielen. Mario ging natürlich gerne darauf ein und so waren die drei für gut eine Stunde beschäftigt.

Es begeisterte mich immer wieder aufs Neue, wie tierlieb dieser Mann war und das er gar keine Scheu hatte, sich mit meinen Lieblingen auf dem Teppichboden herumzukugeln und ihnen die Bäuche zu kraulen. Sarah und Theo genossen seine Aufmerksamkeit sehr und legten sich laut schnurrend auf seinen Schoß.

Mein Vater und meine Freunde waren in den nächsten Tagen sehr erstaunt darüber, dass Mario wieder bei mir war. Udo konnte sich ein »Ach, der schon wieder« nicht verkneifen. Lachte aber dabei und auch die anderen nahmen es einfach mal so hin.

Als Mario ihnen jedoch erzählte, dass er vorhatte, ganz in Deutschland zu bleiben, schauten sie ungläubig fragend drein. Genau wie ich, als er es mir sagte. Daran glauben konnte so richtig keiner von uns. Schon bei Marios erstem Besuch hatten wir alle den Eindruck gewonnen, dass der Spanier nicht in dieses Land passte.

Die nächsten Tage musste ich arbeiten und Mario hatte viel Zeit, über alles nachzudenken. Er blieb aber bei seinem Entschluss und bekam sogar von einem meiner Bekannten ein Jobangebot. Der suchte gerade einen Verkäufer für seine Firma, die sich auf Dachbeschichtungen spezialisiert hatte Da Mario immer mit Verkauf zu tun hatte, schien er ihm der richtige Mann für diesen Job. Noch bevor die beiden Männer sich zu einem ausführlichen Gespräch zusammensetzen konnten, bekam Mario einen Anruf von seinem alten Chef. Der hatte seine Geschäfte von Gran Canaria nach Teneriffa verlegt und wollte Mario nun unbedingt zurück in seine Mannschaft. So schnell, wie der Herr seine Koffer packte, konnte keiner von uns umdenken. Der ehemalige und nun auch wieder neue Chef zahlte den Flug und schon am nächsten Tag musste ich Mario wieder zum Flughafen bringen. Er beteuerte immer wieder, dass das nichts an unserer Beziehung ändern würde und er mich doch über alles liebte. In den Tagen in Deutschland wäre ihm aber klar geworden, dass er hier nicht leben könnte, so sehr er das auch vorgehabt hätte. Das Land wäre ihm zu kalt, versuchte er mir seine Entscheidung zu erklären, und damit meinte er nicht nur das Wetter, das hatte ich schon verstanden.

»Bitte, komm doch mit mir nach Teneriffa. Dort können wir beide ganz neu anfangen«, bettelte er immer wieder auf der Fahrt zum Flughafen.

»Mario, das werde ich mit Sicherheit nicht tun. Hier ist alles, was mein Leben ausmacht. Mein Vater, mein Sohn, meine Tiere, eben alles, was mir wichtig ist«, versuchte ich ihm zu erklären und von ihm kam in diesem Moment nur beleidigt:

»Ach, dann bin ich nicht wichtig für dich?«

»Doch, du bist mir wichtig, aber im Augenblick ist nicht die Zeit, um über ein Zusammenleben im Süden nachzudenken.«

»Dann versprich mir bitte, dass du mich so schnell wie möglich auf Teneriffa besuchen kommst. Ich schicke dir Fotos von meiner Wohnung und meinem neuen Arbeitsplatz, dann kannst du noch mal überlegen.«

»Mache ich«, erwiderte ich und war froh, dass wir in diesem Moment beim Flughafen ankamen. Im Grunde wollte ich Mario nur schnell in den Flieger bekommen, zügig nach Hause fahren und mich von dem ganzen Hin und Her erst einmal erholen.

Die Aufregungen der letzten Tage hatten mir schwer zugesetzt und ich wollte nur noch meine Ruhe vor ihm haben.

Von unterwegs rief ich Udo an und bat ihn, mit mir noch einen Wein zu trinken. Das Telefon klingelte eine Weile und ich wollte schon auflegen, als sich Udo doch noch meldete.

»Ich brauche deinen Rat!«, keuchte ich atemlos in den Apparat. Ich musste mich mit jemandem austauschen, der mich kannte und meine Zerrissenheit verstand.

Er sagte sofort zu. Sicherlich war Udo neugierig darauf, was wir nun in der nächsten Zeit vorhatten. Eine Stunde später kam ich zu Hause an und Udo wartete schon auf mich.

»Na, was ist los? Welches Drama ist jetzt wieder passiert und warum ist Mario schon weg? Wollte er nicht in Deutschland bleiben?«, fragte mich Udo.

Ich erzählte ihm von dem überstürzten Aufbruch von Mario und obwohl ich natürlich enttäuscht war, mussten Udo und ich doch herzlich über die ganze Aktion lachen.

»Man hält es zwar kaum aus mit dem Spanier, aber es ist auch nie langweilig«, sagte Udo. Damit hatte er absolut recht.

Kapitel 16

Die folgenden Monate verbrachten Mario und ich viel Zeit auf Flughäfen und in Flugzeugen. Sobald einer von uns die Möglichkeit hatte, ein paar Tage frei zu bekommen, wurde ein Flug gebucht. Mario hatte einen Job als TimeShareliner in einem 4 Sterne-Hotel ganz in der Nähe von Playa de las Americas, im Süden von Teneriffa. Immer, wenn ich ihn dort besuchte, buchte er für uns beide ein kleines Apartment in diesem Hotel.

Er selbst hatte zu der Zeit nur eine Mitarbeiterwohnung und die musste er mit einem Kollegen teilen. Das gefiel ihm nicht und immer wieder sprach er davon, dass er sich schnellstmöglich eine eigene Wohnung suchen würde. Irgendwie klappte das aber nicht und er blieb in der Mitarbeiterwohnung, war ja auch bequemer so.

Für mich war das nicht schlecht, so hatte ich in der kurzen Zeit, die wir für uns hatten, wenigstens ein bisschen Luxus und konnte mich erholen.

Mario besuchte mich auch in Deutschland, aber nie mehr mit zwei großen Koffern. So abwechslungsreich dieses Leben auch war, auf Dauer musste sich etwas ändern.

Ich hatte immer weniger Lust, in ein Flugzeug zu steigen. Etwas, das für die meisten Menschen eine schöne Ausnahme war, wurde für mich immer mehr zur Belastung. Die vielen Stunden, die ich im Flughafen und im Flugzeug verbrachte, nervten mich zunehmend. Da konnte auch das Wiedersehen mit Mario und die herrliche Insel Teneriffa nichts daran ändern. Es war anstrengend und ich musste jedes Mal Sarah und Theo zurücklassen, was mir immer mehr ein schlechtes Gewissen machte. Hatte ich mir diese wunderschönen Geschöpfe nicht angeschafft, um sie so lange alleine zu lassen. Weder Mario noch ich hatten eine Idee, wie wir das im Moment ändern könnten. Also machten wir erst einmal so weiter.

Da Mario immer häufiger viel Alkohol trank, wenn ich ihn besuchte, waren die Tage mit ihm nicht mehr so schön und entspannend wie zu Anfang. Sprach ich ihn darauf an, wich er mir aus, wollte sich nicht damit auseinandersetzen und behauptete, er habe kein Problem mit Alkohol und ich solle ihm da keine Vorschriften machen.

Er war Alkoholiker, das wurde mir immer mehr klar und er belog sich im Bezug auf die Trinkmenge, die er täglich zu sich nahm.

Immer wieder kam es deswegen zu Streit. Ich wollte nicht mit einem Säufer zusammen sein. Da wir uns aber nie für lange Zeit sahen und die nächste Trennung unmittelbar vor der Tür stand, versuchten wir immer, diese Streitigkeiten schnell zu beenden und die verbleibende Zeit doch noch zu genießen.

Eines Tages rief Mario mich an und teilte mir ganz stolz mit, dass er nun endlich eine Wohnung gefunden habe. Sie sei zwar sehr klein und auch nicht besonders schön, doch dort habe er nun wieder die Möglichkeit, Tiere zu halten. Er liebte die Fellnasen und bereute es, dass er in der Vergangenheit keine Tiere hatte halten können.

Am liebsten wäre ihm ein ganzer Stall voll gewesen.

Ich freute mich für ihn und sofort erzählte er mir, dass er schon eine Katze und einen kleinen Hund besitze.

»Upps. Das ging aber schnell«, dachte ich besorgt. Musste er denn eigentlich immer alles ad hoc entscheiden? Warum konnte er sich für solche weitreichenden Entscheidungen nicht etwas mehr Zeit nehmen? In diesem Punkt waren wir gänzlich verschieden.

Die Katze hieß Balou und die kleine Hündin Kira.

Kapitel 17

Du machst mich echt neugierig. Da muss ich wohl versuchen, bald zu dir zu kommen, um die beiden kennenzulernen«, sagte ich und überlegte schon, wann ich dafür die Zeit finden könnte.

Mario meinte, dass er die nächsten Wochen leider keine Zeit haben würde, da sein Chef ihm keinen Urlaub mehr geben wollte. Das konnte ich nur zu gut nachvollziehen. Hatten wir doch unser Urlaubskonto die letzten Monate mehr als strapaziert.

Im Januar kam Udo auf die Idee, Mario ohne Vorankündigung zu besuchen.

»Wenn er keine freien Tage mehr bekommt, dann machen wir einfach richtig Urlaub und sehen ihn nur, wenn er Feierabend hat«, meinte er, und die Idee fand ich wirklich gut, und lustig könnte das auch sein.

Wir malten uns das erstaunte Gesicht von Mario aus, wenn wir einfach vor ihm stünden. So planten wir alles und fuhren an einem ungemütlichen, kalten Regentag zum Flughafen nach Hannover. Wieder einmal Start, Flug, Landung auf Teneriffa. Dort dann herrlicher Sonnenschein.

Wir hatten schon von Deutschland aus ein Auto gemietet und fuhren gut gelaunt in unsere ebenfalls von Deutschland aus gemietete Ferienwohnung. Die lag ganz in der Nähe des Hotels, in dem Mario arbeitete.

Von dort konnten wir das Meer sehen und es gab eine schöne Terrasse und einen kleinen Garten, in dem wunderschöne Blumen blühten. Einfach zum Wohlfühlen. Udo und ich packten schnell unsere Sachen aus, zogen uns um und machten uns auf den Weg zum Hotel.

Wir gingen zu Fuß am Meer entlang. Die Aussicht war berauschend. Türkisblaues Meer, so weit das Auge reichte und hellblauer Himmel mit kleinen weißen Wolken.

An der Promenade gab es kleine Geschäfte und typisch kanarische urige Bars. Udo und ich machten in einer Bar Rast und bestellten uns einen leckeren Fruchtsaft. Frisch gepresst, natürlich.

»Ein paar Tage Urlaub, einfach herrlich«, dachten wir glücklich. Wir hatten gerade unsere Getränke bekommen, da stutzte ich.

An einem etwas von uns entfernten Tisch saß Mario mit einer mir unbekannten Frau, ein eher unauffälliger Typ mit kurzen dunklen Haaren und mehr dürr als nur schlank. Ich machte Udo auf die zwei aufmerksam.

In dem Moment dachten wir uns nichts weiter dabei, standen auf und gingen freudig auf Mario und die Frau zu. Als Mario uns erkannte, wirkte er nicht erfreut. Eher irgendwie ertappt und leicht geschockt.

»Was macht ihr denn hier?«, fragte er kurz angebunden.

»Na, wir wollten dich einfach mal überraschen«, antwortete ich. Nun schon etwas erstaunt, denn mit so einer Reaktion hatte ich nicht gerechnet.

»Du weißt doch, dass ich solche Überraschungen absolut nicht mag. Hättest besser vorher angerufen.«

»Was ist dir denn über die Leber gelaufen? Ich dachte, dass du dich freust, wenn du mich siehst«, maulte ich.

Die Frau im kurzen Sommerkleid neben Mario schien sich sichtlich unwohl zu fühlen. Wusste sie nicht, dass er eine Freundin in Deutschland hatte? Anscheinend nicht.

»Gut«, entgegnete er. »Nun kann ich es auch nicht mehr ändern, dann erfährst du es eben jetzt. Das ist meine Freundin, mit der ich seit ein paar Wochen zusammenlebe«, warf er mir lapidar zu.

»Nicht schon wieder«, schoss es mir durch den Kopf. Haben wir etwa schon wieder den Elften? dachte ich panisch.

Udo guckte absolut verwirrt und sagte erst einmal gar nichts.

»Wie, du wohnst mit ihr zusammen? Bis jetzt dachte ich, dass wir zusammen sind«, war das Einzige, was ich noch herausbrachte.

»Ich brauche eine Frau an meiner Seite, Tag und Nacht. Das hast du ja nicht gewollt und nun ist es eben so, wie es ist«, kam es recht patzig vom Spanier.

Die Frau sagte immer noch kein Wort und schaute von einem zum anderen. Auch Udo fehlten die Worte. Er stand nur mit offenem Mund vor Mario und verstand die Welt nicht mehr.

»So etwas brauche ich nun wirklich nicht. Wage es bloß nicht, dich noch einmal bei mir zu melden«, konnte ich gerade noch sagen, bevor ich gänzlich meine Fassung verlor, packte Udo am Arm und zog ihn einfach hinter mir her.

Als wir außer Sichtweite von Mario und der Frau waren, schüttelte es mich, dann schossen mir die Tränen in die Augen. Ich ließ mich an Udos Brust fallen und weinte bitterlich. Was war gerade passiert?

Ich konnte das Erlebte absolut nicht fassen. Urplötzlich stand ich vor den Scherben meines Lebens. Alle Gedanken an ein gemeinsames Leben mit Mario waren schlagartig dahin.

»Lass uns ganz schnell hier verschwinden«, brachte ich unter Tränen hervor und Udo brachte mich in die nächste Bar.

Er bestellte zwei Cola mit viel Rum und als wir ohne Worte ausgetrunken hatten, bestellte er gleich noch mal zwei davon. Wie schon einmal waren wir viel zu geschockt, um in diesem Moment viel zu reden. Nach dem dritten Cola-Rum musste ich sogar lachen.

»Verdammter Scheißkerl! Erst stellt er mir den Koffer vor die Tür und nun präsentiert er mir eine Freundin. Der Fall ist für mich absolut gegessen«, schimpfte ich und da musste auch Udo etwas verhalten lachen.

Er wusste aber immer noch nicht so richtig, wie er darauf reagieren sollte. Mit solch einer Wendung hatten wir nun beide nicht gerechnet.

Nicht mal im Traum.

Udo fing an zu lästern und sagte: »Die Alte sah ja aus wie Smigol aus *Der Herr der Ringe*. Bin mir sicher, dass der Herr schnell wieder bei dir ankommt und bestimmt tolle Ausreden hat«, meinte er und ich merkte, dass diesmal Udo wohl etwas zu viel Alkohol getrunken hatte. Ein deutliches Zeichen, dass auch er mit der Situation überfordert war und nicht recht wusste, wie er mir helfen konnte.

Darauf sagte ich ihm sehr deutlich, dass mir das egal sei und dass ich nie wieder mit Mario reden würde. Das war jetzt schon der zweite Urlaub, der durch Marios Verhalten drohte, ins Wasser zu fallen.

Wie schon beim letzten Mal nahmen Udo und ich uns trotzdem vor, die freien Tage nicht mit Trübsal zu verbringen. Das hätte nichts geändert, uns nur den Urlaub verdorben. Die Wut, die ich in diesen Stunden spürte, verdrängte die Trauer und das war gut so. In unserer Ferienwohnung angekommen, schoben wir die Gedanken an Mario und Smigol erst einmal beiseite.

Wir suchten uns am Abend ein schönes Lokal am Meer und hatten sogar richtig Appetit. Die laue Luft und die ganze Umgebung ließen mich die Geschehnisse etwas leichter ertragen. In Deutschland hätte ich wahrscheinlich nächtelang nicht schlafen können, aber hier auf der Insel war alles viel leichter.

Um mich auf andere Gedanken zu bringen, plante Udo für uns schöne Ausflüge und ich war ihm sehr dankbar für seine Fürsorge.

Wir schauten uns Playa de las Americas mit seinen vielen Hotels, Restaurants und Geschäften an und schlenderten oft an der beliebten und immer belebten Strandpromenade entlang.

Das Gebiet rund um den Vulkan Teide, den höchsten Berg Spaniens, faszinierte uns beide gleichermaßen. Nach einer abenteuerlichen Auffahrt ins Naturschutzgebiet, wanderten wir stundenlang durch die wunderschöne Lavalandschaft, machten Fotos und kehrten anschließend in dem kleinen Lokal an der Kirche ein. Wir gönnten uns ein paar leckere Tapas und ein Glas Rotwein. Dabei genossen wir den faszinierenden Blick auf den Teide.

Das kleine Städtchen Garachico im Nordwesten der Insel direkt am Meer gefiel uns besonders gut. Wir besuchten auch den ältesten Drachenbaum auf Teneriffa in Icod de los Vinos. Am Strand von Buenavista genossen wir ein paar schöne Stunden in dem urigen Restaurant »El Burgado«. Hier waren Fischernetze über die ganze Terrasse gespannt und es floss ein kleiner Bachlauf durch das Restaurant. Die Aussicht auf das Meer wenige Meter entfernt war herrlich.

Diese schönen Eindrücke heilten meine angeschlagene Seele. Zwar nicht ganz, aber mir halfen sie, über die dunklen Gedanken hinweg zu kommen.

Natürlich dachte ich fast jede Stunde an Mario. Je mehr ich über alles nachdachte, je weniger konnte ich es verstehen.

Zum Glück war Udo bei mir.

Alleine hätte ich bestimmt heulend in der Ferienwohnung auf den Tag gewartet, an dem der Rückflug ging. So aber flogen wir ein paar Tage später zurück nach Deutschland. Ich war dieses Mal nicht böse, die Insel verlassen zu können, und wollte mich nur noch auf Sarah und Theo freuen.

So sehr ich mich bisher immer auf den Flügen ausruhen konnte, dieses Mal wollte es einfach nicht klappen. Auf das mitgenommene Buch konnte ich mich nicht konzentrieren, mit Udo hatte ich schon zu viel geredet und nochmal alles wieder durchkauen wollte ich nicht.

Eine Flugbegleiterin bot Zeitschriften an und ich ließ mir ein paar davon geben. Vielleicht konnte ich mich so etwas ablenken. Ich blätterte recht lustlos durch die Zeitungen. Dabei viel mein Blick auf das Preisausschreiben einer großen deutschen Modefirma.

»Könnte nicht schaden, da einfach mitzumachen«, dachte ich. Gedacht, getan.

Ich beantwortete die gestellten Fragen, löste das Blatt aus der Zeitschrift und steckte es in einen Umschlag, der von der Fluggesellschaft in der Ablage vor meinem Sitz steckte. Danach verstaute ich ihn in meiner Handtasche und wollte ihn noch im Flughafen in einen Kasten stecken. Das sollte nach langer Zeit eine meiner besten Entscheidungen sein.

Kapitel 18

Nach der Landung suchte ich die Post im Flughafengebäude auf, klebte eine Marke auf den Umschlag und gab ihn ab. Schon auf der Rückfahrt nach Hause dachte ich nicht mehr an das Preisausschreiben. Viele andere Gedanken schwirrten mir durch den Kopf und Udo hatte das Reden ebenfalls eingestellt. Auch ihn hatte das Erlebte mit Mario und meine schlechte Stimmung angestrengt. Ich glaubte, er wäre froh zurück nach Hause zu kommen und sich von mir zu erholen.

Wie immer, wenn ich wieder nach Hause kam, freuten sich meine Katzen und schlichen mir um die Beine. Die zwei Fellknäuel hatten die wunderbare Gabe, mich aufzuheitern, selbst wenn ich noch so traurig war. Sie zauberten mir immer ein Lächeln ins Gesicht.

Udo hatte mich vor meinem Haus abgesetzt, mir noch mit dem Koffer geholfen und war dann in seine eigene Wohnung gefahren.

Im Moment wollte ich nur mit meinen Tieren alleine sein und erst einmal meine Gedanken und Gefühle ordnen. Mir war klar, dass ich dafür einige Zeit brauchen würde. Zu enttäuscht war ich und das Erlebte kratzte an meinem Selbstwertgefühl. Zu schnell war ich ausgetauscht worden, ohne dass es dafür Anzeichen gegeben hätte. Oder hatte ich die Anzeichen in meiner Verliebtheit übersehen? Nein, ich war mir die ganze Zeit sicher, ich hatte keinen Fehler gemacht.

Es war einzig allein Marios Egoismus schuld.

Ihn musste ich mir wohl oder übel aus dem Kopf schlagen. Wenn mir eines klar war, dann das. Es war ganz klar, dass er mich schon länger mit dieser Frau betrogen hatte. Vieles hätte ich ihm verzeihen können, das jedoch nicht.

Außerdem hatte er mir nur zu deutlich gesagt, dass unsere Beziehung zu Ende sei. In den nächsten Tagen versuchte ich diese Tatsache zu akzeptieren. Leicht fiel mir dies aber nicht.

Aufgrund meines Optimismus blickte ich lieber nach vorne als zurück.

»Also, auf ein Neues«, dachte ich mir und nahm mir fest vor, ab sofort nur noch die schönen Dinge in meinem Leben zu sehen.

Es gab im Moment außerdem viel zu tun in meinem Job und so hatte ich nicht viel Zeit, an Mario zu denken. »Gut so, Arbeit hilft eben doch in vielen Fällen«, war ich mir sicher.

Ein paar Wochen gingen ins Land. Mario kam immer weniger in meinen Gedanken vor und ich wurde wieder zu dem fröhlichen Menschen, den meine Freunde kannten. Fast vergessen hatte ich die Verletzungen, die Mario meiner Seele zugefügt hatte.

Als ich eines Tages am Abend meine Post durchsah, fiel mir ein Brief in die Hände, den ich nicht gleich zuordnen konnte. War das wieder nur Werbung? Klar ersichtlich war es nicht und so öffnete ich den Brief.

»Herzlichen Glückwunsch! Sie haben bei unserem Preisausschreiben den ersten Preis gewonnen«, stand dort mit großen geschwungenen Buchstaben auf dem glänzenden Briefbogen.

»Unsere PR-Abteilung wird Sie in den nächsten Tagen anrufen und alles mit Ihnen besprechen. Ihr Gewinn ist ein Audi Cabrio mit Vollausstattung. Alles Gute und allzeit gute Fahrt«, stand dort weiter.

Ich konnte es nicht fassen und las noch einige Male den Brief durch. Machte da jemand einen Spaß mit mir oder war das ein Fake? Eine Botschaft, die mit den Gefühlen der Leute spielt wie diese Reader`s Digest-Werbeversprechen?

Da waren aber Stempel und zwei Unterschriften. Es sah alles sehr offiziell aus. Als ich wieder klar denken konnte, rief ich meinen Vater an und erzählte ihm von dem Schreiben.

»Kind, so etwas gibt es doch nicht. Mach dir da keine Hoffnung, sonst wirst du nur enttäuscht«, mahnte er und glaubte wohl so gar nicht an diesen Gewinn.

Da ich nicht auf einen Anruf warten wollte, rief ich von mir aus die auf dem Brief stehende Telefonnummer an.

Schnell wurde ich mit einer zuständigen Person verbunden, als ich mein Anliegen vortrug und die Dame bestätigte, dass das Schreiben seine Richtigkeit hätte und ich tatsächlich ein Auto gewonnen hätte.

»Die Farbe können Sie sich noch aussuchen und dann können wir eine Übergabe in ein paar Wochen besprechen. Natürlich wird die Presse dabei sein, wenn die Inhaber der Firma Ihnen den Wagen übergeben«, teilte sie mir freundlich mit.

Nun glaubte auch ich allmählich, dass ich ein tolles Auto gewonnen hätte. Was war das eine Wahnsinnsneuigkeit und ich fing an, mich riesig zu freuen. Sogar mein Vater glaubte nach einiger Zeit an den Gewinn und meine Freunde waren mit mir zusammen sehr aufgeregt.

Gut, Mario gab es nicht mehr für mich. Dafür war ich aber bald Besitzerin eines schicken, nagelneuen Audi Cabrio mit allem Drum und Dran. Das Leben konnte doch sehr aufregend sein.

Es gab in den nächsten Wochen viel zu besprechen und zu klären, bevor wir einen Termin für die Übergabe vereinbaren konnten.

Ich sollte zuerst nach Ingolstadt fahren, um das Auto in Empfang zu nehmen, und dann mit dem neuen Auto nach München, damit die Firmeninhaber es mir offiziell übergeben konnten. Mit meinem Vater und Udo besprach ich, dass wir mit dem Zug nach Ingolstadt fahren wollten. So konnten wir drei den neuen Wagen dann nach Hause bringen, ohne ein weiteres Fahrzeug dabei zu haben.

Eine gute Idee. Wir freuten uns sehr auf den Tag der Übergabe. Schon die Fahrt mit dem Zug war aufregend. In Ingolstadt holte uns ein Mitarbeiter des Autowerks mit einem Luxuswagen ab und brachte uns zu einer großen Halle. Wir mussten einen Moment warten und dann wurde uns mein neues Auto gebracht. Es sah einfach toll aus, schwarz und ganz edel. Mir zitterten die Knie und so bat ich Udo, den Wagen nach München zu fahren. Den Gefallen tat er mir natürlich sehr gerne. Mein Vater freute sich mit mir und so fuhren wir gut gelaunt zur offiziellen Übergabe. Bei der Firma in München angekommen, warteten schon die Firmeninhaber und die Presse auf uns. Mir wurde ein großer Blumenstrauß überreicht und dann mit vielen Glückwünschen das Auto. Das war ein großer Glücksmoment für mich.

Ich bedankte mich herzlich für den Gewinn und fuhr dann nach etlichen Fotos, mit meinem Vater, Udo und dem neuen Auto nach Hause.

Mein altes Auto hatte ich schon verkauft und so konnte der neue Wagen sogleich in die Garage einziehen.

In den nächsten Tagen wurde das neue Auto gründlich getestet und das machte sehr viel Spaß. Meine Kollegen staunten nicht schlecht, freuten sich für mich und wollten alle eine Probefahrt machen.

Es waren Tage, an denen ich nicht viel über Mario nachdenken musste und langsam meinen inneren Frieden wiederfand.

Eins hatten Mario und das neue Auto geschafft: Roman war in meinen Gedanken in den Hintergrund gerückt.

Obwohl, jetzt wo sich Mario so übel, mir gegenüber benommen hatte, kamen mir schon mal Gedanken an meinen Ex-Freund auf. Es war aber weniger Trauer in meinen Gedanken an ihn, vielmehr fielen mir immer wieder schöne Stunden ein. Mein Hirn spielte mir wieder einmal Streiche, indem es die schlechten Dinge einfach aussortierte und ich Roman mehr im positiven Licht sah.

Die Männer als feste Partner hatte ich allerdings im Moment gründlich satt.

Kapitel 19

Ein alter Wunsch kam in mir hoch. Lange hatte ich ihn verdrängt und ihm aus Vernunftgründen nicht nachgegeben. Besonders, da Mario von seinem kleinen Hund erzählt hatte. Schon immer wollte ich einen kleinen Pudel haben. Er sollte black and tan in der Farbe sein, eine SIE und die sollte unbedingt Lilly heißen. Dieser Wunsch begleitete mich schon viele Jahre. Da es aber meine süßen Katzen gab, hatten mir alle immer wieder davon abgeraten. Nur, warum sollten sich die Katzen nicht an einen kleinen Hund gewöhnen, der nicht größer als sie sein würde?

Mit meiner Freundin Lydia, die selber einen Hund hatte, sprach ich immer wieder darüber. Wir suchten im Internet, aber fanden nicht den Hund, in den ich mich auf Anhieb verliebte.

Nach langem Suchen und telefonieren bekamen wir von einer Dame, die Pudel züchtete, den Tipp, eine Bekannte von ihr anzurufen. Die habe gerade Welpen zum Abgeben und sie sei sich sicher, dass auch black and tan-Welpen dabei seien. Sofort riefen wir dort an. Tatsächlich hatte Brigitte Hertle, die freundliche Pudelzüchterin, noch eine Hündin in dieser Farbe. Sie wollte mir in den nächsten Stunden ein Foto per Mail schicken.

Gespannt wartete ich auf das Bild. Immer wieder schaute ich in meinen Laptop. Endlich kam das Foto an. Ich öffnete es und sagte in dem Moment nur: »LILLY!«

Es war Liebe auf den ersten Blick und auch Lydia war schockverliebt in das kleine, wollige Hundemädchen auf dem Foto. Sofort rief ich Frau Hertle an und besprach mit ihr alles Nötige. Wir machten für den nächsten Samstag einen Termin aus. Es war eine lange Fahrt bis nach Bayern zu dem kleinen Hundemädchen, deshalb rief ich Udo an und fragte, ob er mich begleiten könnte. Als er hörte, worum es ging, meinte er lachend: »Ach herrje, ist es jetzt endlich so weit?«

Er war sofort bereit, mich zu begleiten. Er freute sich mit mir, dass dieser Herzenswunsch nun wirklich erfüllt werden sollte.

So fuhren wir am Samstag früh los und kamen am Nachmittag bei der Züchterin an. Es war ein herrliches Anwesen, auf dem die Pudelkinder groß werden konnten und einige tobten im Garten herum. Frau Hertle bat uns herein und sagte, dass wir bitte einen Moment warten sollten, damit sie die Kleinen holen könnte. Als dann die Tür aufging und eine ganze Pudelbande in den Raum stürmte, hockte ich mich sofort auf den Boden, damit ich die kleinen Wonneproppen in Empfang nehmen konnte.

Sieh da, wer sprang mir ohne Angst und mit ganz viel Schwung in die Arme? Meine LILLY!

Die Kleine war sofort »mein Hund«. Frau Hertle staunte und Udo lachte. Ja, wir zwei gehörten ab dem Moment zusammen. Das mussten auch die anderen zugeben. Frau Hertle und ich besprachen als Nächstes den Futterplan für die kleine Hündin und erledigten den Papierkram. Danach lud uns Frau Hertle noch auf einen Kaffee ein und bei dem lockeren Gespräch, das sich dabei ergab, beschlossen wir, uns zu duzen. Das SIE war uns allen auf einmal viel zu förmlich.

So langsam mussten wir an die Heimfahrt denken. Wir umarmten uns zum Abschied und versprachen, im engen Kontakt zu bleiben. Schließlich wollte Brigitte wissen, wie es der kleinen Lilly in ihrem neuen Leben erginge.

Es gab nicht das kleinste Problem. Auf der Rückfahrt fuhr Udo und ich hielt die Kleine im Arm. Das würde ich später nicht mehr machen, da es viel zu gefährlich war. Aber Lilly war einfach in meinen Armen eingeschlafen und ich brachte es nicht fertig, dass kleine Bündel in sein Körbchen zu legen. Spät am Abend waren wir endlich glücklich zu Haus.

Obwohl wir sehr müde waren, wollten wir natürlich sehen, was Sarah und Theo zu Lilly »sagten«.

Lilly saß auf dem Boden und bekam erst einmal einen Schreck, als sie zwei Lebewesen sah, die größer waren als sie und so ganz anders aussahen als ihre bisherigen Lebensgefährten. Bei Brigitte gab es keine Katzen und so war Lilly noch nicht konditioniert. Aber das sollte keine Probleme geben, dachte ich mir.

Lilly fand die Katzen komisch, denn die rochen ganz anders als die bisherigen Mitbewohner. Theo saß hinter einem Sessel und guckte nur vorsichtig um die Ecke. Sarah beäugte den Neuankömmling kurz und verschwand erst einmal in ihrem Körbchen. Wer weiß, was das war, das da plötzlich in der Wohnung saß und sie anguckte, als wollte es gleich auf sie losstürzen. Besser Sicherheitsabstand halten. Es war lustig zu beobachten, wie die Tiere aufeinander reagierten. Angst war auf keiner Seite zu spüren, nur sehr viel Neugier. Wir schauten noch einen Moment zu, dann mussten wir dringend ins Bett.

Die Katzen hatten ihre Körbchen schon belegt und die kleine Lilly nahm ich mit zu mir ins Schlafzimmer. Udo machte es sich wieder im Gästezimmer bequem.

In der Nacht musste ich noch einige Male aufstehen und Lilly in den Garten lassen, damit sie Pippi machen konnte. Das war nun wieder eine neue Erfahrung, denn die Katzen hatten ihre Katzentoiletten, die sie jederzeit benutzen konnten.

Gut, dass ich im Vorfeld so viel über Hunde und besonders über Welpen gelesen hatte. So war ich zwar noch hundeunerfahren, wusste aber in etwa, was alles auf mich zukäme.

Am nächsten Morgen frühstückten Udo und ich zusammen, nachdem wir erst einmal die Tiere versorgt hatten. Alle drei schauten sich immer noch komisch an, doch keins versteckte sich. Sarah und Theo schlichen um Lilly herum. Lilly schnüffelte an den Katzen und ganz langsam kamen sie sich näher. Nur gut, dass alle keine Angst hatten. Die Neugierde blieb auch die nächsten Tage.

Die Katzen blieben in ihrem gewohnten Umfeld und Lilly nahm ich überall mit hin. Zum Mitnehmen waren die Katzen nie geeignet gewesen, sie fanden es schrecklich, wenn sie ins Auto mussten, um zum Tierarzt zu fahren. Sie hassten Autofahren. Lilly liebte es von Anfang an. Sie saß sicher in ihrem Körbchen, angeschnallt auf der Rückbank und war glücklich, wenn sie in meiner Nähe sein konnte. Ganz egal, wo es hinging, vom ersten Tag an war der kleine Hund immer dabei.

Bevor wir zur Arbeit fuhren, Lilly durfte glücklicherweise mit ins Büro kommen, liefen wir erst eine Runde durch den Wald. Zu Anfang ließ ich die Kleine noch an der Leine, doch schon bald konnte ich sie freilaufen lassen. Lilly entfernte sich nie weit von mir und ließ mich nie aus den Augen. Sobald wir auf dem Parkplatz vor meiner Arbeitsstelle ankamen, wurde sie schon unruhig. Alle Kollegen und auch die Chefs hatten den kleinen Hund schnell ins Herz geschlossen und meistens stand einer an der Tür, um Lilly schnell rein zu lassen; mich natürlich auch. Bevor Lilly kam, hatte mir allerdings niemand die Tür aufgemacht.

Es war eine schöne und ruhige Zeit, die da auf uns zukam. Wir genossen einen herrlich warmen Sommer, einen wunderschönen Herbst und recht kalten Winter. Mir ging es so gut wie schon lange nicht mehr und ich war mit meinem Leben rund herum zufrieden.

Kapitel 20

In dem darauffolgenden Frühling kam plötzlich und völlig unerwartet der Tag, an dem mein Vater nach kurzer, schwerer Krankheit völlig unerwartet starb. Eine Welt brach für mich zusammen und ich weiß heute nicht mehr genau, wie meine Schwester und ich diese Zeit überstanden haben Ich war am Boden zerstört, denn ich liebte meinen Vater abgöttisch.

Er war mein Held und immer für mich da.

Mein Vater war immer eine große Stütze in meinem Leben gewesen. Urplötzlich und ohne große Vorzeichen war mein Halt nicht mehr da. Ich konnte es lange Zeit nicht verstehen und dachte oft, dass er irgendwann wieder in meiner Haustür stehen und mich mit »Hallo, mein Schatz! Ich bin wieder da!« begrüßen würde.

Mein Sohn und meine Freunde standen mir natürlich zur Seite. Für meinen Sohn war der Verlust genau so schmerzlich wie für mich. Er hatte immer sehr an seinem Opa gehangen. Da er schon seit einiger Zeit in einer entfernten Stadt wohnte, ging sein Leben natürlich dort weiter und ich musste vor Ort mit dem Verlust fertig werden. Das war eine schwere Zeit. Meine Tiere und meine Freunde waren zu dieser Zeit ein großer Trost und Udo blieb oft über Nacht bei mir im Haus. Lilly spürte besonders meine Trauer und wich noch weniger von meiner Seite als bisher.

Das Haus, in dem ich schon so lange wohnte, hatte ich nach dem Tod meines Vaters geerbt und meine Schwester bekam unser Elternhaus. Da mein Vater nun nicht mehr da war, ließ der Kontakt zu meiner Schwester immer mehr nach und wir sahen uns kaum noch. Sie lebte ihr Leben an der Seite ihres Mannes und ich musste alleine sehen, dass ich wieder in ein normales Leben fand.

Nachdem einige Monate vergangen waren und ich mich so einigermaßen erholt hatte, bat ich Udo, mit mir einen kurzen Urlaub zu machen.

Er stimmte zu und wir planten ein paar Tage auf Teneriffa.

»Warum Teneriffa?«, fragte ich mich später. Hätten es nicht die Balearen oder eine andere kanarische Insel sein können? Teneriffa hatte mich schon immer in ihren Bann gezogen und meine Gefühle zu Mario waren, so dachte ich damals, schon komplett erkaltet. Ich sah keine Gefahr, ihm über den Weg zu laufen und wenn es doch passieren sollte, dann bildete ich mir ein, gefühlsmäßig gewappnet zu sein. Außerdem würde Udo dafür sorgen, dass ich mich nicht mit Mario abgeben würde.

Mit diesen Gedanken sollte ich für einige Zeit recht behalten, aber eben nur … für einige Zeit …

Dieses Mal wollten wir in den Norden von Teneriffa. Dort hatte es uns bei unseren Rundfahrten über die Insel das letzte Mal sehr gut gefallen und es war weit genug vom Süden und von Mario entfernt.

Wir mieteten ein kleines Ferienhaus in Icod de los Vinos, im Nordwesten der Insel, etwa 20 Kilometer von Puerto de la Cruz entfernt. Es war glücklicherweise möglich, die kleine Lilly mitzunehmen, so dass ich sie in keine fremde Betreuung geben musste und so machten wir uns dieses Mal zu dritt auf den Weg zur Insel des ewigen Frühlings.

Als wir pünktlich am vereinbarten Haus ankamen, wurden wir herzlich von der Vermieterin begrüßt. Sie hieß Birgit und war uns sofort sehr sympathisch. Sie hatte eine fröhliche Ausstrahlung, war groß und schlank, lange braune Haare umrandeten ihr gut gepflegtes Gesicht. Sie erzählte uns, dass sie schon über dreißig Jahre auf der Insel lebte und hier nicht nur die Ferienhäuser vermietete, sondern auch große Bananenplantagen bewirtschaftete. Birgit war für einen Urlaub nach Teneriffa gekommen, hatte hier ihren Mann kennengelernt und war geblieben. Die zwei hatten zwei Söhne und eine Tochter. Birgit liebt genauso wie ich Hunde und so hatten wir schnell ein interessantes Gesprächsthema. Ihre zwei Schäferhunde waren allerdings ein bisschen zu groß für Lilly und so ließen wir sie lieber nicht zusammenspielen. Geboren war sie im Süden von Niedersachsen. Das war gar nicht so weit von meiner Heimat entfernt.

Das kleine, hübsche Haus hatte zwei Schlafzimmer, zwei Bäder, eine Küche und einen großen Wohnraum. Hinter dem Wohnzimmerfenster stand ein hoher Zitronenbaum mit einer Unmenge von reifen Früchten und wir durften uns so viele Zitronen pflücken, wie wir wollten. Von der Terrasse aus hatten wir einen tollen Blick auf den Teide und rund um das Haus gab es riesige Bananenplantagen.

Birgit erklärte uns noch einige wichtige Dinge, die es zu beachten galt. Danach ließ sie uns alleine und wir konnten es uns in Ruhe gemütlich machen. Nachdem wir alle unsere Sachen verstaut hatten, gingen wir eine Runde mit Lilly spazieren und schauten uns die nähere Umgebung genauer an. Um nicht zu verhungern, mussten wir einkaufen, denn wir hatten kein Hotelzimmer mit Halbpension gebucht, sondern ein Haus zur Selbstversorgung gemietet.

Lilly durfte natürlich nicht mit in den Supermarkt und so musste ich mit ihr vor der Tür warten, während Udo die Einkäufe erledigte.

Als wir später auf der herrlichen Terrasse saßen und ein Glas Wein, ein wenig Baguette und Oliven vor uns stehen hatten, war ich seit Langem wieder richtig glücklich.

Kann sein, dass sich in mir in diesem Moment zum ersten Mal der Gedanke an ein eventuelles Leben im Süden vertiefte. Geträumt hatte ich davon schon oft. Mich hatte bisher aber zu viel in Deutschland gehalten. Vor allem meinen Vater konnte und wollte ich nicht zurücklassen. Zu tief war mein Respekt und meine Liebe zu ihm gewesen. Keinesfalls wollte ich ihn im Alter verlassen.

Deswegen hatte ich solche Gedanken immer wieder beiseitegeschoben. Schon mit Mario hatte ich jedoch immer wieder über eine Auswanderung gesprochen. Bis zu Ende gedacht hatte ich das nie. Es war mir zu unrealistisch gewesen. Ich glaubte damals, dass es einfach nicht wirklich zu realisieren sei.

Jetzt, da mein Vater nicht mehr lebte, sah es anders aus. Da war natürlich noch mein Sohn, der mich in Deutschland hielt. Dieser war aber erwachsen, lebte sein eigenes Leben und das auch noch in einer anderen Stadt.

Wir sahen uns zwar regelmäßig alle paar Wochen und hingen sehr aneinander, aber ich konnte mir sicher sein, dass er sehr gut ohne mich klarkommen würde. Die Arbeit, meine Freunde, meine Tiere. Ja, das konnte ein Grund sein, musste aber nicht. Meine Tiere könnte ich mitnehmen und denen würde es überall gefallen, wo ich glücklich war. Lilly sowieso.

Theo und Sarah würden sicherlich ein paar Wochen brauchen, bis sie sich an ein neues Zuhause gewöhnt hätten, aber wenn Lilly und ich da waren, dann sollte auch das für sie machbar sein.

Finanziell konnte ich mir zwei bis drei Jahre im Ausland leisten. Danach würde ich weitersehen müssen. Der Gedanke ging mir nicht mehr aus dem Kopf und so erzählte ich Udo davon.

Er versuchte nicht, mir diese Idee auszureden und träumte einfach mit mir mit. Er kannte mich. Ich würde nie etwas übers Knie brechen, ohne alles ganz genau organisiert und geplant zu haben.

Die schöne Unterkunft, die wir zurzeit hatten, das tolle Wetter, der Atlantik nicht weit entfernt, der Teide, der uns jeden Morgen begrüßte und meine Lilly an meiner Seite: »So könnte das doch immer sein«, dachte ich mir.

Nur den Mut musste ich aufbringen, den Traum in die Tat umzusetzen. Schließlich war das ein Schritt, der mein bisheriges Leben komplett auf den Kopf stellen würde. Alles müsste bis ins kleinste Detail durchgeplant werden und es dürften keine Katastrophen passieren.

Die nächsten Tage kam mir die Idee von der Auswanderung immer wieder in den Kopf. Ich diskutierte viele Stunden mit Udo darüber, wägte alle Für und Wider ab und auf einmal hatte Udo die Idee, Birgit, unsere Vermieterin zu fragen, ob es hier ein Häuschen zu mieten gäbe.

»Eventuell hat sie selber etwas«, schlug er vor und die Idee fand ich richtig gut.

Wir gingen am nächsten Tag zu Birgit und erzählten ihr von meinen Überlegungen. Erst verneinte sie, als wir sie fragten, ob sie selber ein Objekt zu vermieten hätte. In dem Moment kam ihr Sohn, Tommy, dazu und schlug ein Haus in der Nähe von Garachico vor. Das stünde derzeit leer und sei bisher immer jahresweise vermietet worden.

»Wir können es uns morgen einmal anschauen, wenn ihr Interesse habt«, war Birgits Vorschlag und den nahmen wir glücklich an.

Am Tag darauf holten wir Birgit ab und sie zeigte uns den Weg zum Haus. Etwas außerhalb von Garachico, in einem Stadtteil direkt am Meer stand ein kleines, gelbes Haus. Eine geschotterte schmale Straße führte von der Hauptstraße ab in Richtung Atlantik. Oben an der Straße eine Schranke, die geschlossen war und dadurch signalisierte, keine Durchfahrtsstraße zu sein.

Mir verschlug es die Sprache. Das Häuschen war wunderschön. Nicht zu groß, perfekt für mich, mit einer Terrasse, von der aus man direkt aufs Meer schauen konnte. Ringsherum fanden sich bewirtschaftete Bananenplantagen.

Direkt am Haus gab es ein paar weitere Felder, die zu dem Anwesen gehörten und zurzeit von einem Kürbisbauern bewirtschaftet wurden.

Zu mieten war nur das Haus mit Terrasse und Garage. Mehr brauchte ich nicht. Das war alles so, wie ich es mir in meinen Träumen gewünscht hatte. Innen war das Häuschen genauso hübsch, wie ich es mir von außen vorstellte. Zwei Schlafzimmer, eine schöne Küche, Wohnzimmer, Esszimmer, Bad und sogar einen Vorratsraum gab es. Groß genug für mich und meine Vierbeiner, und aus einem Schlafzimmer könnte ich sogar ein Gästezimmer machen. Über eine steile Treppe gelangte man auf eine große Dachterrasse, von der aus man einen herrlichen Blick auf den kleinen Nachbarort La Caleta hatte und den weiten Ozean, der in der Ferne den Himmel zu berühren schien. Das Gästezimmer fand Udo besonders interessant und er plante in Gedanken schon, mich so oft wie möglich zu besuchen.

Ich fragte Birgit, ob das Haus für ein Jahr zu mieten sei. Denn selbst wenn ich mir meinen Traum erfüllen sollte, im Moment wollte ich aus Gründen der persönlichen Sicherheit nur über eine begrenzte Zeit nachdenken.

Birgit sagte zu, meinte aber, ich solle mir alles noch ein paar Wochen überlegen.

»Wir können telefonieren, wenn du zuhause über alles nachgedacht hast«, war ihr Vorschlag und das wollte ich genauso machen.

Udo, Lilly und ich genossen die letzten Urlaubstage. Am letzten Tag trafen wir uns nochmals mit Birgit, verabschiedeten uns herzlich voneinander und hofften alle auf ein baldiges Wiedersehen.

Zu Hause hatte ich nun viel zu bedenken. Sollte ich den Schritt in ein neues Leben wirklich wagen? Worauf musste ich achten, wie das meinem Sohn und meinen Freunden beibringen?

Ich müsste meine Arbeitsstelle kündigen, mein Haus vermieten. Was sollte ich mit den Möbeln machen? Mitnehmen, verkaufen, verschenken? Tausend Fragen und in dem Moment hatte ich noch keine Antwort. Die nächsten Wochen sollten aufregend werden.

Mit Birgit telefonierte ich viel und wir einigten uns darauf, dass ich das Haus erst einmal für zwei Jahre mieten würde. Das Haus am Meer war zwar vollständig eingerichtet, doch Birgit war damit einverstanden, dass ich meine Möbel mitbringen wollte.

Sie würde die vorhandenen Möbel in einem anderen Haus unterbringen. So war der Punkt also geklärt.

Nun musste ich eine Spedition finden, die meinen Umzug erledigen konnte. Da es von Deutschland nach Teneriffa gehen würde, war das nicht so einfach.

Es war Frühsommer, als ich mit dem Planen und Organisieren anfing. Einen genauen Zeitpunkt für den Umzug hatte ich noch nicht festgelegt, dachte aber, der Oktober wäre optimal. Dann, wenn es in Deutschland Herbst und ungemütlich werden würde, könnte ich schon bei milden zwanzig Grad auf meiner Terrasse sitzen. Dieser Gedanke beflügelte mich und gab mir ein unglaublich gutes Gefühl.

In diesen Monaten müsste alles zu schaffen sein.

Kopfzerbrechen bereitete mir noch die Aussprache mit meinem Sohn. Ich hatte ihn bisher noch nicht in meine Pläne eingeweiht, da ich erst alles theoretisch organisiert haben wollte, bevor ich ihm die neue Situation präsentierte.

Er war zwar sehr erstaunt, als ich ihm meine Pläne erzählte, konnte mich aber sehr gut verstehen.

Ich war froh, dass er mir keine Vorwürfe machte, ich würde ihn alleine lassen.

Dieser Schritt, ihn einzuweihen, war für mich der schwerste und ich war dankbar für die erwachsene Sichtweise meines Sohnes.

Meine Freunde und meine Schwester reagierten teilweise geschockt und ungläubig. Sie konnten mir zu Anfang nicht wirklich glauben. Nie hätten sie für möglich gehalten, dass ich diesen mutigen Schritt wagen würde. Meine Schwester konnte meine Entscheidung so gar nicht billigen und so entfremdeten wir uns in dieser für mich so aufregenden und unruhigen Zeit immer mehr voneinander.

»Teneriffa liegt doch nur vier Flugstunden entfernt! Ihr kommt mich einfach besuchen«, entgegnete ich den Skeptikern, die es alle bereuten, mich bald nicht mehr sehen zu können.

Meine Arbeitsstelle zu kündigen, auch das war kein leichter Gang. Ich liebte meine Arbeit, mein berufliches Umfeld gab mir Halt und Bestätigung. Viel Erfahrung hatte ich die Jahre über sammeln können und ich liebte meine Kollegen.

Als ich meinem Vorgesetzten mitteilte, dass ich ab Ende September nicht mehr für ihn arbeiten könnte, sagte er völlig fassungslos: »Scheiße! Wie soll ich ohne dich klar kommen? Bist du dir sicher? Das ist echt ne Hausnummer, einfach alles stehen- und liegenlassen und auf einer 4.500 km entfernten Insel zu leben!«

Für ihn war die Idee unvorstellbar und er musste es erst einmal verdauen. Gedanklich war er aber wohl sicher sofort damit beschäftigt, schnellstmöglich einen Ersatz für mich zu finden.

Mit der Vermietung meines Hauses beauftragte ich eine Maklerin und schob den Gedanken danach zur Seite. Die würde bestimmt jemanden finden, da machte ich mir keine Sorgen. Alle meine Sachen würde ich nicht mitnehmen können, auch nicht alle Möbel. Nun hieß es, nach und nach aussortieren. Udo und meine Freundinnen halfen mir, wo sie nur konnten.

Mit meinem Sohn machte ich aus, dass er meinen Audi übernehmen würde. Dafür wollte er mir ein kleines Auto für die Insel kaufen. Der große Wagen würde auch überhaupt nicht in die Garage passen, die sich neben dem Haus auf der Insel befand. Das neue Auto wollte ich aber erst auf Teneriffa kaufen. So sparte ich mir die Überführung, die teure Einfuhrsteuer und jede Menge Papierkram.

Nach einer Weile hatte ich eine Spedition gefunden, die sich darauf spezialisiert hatte, Umzüge zwischen Deutschland und Teneriffa abzuwickeln.

Der Chef persönlich, kam zu mir, um alles detailliert zu besprechen. Mit ihm zusammen und nach Sichtung aller Möbel und Kartons, die ich mitnehmen wollte, entschied ich mich für einen großen 8 Kubikmeter-Container. In dem konnten fast alle meine Möbel untergebracht werden und es war sogar noch Platz für jede Menge Umzugskartons.

Die komplette Organisation wie Transport, Verschiffung und Verzollung wurde von der Umzugsfirma übernommen. Ich brauchte mich um nichts zu kümmern, außer dass der Container am fixen Datum fertig gepackt sein würde.

Als ich endlich so weit gekommen war, alles organisiert und geplant war, kam ich ganz langsam wieder zur Ruhe. Mit der Ruhe kam dann auf der anderen Seit die Panik.

Traute ich mir das alles wirklich zu? Hatte ich mir zu viel vorgenommen? Was erwartete mich auf der Insel? Würde ich zurechtkommen und die Sprache so gut beherrschen, dass ich mich in allen Situationen behaupten könnte?

Nachts schossen mir die Gedanken vom Tag durch den Kopf und ich wurde immer wieder wach, weil mir etwas Wichtiges einfiel. Ich war sehr aufgeregt. Es musste immer noch so vieles bedacht werden.

Die beauftragte Maklerin fand eine junge sympathische Familie für mein Haus. Nachdem ich montags den Mietvertrag unterschrieb, wusste ich, dass es nun kein Zurück mehr geben konnte.

Wieder einmal packte mich die Panik, aber auch eine unendliche Vorfreude.

Lilly merkte natürlich ebenfalls, dass da was vor sich ging, und nicht dem normalen Tagesablauf entsprach. Sie schaute mich manchmal so fragend an. Sarah und Theo nahmen alles ganz gelassen hin.

Es war für die Katzen superinteressant, so ein bisschen Unordnung und Möbelrücken.

Immer wieder schob ich mit meinen Freunden Tage ein, an denen ich viele Sachen an sie verschenkte. Sie freuten sich über die persönlichen Dinge, waren aber traurig, dass ich bald weit weg sein und ein kurzes und spontanes Treffen dann nicht mehr möglich sein würde.

Ich lud meine Familie und meine Freunde ein, mich ganz häufig in meiner neuen Heimat zu besuchen. Sie versprachen, ganz schnell nach Teneriffa zu kommen um zu sehen, wo ich abgeblieben war. »Gut, dass ich ein Gästezimmer eingeplant habe«, dachte ich.

Eine einzige Sache bereitete mir aber noch echte Magenschmerzen. Ich musste und wollte mich persönlich von Ecki verabschieden. Er hatte sich zwar noch nicht wieder bei mir gemeldet und ich schob einen Anruf bei ihm ebenfalls ständig auf. Aber Ecki war ebenfalls wie Udo mein fester Halt nach dem Beziehungsende mit Roman gewesen und hätte ich ihn nicht gehabt, dann wäre ich in ein weit tieferes emotionales Loch gefallen. Da Ecki Roman besser kannte als Udo, hatte ich damals viele Gespräche mit ihm leichter als mit Udo führen können. Außerdem tat mir der Zwischenfall, den er mit Mario hatte, wirklich leid. Verstehen konnte ich es schon, dass Ecki sich danach nicht mehr bei mir gemeldet hatte, aber auf mich waren so viele andere Sachen zugekommen, dass ich es wirklich versäumt hatte, die Freundschaft mit ihm wieder aufleben zu lassen. Das war nicht richtig gewesen von mir. Jetzt aber konnte ich ein Gespräch mit Ecki nicht mehr aufschieben und so atmete ich einmal tief durch und rief ihn an.

Nachdem er realisiert hatte, wer ihn da anrief, war erst einmal Stille am anderen Ende. Dann aber schien er sich zu freuen: »Mit dir habe ich so gar nicht mehr gerechnet, nach der Aktion mit Mario«, war das Erste, was er sagte.

Ich versuchte ihm zu erklären, dass mir das alles sehr leidtat, dass ich nicht mehr mit Mario zusammen wäre und mir seine Freundschaft fehlte. Ich war erleichtert, als ich merkte, dass er schnell versöhnliche Töne anschlug und wir verabredeten ein Treffen für die nächsten Tage. Um einen genauen Termin auszumachen, wollten wir noch mal telefonieren. Somit war ein Anfang gemacht. Nun würde ich Ecki noch erklären müssen, dass ich demnächst nicht mehr in Deutschland leben würde, sondern auf Teneriffa.

Auf die lange Bank wollte ich unser Treffen nicht schieben und so rief ich ihn ein paar Tage später wieder an und wir trafen uns kurzfristig bei Ecki zuhause.

Was ich ihm dann berichtete, war vermutlich nicht das, was er gerne gehört hätte. Aber nachdem ich ihm versicherte, dass mir an unserer Freundschaft viel läge und er mich bitte unbedingt bald in meinem Haus am Meer besuchen müsse, stimmte ihn das etwas fröhlicher.

Wir redeten noch lange über alte Zeiten und meinen Auswanderungsplan.

Als ich mich von ihm verabschiedete, umarmten wir uns herzlich und Ecki versprach, mich bald auf der Insel zu besuchen.

»Jetzt, wo du nicht mehr mit dem bekloppten Spanier zusammen bist, werde ich dich gerne besuchen kommen. Der hatte ja wirklich nicht mehr alle Latten am Zaun«, gab er mir noch mit auf den Weg und hatte dabei ein breites Grinsen im Gesicht.

Mir fiel ein Stein vom Herzen und ich war froh, dass ich Ecki nun wieder zu meinen engsten Freunden zählen durfte. Er hatte mir doch sehr gefehlt. Das merkte ich nun an meinem heftig pochenden Herz.

Meine neuen Mieter sollten im Januar einziehen, sodass ich meinen Mietvertrag mit Birgit für November unterschrieb. So blieb mir noch genug Zeit, das Haus komplett auszuräumen.

Mein Sohn wollte sich darum kümmern, dass auch die letzten Sachen verschenkt oder entsorgt werden würden. Zu dieser Zeit würde ich schon nicht mehr in Deutschland sein und das war mir auch lieb so.

Weiterhin mussten die Flüge gebucht und Transportboxen für die Katzen gekauft werden. Lilly konnte in einer Hundetasche in der Kabine mitfliegen, da das kleine Leichtgewicht nur etwas über drei Kilo wog. Damit die Kleine es nicht zu eng hatte, sie sollte normalerweise in der Transporttasche unter dem Vordersitz mitreisen, buchte ich für sie einen eigenen Sitzplatz. Sie musste zwar trotzdem in ihre Tasche, aber so würde es nicht so dunkel für die Kleine sein.

Udo würde mich nach Teneriffa begleiten. Er wollte mich die erste Zeit vor Ort unterstützen, denn alleine wäre alles sicher sehr schwer geworden.

Da mein Container erst ca. einen Monat nach meiner Ankunft im neuen Heim eintreffen würde, musste ich für die Übergangszeit planen. Ein Koffer sollte für mich reichen. Ein zweiter Koffer wurde für die Tiere gepackt. Da ich nicht genau wusste, wo ich auf Teneriffa das richtige Futter bekommen könnte, nahm ich erst einmal alles für die ersten Tage mit. Hundefutter, Katzenfutter, Körbchen und Decken genauso wie das Spielzeug der Tiere. Der zweite Koffer war proppenvoll gefüllt, aber ich hatte ein gutes Gefühl, dass es meinen Fellnasen für das Erste an nichts mangelte.

Kapitel 21

An einem 2. November war es dann soweit. Wir machten uns mit den Koffern und drei Tieren auf den Weg nach Teneriffa. Die Katzen mussten in ihren Boxen im Transportraum des Flugzeuges Platz nehmen. Lieber hätte ich sie natürlich mit an Bord nehmen wollen, aber das ließ der Platz leider nicht zu. Es tröstete mich, dass meine »Mäuse« nicht zu lange im Frachtraum verbringen mussten. Lilly hatte einen Platz zwischen Udo und mir in der Kabine. So ging es an einem ungemütlichen Novembertag von Hannover nach Teneriffa. »Auf in ein neues Leben«, dachte ich, als der Flieger von der Rollbahn abhob.

Nach weniger als fünf Stunden Flug, landeten wir mit nur leichten Turbulenzen auf der kanarischen Insel. Lilly hatte den Flug gut überstanden, wurde aber schon bei der Landung unruhig in ihrer Box. Sie wollte unbedingt aus ihrer Tasche raus. Sie war es nicht gewohnt, eingesperrt zu sein. Udo und ich sprachen uns ab, dass er mit Lilly zum Kofferband gehen sollte. So konnte der kleine Hund endlich wieder laufen. Die Katzen würden auf einer anderen Ebene, im Sperrgutbereich, ankommen und um die Fellknäuel wollte ich mich selbst kümmern. Erst einmal musste ich mich durchfragen, da ich nicht genau wusste, wo ich mich einfinden musste, um die Lieben in Empfang zu nehmen.

Endlich fand ich die zwei auf einem Förderband eine Etage tiefer. Sie standen da ganz allein in ihren Flugboxen und weit und breit war kein Mensch zu sehen. Die Entlademitarbeiter hatten die Katzen aus dem Flugzeug geholt und dann einfach von außen auf das Band geschoben. Dort standen sie nun. Jeder hätte die Boxen mit den Katzen mitnehmen können.

Das machte mich sehr ärgerlich, denn ich kannte es von deutschen Flughäfen, dass die Tiere durch eine Schleuse kamen, die wenigstens von einem Flughafenmitarbeiter bedient wurde, so dass kein Fremder sich der Tiere bemächtigen konnte.

Aber machen konnte ich in dem Moment nichts weiter, als mir die Katzenboxen zu schnappen und so schnell wie möglich mit ihnen zu Udo und Lilly zu spurten. Nun, spurten war nicht wirklich möglich, denn ich hatte rechts und links jeweils eine schwere Box in der Hand, die mir bei jedem Schritt gegen die Knie schlugen. Aber es tröstete mich, dass es Sarah und Theo gut ging. Sie hatten den Flug erstaunlich gut überstanden.

Neugierig schauten sie durch die Gitter und maunzten die ganze Zeit vor sich hin. Das kannte ich aber schon von den Autofahrten mit ihnen und so machte mir das keine Angst. Sie mochten das Eingesperrtsein genauso wenig wie Lilly.

Als wir bei Udo ankamen, hatte der schon alle Koffer und Taschen auf einen Wagen geladen und Lilly hüpfte freudig an mir hoch.

»Jetzt aber schnell nach draußen. Die Kleine muss bestimmt ganz nötig ihr Geschäft machen«, meinte ich, als ich immer noch aus der Puste zu Udo zurückkehrte.

Wir beeilten uns daher, zügig zum Ausgang zu kommen.

Birgit hatte mir angeboten, uns vom Flughafen abzuholen und zum Haus am Meer zu bringen. Als wir aus dem Flughafengebäude nach draußen gingen, schlug uns eine warme Brise entgegen.

Birgit, meine zukünftige Vermieterin, wartete schon am Kurzzeitparkplatz auf uns.

Nach einer herzlichen Begrüßung musste schnell ein Plätzchen für Lilly gefunden werden, damit sie Pippi machen konnte. Die Katzen würden noch etwas länger warten müssen, die konnten wir nicht aus ihren Boxen lassen, bevor wir im neuen Heim ankämen und sie sich die Füße vertreten könnten.

Wir verstauten alle Tiere und die Koffer in Birgits Auto und machten uns auf den Weg nach Garachico. Nach über einer Stunde Fahrt und etwa 60 Kilometern kamen wir an meinem neuen Zuhause an.

Wir packten gemeinsam schnell alles aus und machten die Katzentoilette fertig, denn die beiden hatten nun wirklich lange genug in ihren Boxen ausgehalten.

Lilly sauste währenddessen schon über die Terrasse und erkundete sämtliche Räume. Sarah und Theo kamen aus ihren Boxen und schauten sich neugierig herum. Dann mussten sie schnell die Toilette benutzen.

Birgit hatte alles für einen kleinen Imbiss besorgt und so setzten wir uns erschöpft, aber überglücklich mit ihr an den gedeckten Tisch.

»Erst einmal durchatmen und realisieren, dass wir in meiner neuen Heimat angekommen sind«, dachte ich mir, als ich den ersten Schluck dampfenden Kaffee trank.

Noch vor unserem Snack bekamen die Tiere zu fressen und zu trinken. Sie wollten nur trinken. Zum Fressen waren sie zu aufgeregt.

Danach schlichen die Katzen vorsichtig durch die Wohnung und schauten in alle Ecken. Überall musste geschnüffelt werden.

Lilly war nach dem langen Tag sehr müde und schlief auf meinem Arm ein. Ein Blick auf diesen kleinen Hund machte mich immer wieder glücklich. Gab mir Frieden und Ruhe.

Birgit, Udo und ich besprachen die nächsten Tage. Es mussten viele organisatorische Sachen erledigt werden. Dann ließ Birgit uns alleine. Wir machten uns daran, uns ein bisschen häuslich einzurichten.

Mit Lilly ging ich kurz das erste Mal am Meer spazieren. Ich war wieder einmal überwältigt von der Schönheit und der gewaltigen Macht des Wassers, das über die groben Lavasteine Richtung Küste rollt.

Danach setzten Udo und ich uns auf die Terrasse mit einem guten Glas spanischen Vino Tinto aus dem bergigen Weinanbaugebiet in der Nähe des Mascagebirges, den Birgit uns dagelassen hatte, und schauten, ohne viel zu reden, einfach nur aufs Meer.

Am nächsten Morgen, ich hatte geschlafen wie ein Stein, holte Birgit mich schon sehr früh ab. Wir mussten uns um die NIE-Nummer für mich kümmern. Einen Termin bei der Guardia Nacional hatte sie bereits online für mich vereinbart. Ohne diese Registrierungsnummer für EU-Ausländer konnte ich weder in Spanien noch auf Teneriffa ein Konto eröffnen, kein Auto kaufen und mich nicht mal bei der Gemeinde anmelden.

Selbst um meinen Container aus dem Zoll zu bekommen, brauchte ich diese Nummer.

Birgit schleuste mich durch die Ämter. Ich fand alles extrem spannend. Es mussten Formulare ausgefüllt, Kopien angefertigt, mein EU-Personalausweis vorgezeigt und unzählige Fragen beantwortet werden.

Während dieser Zeit war Udo glücklicherweise bei meinen Tieren und wartete geduldig auf unsere Rückkehr, gespannt, ob alles geklappt hatte.

So hatten Birgit und ich genug Zeit, um alles nach und nach zu erledigen.

Für zwei Wochen hatte Udo geplant, auf der Insel zu bleiben, um mir bei den ersten Schritten zu helfen. Ich war ihm sehr dankbar dafür. Ich war in seiner Nähe deutlich ruhiger und wusste, die möglichen Schwierigkeiten nicht alleine bewerkstelligen zu müssen und das entspannte mich sehr.

Ich wusste also die Tiere bei Udo in guten Händen, wenn ich mit Birgit unterwegs war, um alle nötigen Papiere zu besorgen.

Nach nur wenigen Tagen hatten wir alles soweit zusammen, dass ich ein Konto eröffnen konnte. Wichtig war nun, mir ein Auto zu kaufen, denn den Mietwagen würde Udo wieder am Flughafen abgeben.

Birgit kannte ein gutes Autohaus vor Ort und dort fanden wir ein kleines neues Auto für mich. Einen schicken roten Toyota Aygo mit schwarzen Ledersitzen und einer tollen Innenausstattung.

Nachdem ich es bezahlt hatte, machte der Verkäufer alle Papiere fertig, übergab mir den Schlüssel und so war ich wieder ein Stückchen unabhängiger. Ein wunderbares Gefühl.

Nach der Hektik der ersten Tage begannen Udo und ich nun endlich ein paar ruhige Tage zu genießen.

Wir schauten uns die unmittelbare Umgebung an. Garachico war ein Traum. Hier gab es alles, was zum Leben wichtig war. Einkaufsmöglichkeiten, Post, Bank, Apotheke, gute Restaurants und einen schönen Platz mitten im Ort zum Ausruhen und Kaffeetrinken. Durch und durch ein Örtchen zum Verlieben.

Lilly begleitete uns auf jeder Enddeckungstour. Sie machte es sich angeschnallt in einer Tasche, die speziell für das Auto gekauft wurde, gemütlich und genoss es, mit uns die Insel zu erkunden.

Die Katzen mussten leider zu Hause bleiben. Sie fühlten sich dort am wohlsten und hatten sich schon einige Lieblingsplätze gesucht. Sie lagen den halben Tag auf der Fensterbank in der Sonne, putzten sich ausgiebig oder nagten am Katzengras, welches ich extra für sie in einem Blumenkasten auf der Terrasse angepflanzt hatte.

Wenn Udo, Lilly und ich abends nach Hause kamen, forderten Sarah und Theo sofort ihre Streicheleinheiten. Die bekamen sie selbstverständlich. Natürlich war für uns alles noch sehr neu, doch so langsam kamen wir immer mehr zur Ruhe und die tägliche Routine tat uns nach der vergangenen aufregenden Zeit sehr gut.

Leider musste Udo viel zu schnell wieder an den Rückflug denken. Er wurde in seiner Firma dringend gebraucht und konnte nicht länger auf Teneriffa bleiben.

An dem Tag, als er mit seinem gepackten Koffer in den Mietwagen stieg und tatsächlich wenige Augenblicke später fahren musste, hatte ich zum Abschied Tränen in den Augen. Gleich würde ich alleine sein. Mit meinen Gedanken und mit dem vielleicht einen oder anderen kleinen Problem.

Bisher war mir alles ein bisschen unwirklich vorgekommen. Es fühlte sich noch mehr nach Urlaub an, als nach Zuhause. Zwar zum Verrücktwerden schön und genauso, wie ich es mir erträumt hatte, aber eben auch etwas unwirklich.

Mit Lilly auf dem Arm winkte ich Udo noch so lange hinterher, bis er mit dem Auto oben an der Straße links Richtung Flughafen abbog.

Ab diesem Zeitpunkt waren wir vier alleine im kleinen gelben Haus am Meer.

Nur gut, dass Udo im Januar schon wieder herkommen wollte. So fiel der Abschied etwas leichter und ich war beruhigt, bald wieder Besuch zu bekommen.

Um mich ein bisschen abzulenken, brach ich mit Lilly zu einer langen Wanderung auf. Unser Weg führte uns am Meer entlang und ich genoss die herrliche Aussicht auf den Atlantik und die riesigen Berge auf der entgegengesetzten Seite, die mich mit ihren schroffen Felsvorsprüngen in ihren Bann zogen. Überall fanden sich große Kakteen, Wolfsmilchgewächse, Palmen, Oleanderbüsche und Pflanzen, die ich vorher noch nie gesehen hatte.

Als Lilly und ich zurückkamen, holte ich mir ein großes Glas Limonade aus frisch gepressten Zitronen, die ich vor einigen Tagen auf dem Bauernmarkt in La Guancha erstanden hatte und setzte mich auf meine Terrasse. Vor mir der blaue Ozean, hinter mir die Berge. Es war ein Traum. Schnell gesellten sich auch Theo und Sarah zu uns.

Meine Gedanken kreisten um die vergangenen Monate, aber auch um die kommenden, die noch folgen würden. Es würde noch viel zu tun geben, überlegte ich nachdenklich, und bevor das Haus so hergerichtet sein würde, wie ich es haben wollte, würde noch viel Zeit vergehen.

Aber um weiter planen zu können, musste erst einmal mein Container mit den Möbeln und all den anderen Sachen kommen.

Jetzt war es kein Urlaub mehr, sondern es begann mein wahres Leben auf Teneriffa. Ich war gespannt, wie ich mich schlagen würde. Ein bisschen Angst machte mir das alles schon, und gelegentlich kam mir der Gedanke, ob das alles so richtig war. Hatte ich die richtige Entscheidung für meine Tiere und mich getroffen? Würde ich mich auf Dauer in diesem fremden Land wohlfühlen? Die Hektik der ersten Wochen hatte solche Fragen nicht hochkommen lassen. Nun war ich aber alleine mit meinen Tieren und hatte die Verantwortung für ihr und mein Leben.

»Doch, wir schaffen das!«, beruhigte ich mich selbst. Hatte ich doch schon so viel in meinem Leben bewerkstelligt, also würde ich auch diese Herausforderung bestehen.

In den darauffolgenden Wochen erkundete ich weiter die Insel. Ich erweiterte täglich meinen Radius. Einmal machte ich lange Spaziergänge mit Lilly, dann wieder fuhr ich mit ihr nach Icod de los Vinos oder Garachico, um die Orte besser kennenzulernen.

Einer unserer Lieblingsplätze war in Buenavista am Meer. Dort gab es ein Restaurant, das »El Burgado«. Es liegt unterhalb eines großen gepflegten Golfplatzes und über die ganze Terrasse sind alte Fischernetze gespannt, während sich kleine Bachläufe zwischen den Tischen durchschlängeln. Eine traumhafte Kulisse, die uns immer wieder zum Verweilen einlud.

Ich kannte es schon von früheren Besuchen und da es erlaubt war, dass ich Lilly mit auf die Terrasse nehmen konnte, fuhren wir oft dorthin und ich genoss einen Café con leche oder aß ein Stück leckeren Dulce de leche, eine Art spanischer Käsekuchen. Am Wasser sitzend konnte ich gut entspannen und über vieles nachdenken. Erst in dieser Zeit merkte ich, wie sehr der Tod meines Vaters und die Wirren der vergangenen Jahre an mir und meinen Nerven gezerrt hatten und ich spürte, wie ich in dieser Zeit immer mehr zu mir und meinen Gefühlen zurückfand.

Für Lilly gab es immer eine schöne Wanderung am Meer entlang. Sie genoss es, im schwarzen feinen Lavasand zu laufen und mit den seichten Wellen zu spielen. So ging es dem kleinen Hund gut und sie konnte ganz viel »Hundezeitung lesen«. Immer, wenn wir so unterwegs waren, wusste ich, dass ich die richtige Entscheidung getroffen hatte. Wir liefen oft an der Steilküste direkt unterhalb von meinem Haus entlang. Das Meer lag ein Meter unter uns. Möwen flogen direkt neben meinem Kopf über das glitzernde Wasser und schienen sich schnatternd die neuesten Neuigkeiten zu erzählen. Nie zuvor hatte ich so etwas Beeindruckendes erlebt und fühlte mich in diesen Momenten vollkommen eins mit der Natur.

Mit meinen Freunden in Deutschland hatte ich fast täglich Kontakt über Skype, oder wir schrieben uns E-Mails und schickten Fotos über Whatsapp.

Wenn ich ihnen von der herrlichen Insel, dem schönen Wetter und dem Meer direkt vor meinem Haus vorschwärmte, wurden sie immer ein bisschen neidisch und versprachen, mich bald zu besuchen. So lebten meine Tiere und ich uns immer besser ein und wir fühlten uns richtig wohl.

Allerdings hielten sich meine Spanischkenntnisse bis dato in Grenzen und außer einen »Buenos Dias, que tal?«, brachte ich noch nicht viel zustande.

Nach einiger Zeit dachte ich, es müsste allmählich eine Spanischlehrerin her, denn ich hatte mir vorgenommen, im kommenden Jahr viel Spanisch zu lernen. Durch eine Zeitungsannonce lernte ich Bea, eine Deutsche, kennen. Verheiratet mit ihrer Urlaubsliebe, einem Einheimischen aus Puerto de la Cruz, lebte sie genau wie Birgit schon sehr lange auf der Insel und gab Spanisch- und Deutschunterricht. Sie war eine Frau, die mir durch ihr offenes Wesen sofort sympathisch war.

Mit ihr besprach ich, dass sie zweimal die Woche zu mir kommen sollte, damit ich die Sprache besser verstehen und auch sprechen lernte. Ich war glücklich, dass ich diese Hürde nun in Angriff genommen hatte.

Ein paar Wochen, nachdem ich auf die Insel eingewandert war, es dämmerte bereits, und ich wollte es mir gerade mit einem Gazpacho, einer kalten spanischen Tomatensuppe, auf meiner Couch gemütlich machen, als mein Telefon klingelte.

Ich rechnete mit den unterschiedlichsten Leuten, die sich auch sonst regelmäßig meldeten, nicht aber mit … Mario.

Der meldete sich mit einem fröhlichen »Hola, guapa!« am anderen Ende und ich spürte ein stark aufsteigendes Schwindelgefühl.

Ich hatte es nicht ahnen können, als ich den Anruf annahm, da ich die Nummer nicht kannte, die auf meinem Telefondisplay angezeigt wurde und hätte fast das Handy fallen lassen.

»Nee, das gibt es doch nicht! Nicht der schon wieder«, dachte ich und war erst einmal sprachlos.

»Hallo, mein Schatz, ich wollte doch mal hören, wie es dir geht«, kam von dem Spanier am anderen Ende die Frage.

So locker und leicht, als wäre nicht weit über ein Jahr vergangen, seit wir uns das letzte Mal gesehen hatten.

Ich brachte nur ein kühles »Was willst du?«, hervor.

»Ach, einfach nur mal hören, wie es dir geht. Ich vermisse dich.«

»Mario, ich habe absolut keine Lust, mit dir zu reden. Was du dir geleistet hast, war unter aller Sau«, sagte ich aufgebracht und beendete das Gespräch.

Natürlich wühlte dieser Anruf mich emotional auf. Schlagartig erinnerte ich mich an die Demütigung, die er mir bei unserem letzten Treffen zugefügt hatte und ich brauchte einige Zeit, um meine Nerven mit Hilfe eines großen Glases *Arehucas-kanarischer Rum* - zu beruhigen. Seine Nummer speicherte ich mir zur Sicherheit ab, damit ich nicht noch einmal einen Anruf von ihm annehmen müsste.

Ab diesem Abend erreichten mich jeden Tag weitere Anrufe von Mario. Er bewies auch hier wieder seine altbekannte Hartnäckigkeit. Früher hatte diese mir imponiert, aber nun war ich extremst genervt. In Gedanken kam die Zeit mit ihm wieder hoch. Vergessen hatte ich den Spanier nie, dafür hatten wir zu viel zusammen erlebt und ich liebte ihn damals abgöttisch, aber im Moment wollte ich einfach nur meine Ruhe haben.

Bea, meine Sprachlehrerin, kam wie besprochen regelmäßig zu mir und ich lernte fleißig die fremde Sprache. Das war nicht immer leicht, aber langsam verstand ich mehr und mehr.

Die Tage verrannen und so schön alles war, sie wurden mir immer länger und da ich keine Arbeit hatte und auch sonst keine regelmäßige Beschäftigung, wurde es mir etwas langweilig. War ich doch früher ein Workaholic gewesen, hatte mich über meine Leistungen definiert und war in der Zeit auf der Insel psychisch auch sehr gut erholt.

Es muss dieses Gefühl von Alleinsein und Langeweile gewesen sein, welches mich eines Tages dazu brachte, doch einen Anruf von Mario anzunehmen.

»Mensch, was bin ich froh, dass du wieder mit mir sprichst«, beantwortete Mario mein unwirsches »Hallo!« »Ich fühle mich so alleine ohne dich«, teilte der Herr mir ohne Umschweife mit.

Als ich ihn daraufhin nach seiner Freundin fragte, erzählte er mir, dass es die schon lange nicht mehr gäbe und er alleine leben würde. Er wollte mich unbedingt wiedersehen und am liebsten sofort zu mir nach Deutschland kommen.

Da fiel es mir ein. Mario wusste noch gar nicht, dass ich inzwischen auf Teneriffa lebte, da er mich immer wieder auf meinem deutschen Handy versucht hatte zu erreichen. Die spanische Nummer kannte er nicht.

Welcher Teufel hatte mich geritten, als ich Mario sagte: »Da müsstest du nicht so weit fliegen. Ich wohne mittlerweile auf Teneriffa.«

Sendepause am anderen Ende der Leitung.

»Wie, du bist auf Teneriffa? Du machst Späße! Das glaube ich dir nicht. Dann hättest du dich doch mal bei mir gemeldet«, maulte er.

»Das wäre nie passiert. Dazu bin ich immer noch viel zu sauer auf dich. Was glaubst du, wie du mich verletzt hast?«

»Schatz, bitte, wir müssen uns unbedingt treffen. Wo wohnst du? Hast du ein Auto? Kannst du zu mir kommen?«, bombardierte er mich mit Fragen.

Stolz erzählte ich ihm, dass ich im Norden der Insel leben würde und darüber nachdenken könnte, ob ich mich überhaupt mit ihm treffen sollte

Ja, das kommt davon, wenn einem die Tage langweilig werden, dachte ich. In den ersten Wochen wäre ich niemals auf diese verrückte Idee gekommen.

Nun witterte Mario wohl seine Chance und rief mich jeden Tag einige Male an. Er ließ sich nicht mehr abschütteln und ich erlag wieder seinem spanischen Charme.

Wir kamen uns mit jedem weiteren Telefonat emotional näher, lachten, erinnerten uns an die vielen verrückten Momente, die wir zusammen erlebt hatten und verabredeten schließlich ein Treffen für den nächsten Tag.

Mario beschrieb mir ein schönes Lokal am Meer. Dieses lag natürlich im Süden der Insel, da er immer noch keinen Führerschein besaß. Dort wollten wir uns nach seiner Arbeit treffen.

Von der kleinen Lilly hatte ich ihm erzählt und er wollte die Kleine natürlich unbedingt sehen.

»Bring sie auf jeden Fall mit!«, bettelte er.

»Ohne Lilly mache ich mich sowieso nicht auf den Weg in den Süden«, entgegnete ich.

Am darauffolgenden Tag versorgte ich die Stubentiger, so dass sie für einen Tag alles hatten, was sie brauchten.

Lilly und ich würden bestimmt den ganzen Tag unterwegs sein, denn die Fahrt vom Norden in den Süden der Insel dauerte über eine Stunde und zurück mussten wir auch wieder. Mario hatte schon zu Mittag frei und so machten wir 13.00 Uhr für unser Treffen aus.

Ich packte Lilly in ihr Autokörbchen und fuhr mit großer Vorfreude über die Berge von Garachico nach Playa de las Americas. Ich nahm wie immer die TF-373, die über das Tenogebirge Richtung El Teide recht kurvenreich zu fahren war, aber einen wunderschönen Ausblick bot. Nur gut, dass der kleine Hund so gerne mit dem Auto fuhr. Sobald sie in ihr Körbchen kam, legte sie sich hin und schlief für einige Zeit.

Meine Gefühle schwankten während der Autofahrt sehr stark. Mal war ich aufgeregt, dann freute ich mich auf dieses Treffen nach so langer Zeit, mal bekam ich richtig Angst und überlegte sogar, wieder umzudrehen.

Natürlich fuhr ich weiter. Ich war viel zu neugierig auf ihn. Außerdem war ich stolz, dass ich die Auswanderung geschafft hatte. Das konnte er ruhig sehen.

Wir kamen zu früh am Treffpunkt an und ich holte Lilly aus dem Auto und ging erst einmal eine Runde mit ihr spazieren.

Der kleine Hund hopste nach der langen Fahrt freudig herum und einige Leute sprachen mich auf das süße Hundemädchen an.

Kurz vor 13 Uhr waren wir wieder bei dem Lokal am Meer und da saß er und schaute mich an.

Als er erkannte, dass ich es war, sprang er auf und kam auf mich zu. Er nahm mich in den Arm und gab mir einen festen Kuss, so als wäre nichts vorgefallen.

Ich war etwas verblüfft über sein überschwängliches Verhalten und dachte: »So kann sich nur ein Spanier benehmen.«

Lilly kam als Nächste dran, wurde ausgiebig geherzt und Mario konnte gar nicht genug von der süßen Maus bekommen. Klar, er war schon immer ein absoluter Hundenarr gewesen. Ich liebte ihn schon damals auch für seine Feinfühligkeit im Umgang mit Tieren. Hätte er dieses nicht ebenso mir gegenüber zeigen können? Dann wäre vieles anders gekommen.

Meine Gefühle bekam ich noch immer nicht in den Griff. Zu viel war geschehen. Ich war von ihm zutiefst verletzt worden und konnte nicht so tun, als ob ich das alles schon vergessen hätte. Mario allerdings war und blieb einfach Mario. Temperamentvoll, voller Energie und Gefühlen, wie immer. Total verspielt mit Lilly, und mich behandelte er so, als hätten wir uns erst vor ein paar Tagen zum letzten Mal gesehen.

Er wollte alles, was ich in der langen Zeit ohne ihn erlebt hatte ganz genau und im Detail wissen. Er stellte gefühlte tausend Fragen und ich war dazu bereit, ihm so viel wie möglich zu beantworten. Natürlich hatte ich auch unzählige Fragen an ihn. Dabei kam heraus, dass er sehr wohl noch mit der Frau zusammenwohnte. Mario versuchte, mir weiszumachen, dass er nur noch mit ihr zusammen wohnen würde, weil sie auf seine Tiere aufpasste, wenn er arbeitete, und außerdem würde sie ihm den Haushalt erledigen. Ansonsten wäre da nichts mehr. Ich musste zwar schlucken, doch so wirklich erschütterte mich diese Aussagen nicht mehr. Den Schmerz hatte ich schon vor langer Zeit erlebt und so hatte ich meine Gefühle jetzt besser im Griff. Ich schaffte es sogar, mich ganz normal mit Mario zu unterhalten.

Mittlerweile hatte er drei Tiere. Chico, einen Schäferhund, Kira, die kleine Mischlingshündin, die wohl in etwa so groß war wie Lilly, und den Kater Balou. Chico war mir neu. Von den beiden anderen Tieren hatte ich schon gehört.

Wir saßen noch lange zusammen und es fehlte uns nicht an Gesprächsstoff.

Als es Abend wurde, machte ich mich mit Lilly auf den Heimweg.

»Am liebsten würde ich jetzt meine Tiere holen und mit euch fahren«, ließ mich Mario wissen. »In den nächsten Tagen musst du mir unbedingt zeigen, wo du wohnst.«

Er knuddelte Lilly ausgiebig und gab mir einen leidenschaftlichen Abschiedskuss.

Als ich mit Lilly auf dem Rückweg zu meinem Haus am Meer war, konnte ich immer noch nicht glauben, was geschehen war.

Die ganze Wut und Enttäuschung, die die Gedanken an meinen Spanier in so vielen Monaten bei mir ausgelöst hatten, waren wie weggeblasen. Weg gepustet von den Passatwinden, die so oft das Wetter von Teneriffa beeinflussen, und ich hatte das Gefühl, dass sie auch meine Gedanken befreit hatten.

Sogar das Wissen um das Zusammenwohnen von Mario mit dieser Frau machte mir im Moment nichts mehr aus. Er war ein interessanter, charismatischer Mann und mehr als ein bisschen Abwechslung wollte ich nicht mehr von ihm.

Das war ja gar nicht so ein schlechtes Gefühl. Innerlich musste ich sogar lachen und ich sagte zu Lilly: »Na, dann schauen wir mal, was uns die nächste Zeit so bringt.«

Lilly ließ nur ein »Wuff« von sich hören und schien mir damit zuzustimmen. Ein tolles kleines Hündchen, meine Lilly.

Wie erwartet, kamen nach unserem Treffen täglich Anrufe von Mario. Er wollte mich und natürlich meine Tiere unbedingt wiedersehen. Machte mir Komplimente, redete lange über Lilly, wollte alles über Sarah und Theo wissen und erzählte viel über seine eigenen Tiere. Seine Mitbewohnerin erwähnte er nicht ein einziges Mal.

In den folgenden Wochen fuhr ich ein paar Mal mit Lilly in den Süden und traf mich dort mit Mario. Er zeigte mir Chico, Kira und Balou. Diese drei Schätzchen fand ich sofort toll. Es waren liebe Tiere und Lilly freundete sich mit der kleinen Kira an.

Wir hatten viel Spaß dabei, die Tiere zu beobachten. An einem abgelegenen Naturstrand konnten sie herumtollen, ohne dass sie andere Leute gestört hätten.

Besonders Lilly fand das Treffen ganz toll, da sie im Norden nicht so oft die Gelegenheit zum Spielen mit anderen Hunden hatte.

Während dieser Wochen bedrängte Mario mich zusehends. Als er ein paar Tage frei hatte, bat er mich: »Schatz, kannst du mich nicht abholen? Ich könnte ein paar Tage bei dir bleiben. So wüsste ich endlich, wo du wohnst. Sarah und Theo möchte ich so gerne wiedersehen. Meine Tiere könnten hier bleiben. Die werden versorgt«, bettelte er inständig.

»Gut«, meinte ich. »Morgen habe ich keinen Spanischunterricht. Ich hole dich ab und du kannst über Nacht bleiben«, und wunderte mich doch etwas über meine soeben ausgesprochenen Worte.

Was stellte ich denn da nun wieder an? Wir waren uns mittlerweile wieder viel zu nahe gekommen. Jetzt wollte ich sogar eine Nacht mit ihm verbringen! Auch mit dem Wissen, dass er mich schon einmal angelogen hatte.

War ich verrückt geworden?

Kapitel 22

Lilly und ich fuhren also wieder in den Süden der Insel, diesmal um Mario abzuholen. Es war Ende Januar und bei herrlichem Sonnenschein fuhren wir durch die faszinierende schroffe Gebirgslandschaft. Als ich um eine Kurve bog, standen überall am Wegesrand Mandelbäume in voller Blüte. Vor dem schwarzen Hintergrund des Lavagesteins stachen die rosa-weiß-farbenen Blüten leuchtend hervor. Ich war schon viele Male auf Teneriffa, aber nie zu dem Zeitpunkt, als die Mandelbäume blühten.

»Lilly, schau! Die Mandelbäume blühen!«, rief ich begeistert und musste gleich darauf herzlich lachen. Lilly waren blühende Mandelbäume bestimmt ganz egal.

Mario wartete bereits am abgemachten Treffpunkt und begrüßte uns mit einem breiten Grinsen.

Ich liebte zwar die Fahrt über die Insel, aber die Kurverei durch die Berge war anstrengend. Zwischendurch hielten wir einige Male an, damit Lilly ein bisschen laufen konnte. Der kleine Hund war immer so geduldig. Sie sollte aber nicht für ein paar Stunden nur in der Box sitzen.

Sie hüpfte herum, an uns hoch und sah dann immer ein bisschen so aus, als würde sie lächeln. Mir ging jedes Mal das Herz auf, wenn ich die Süße beobachtete oder sie einfach nur in den Arm nahm.

Als wir endlich bei mir zu Hause ankamen, konnte Mario nur staunen. So schön hatte er es sich bei mir nicht vorgestellt.

Er war von der Größe des Hauses und den Möglichkeiten beeindruckt und schaute sich alles ganz genau an.

Mario stand anschließend lange auf der Terrasse. Der Blick aufs Meer faszinierte ihn, das war nicht zu übersehen.

»Das ist einfach nur ein Traum! Da hast du wirklich Glück gehabt«, sagte er und nahm mich überschwänglich in die Arme. Die Tiere um uns herum, wir Arm in Arm und vor uns der blaue Ozean. Ein absoluter Glücksmoment.

Zwar hatte ich fest vorgehabt, Mario am nächsten Tag wieder zurück in den Süden zu fahren, aber da wir uns im Moment so gut verstanden, blieb er ein paar Tage und Nächte länger. Er hatte seinen Chef überredet, ihm ein paar Tage unbezahlten Urlaub einzuräumen, so konnten wir mehr Zeit miteinander verbringen.

Ich zeigte ihm, wie schön der Norden von Teneriffa war, da er diesen durch den fehlenden Führerschein noch nicht kennenlernen konnte. Wir fuhren zum Drachenbaum in Icod de los Vinos, zu den Stränden von Buenavista und San Marcos, und wir bummelten durch Puerto de la Cruz. Lilly war stets mit dabei und so konnten wir nur Lokale aufsuchen, die eine Terrasse hatten, da Hunde auf Teneriffa nicht mit in einen Gastraum dürfen. Kein Problem für uns, denn es gab genug Restaurants mit einer Terrasse. Wir genossen die Zeit zusammen und es fiel mir doch tatsächlich schwer, Mario wieder in den Süden zurück zu bringen.

Ich wusste, dass die »Exfreundin« immer noch mit ihm zusammen in der Wohnung lebte und das missfiel mir sehr.

»Entweder ich suche mir jetzt eine neue Wohnung, oder sie muss ausziehen.

Ich weiß nur nicht, wie ich das mit meinen Tieren anstellen soll«, bemerkte Mario kritisch und auch ich hatte dafür keine Lösung.

Mein Spanier wollte immer mehr Zeit mit mir verbringen. Das schmeichelte mir. Freizeit hatte ich ja genug, noch nicht viele Bekannte auf der Insel und so war mir das sehr recht. Wenn Mario bei mir war, lenkte er mich ab und zu zweit machten Ausflüge über die Insel viel mehr Spaß.

Bea kam regelmäßig, um mit mir Spanisch zu üben und wir freundeten uns immer mehr an. Ich freute mich, mit ihr gute Gespräche zu führen und sie brachte mir die spanische Mentalität näher.

Meine Freundin Birgit verbrachte ebenso gern Zeit mit mir und war stets parat, wenn ich Fragen hatte oder einfach nur einen Kaffee mit ihr trinken wollte.

Mein Container war mittlerweile eingetroffen und endlich konnte ich das Haus mit meinen Möbeln einrichten. Danach fühlte ich mich wirklich im neuen Leben angekommen.

Während des Aus- und Einräumens der Möbel musste Theo irgendwie entwischt sein. Unbemerkt. Vermutlich hatte jemand die Eingangstür aufgelassen. Zuerst suchte ich das ganze Haus ab. Ich rief ihn immer wieder. Keine Antwort von dem Katzenmann. Dann wurde mir klar, dass der Kater raus gelaufen sein musste. Panik überfiel mich. Er kannte sich doch hier gar nicht aus. Mit Lilly suchte ich erst rund ums Haus nach ihm, dann dehnten wir die Suche aus, aber wir konnten keinen Theo finden. Stundenlang rief ich nach ihm und plötzlich hörte ich von weit weg ein »Miau, miau!«

Wo kam das nur her? Ich lauschte und auch Lilly spitzte ihre plüschigen Pudelohren. Mein kleiner Hund wusste viel früher als ich, von wo das klägliche Miauen kam.

Sie lief in die Richtung, aus der das Miauen kam und ich stapfte hinter ihr her. Ganz hinten, abseits in einer Bananenplantage sah ich meinen Kater. Als er uns entdeckte, kam er auf uns zu und machte uns mit kläglichen Lauten klar, dass wir viel zu lange gebraucht hätten, um ihn zu finden. Ich nahm Theo schnell auf den Arm und brachte ihn nach Hause. Sarah war sofort da, um ihn zu begrüßen. Was ein Glück! Das war noch einmal gut gegangen.

In der nächsten Zeit pendelten Lilly und ich zwischen dem Süden und dem Norden der Insel hin und her. Mario fühlte sich wohl bei mir und meinen Tieren und wir nahmen nach kurzer Zeit seine kleine Hündin Kira, mit zu mir. Chico, der Schäferhund, war zu groß und der Kater hätte das viele Autofahren sicher gehasst. Die beiden blieben bei der Exfreundin von Mario, auch wenn ihm das nicht gefiel. Er hätte gern alle seine Tiere um sich gehabt. Im Augenblick gab es keine andere Lösung. Lilly und Kira waren ein süßes Gespann und besonders Lilly merkte ich an, dass ihr anscheinend ein anderer Hund zum Spielen gefehlt hatte. Sie blühte in dieser Zeit richtig auf und das freute mich sehr.

Da Lilly als Pudeldame mit ihrem Fell pflegeintensiv war und die ganze Zeit noch nicht einmal beim Hundefriseur gewesen war, fand ich, dass es allerhöchste Zeit wurde, dass ich mir einen suchte. Das war aber auf der Insel nicht so leicht.

Mario und ich hörten uns um und fanden tatsächlich einen im Nachbarort. Wir machten einen ersten Probetermin aus, erklärten ihm genau, wie die kleine Hündin frisiert werden sollte und ich bestand darauf, bei diesem Termin dabei zu sein. Am nächsten Tag fuhr ich mit Lilly zum Hundefriseur. Mario blieb mit Kira zu Hause und wollte sich einfach nur ausruhen. Als Lilly und ich beim Friseur ankamen, empfing der uns sehr freundlich, bot mir einen Stuhl an und steckte Lilly zuerst einmal in die Badewanne. Das kannte meine Süße schon aus Deutschland. Dort waren wir regelmäßig einmal im Monat beim Hundefriseur.

Danach wurde der kleine Hund trocken gefönt und der Herr holte die Schermaschine heraus. Mit meinen paar Brocken Spanisch versuchte ich ihm noch einmal zu erklären, wie genau Lilly aussehen sollte.

Sogar ein Foto hatte ich vorsichtshalber mitgenommen. Der Friseur schaute sich das Foto an, nickte immer ganz freundlich und legte dann los. Ganz schnell sah ich, dass das nicht gut gehen würde. Er war dabei, meine Lilly ganz kahl zu scheren. Ich versuchte ihn zu stoppen, noch mal auf das Bild zu zeigen, aber er lächelte nur und machte einfach weiter. In meiner Panik rief ich Mario an, erklärte ihm total aufgeregt, was passierte und gab dann den Hörer weiter an den Hundefriseur. Ein lautes Gerede begann.

Als ich den Hörer zurückbekam, sagte Mario zu mir: »Nimm dir die Kleine, bezahle gar nichts und komm zurück. Ich habe dem Herrn den Marsch geblasen und ihn einen unfähigen Idioten genannt. Er ist zwar sauer, wird dir aber keine Schwierigkeiten machen.«

Daraufhin packte ich die verstörte kleine Lilly ein und fuhr sofort nach Hause.

Als wir ankamen, hatte Mario schon meine mitgebrachte Hundeschermaschine aus dem Schrank geholt. Die Maschine hatte ich nur für Notfälle eingepackt. Dass ich sie tatsächlich irgendwann benötigen würde, davon war ich eigentlich nicht ausgegangen. Mario schaute sich die Hündin an und meinte dann: »Da kann ich nicht mehr viel machen, wir werden sie kurz scheren müssen und dann warten, dass das Fell wieder nachwächst.«Gesagt, getan.

Wir beruhigten Lilly. Das ging ganz schnell, denn nun war sie in der gewohnten Umgebung und Kira saß ganz in der Nähe und schaute allem zu. Als Mario und ich mit Lilly fertig waren, sah sie ganz fremd aus. So kurz war ihr schönes Fell noch nie gewesen und ich merkte meiner Hündin genau an, dass es ihr nicht gefiel. Nach ein paar Stunden hatte sie sich aber daran gewöhnt und es ging ihr wieder gut. Nur ich fand es immer noch ganz schlimm, aber da Lilly wieder herumsprang, als wäre nichts passiert, beruhigte ich mich auch wieder.

»Da werden wir wohl einige Wochen warten müssen, bis Lilly wieder so aussieht wie vorher. Bis dahin muss ich einen guten Hundefriseur gefunden haben«, sagte ich zu Mario und auf den Schreck mussten wir uns erst einmal auf die Terrasse setzen und ein Glas Rotwein trinken. Lilly und Kira lagen ganz ruhig bei uns und so konnte auch ich mich entspannen und den Rest des Tages genießen. Schon am nächsten Tag fuhren wir wieder in den Süden von Teneriffa.

So schön die Insel mit all ihren Facetten ist, immer rund sechzig Kilometer vom Norden über die engen kurvenreichen Passstraßen in den Süden hin- und wieder zurück zu fahren, ging sowohl Mario als auch mir nach einiger Zeit auf die Nerven.

Die kleine Lilly war schon ein echter Serpentinenpudel geworden. Nur gut, dass ihr das Autofahren immer Spaß machte. Ihr ging es gut, wenn sie bei mir war.

So brachte uns diese unbefriedigende Situation dazu, über Möglichkeiten nachzudenken, wie wir etwas daran ändern könnten.

Mario und ich kamen auf die wildesten Ideen. Vom Nachtclub bis zur Eisdiele war alles an Plänen dabei.

Wieder einmal war ich über seine Fantasie und Sprunghaftigkeit erstaunt. Mario war und blieb immer ein Unikum für mich. Er hatte vor nichts Angst und konnte sich alles vorstellen. Für ihn blieb es oberstes Gebot, mit mir zusammen zu sein. Dafür war ihm jedes Mittel Recht. Er hatte in seinem Leben schon so unterschiedliche Arbeiten verrichtet und dabei vielfältige Erfahrungen gesammelt. Ihm war deshalb vor neuen Herausforderungen nicht bange.

Ich hingegen, der Kopfmensch, musste aufpassen, nicht zu viel zu grübeln und es zuzulassen, dass mich seine Euphorie ansteckte.

Wenige Wochen später, wir saßen wieder einmal auf meiner Terrasse, blickten auf den tosenden Atlantik und sahen den Hunden und Katzen beim Spielen zu. Wie sie so hinter den Echsen herjagten, die durch die Ritzen der kanarischen Steinmauer flitzten, die sie in der Mittagssonne als

Schattenplätze nutzten, kam Mario eine neue Idee.

»Wir sollten eine Tierpension aufmachen. Platz ist genug da. Das würde uns beiden Spaß machen. Außerdem gibt es hier nicht viele Pensionen, die Hunde und Katzen von Urlaubern und Inselbewohnern aufnehmen könnten«, sprudelte es aus ihm hervor.

Erst einmal war ich erschrocken. Ich konnte mir fast alles mit ihm vorstellen und arbeitete sehr gern mit Tieren. Aber war das nicht eine zu große Aufgabe für uns?

Es klang wirklich so, als meinte er es ernst damit. Bei allen Überlegungen, die wir bisher angestellt hatten, war nie etwas wirklich Ernstzunehmendes herausgekommen und ich hatte Marios bisherigen Einfälle nie für voll genommen.

Für mich waren das alles nette Spinnereien, kleine Tagträume im besten Fall, mehr nicht.

»Mir macht meine Arbeit als TimeShareliner einfach keinen Spaß mehr. Das ewige Ansprechen, um Touristen Anteile an Ferienwohnungen zu verkaufen, nervt mich immer mehr und ich möchte da raus. Vom Süden der Insel will ich weg. Mir fehlt nur der richtige Neustart. Dann könnte ich endlich aus der Wohnung ausziehen, um damit einen endgültigen Schlussstrich unter die Beziehung mit meiner Ex-Freundin zu ziehen. Los, sag schon, was hältst du davon?«, wollte er neugierig wissen.

Er redete weiter wie ein Wasserfall auf mich ein. So richtig konnte ich es nicht glauben, dass sich hier eventuell tatsächlich eine neue Aufgabe für mich herausbilden könnte.

Wollte ich doch eigentlich die ersten Monate auf der Insel nichts tun und mir erst später darüber Gedanken machen, wie ich mein zukünftiges Leben gestalten wollte. Nun hatte mich Mario doch etwas überfahren und seine Aufregung steckte mich an.

Für das Erste konnte ich nicht viel dazu sagen. Gab zu bedenken, dass das Grundstück unterhalb des von mir gemieteten Hauses nicht mir gehörte und wir erst einmal mit Birgit sprechen müssten, bevor wir weiter »spinnen« könnten.

Mario ließ nicht locker, malte die Idee vom Tierhotel in den tollsten Farben aus und kam richtig in Fahrt.

Ich versuchte vergeblich, ihn in die Wirklichkeit zurückzuholen. Wies auf die Kosten hin und darauf, dass wir erst einmal beide keine Arbeit hätten, wenn er kündigen würde. Was für eine abenteuerliche Idee!

Wir diskutierten bis tief in die Nacht hinein, skizzierten alle Möglichkeiten auf Papier, kamen jedoch nicht zu einer alles befriedigenden Lösung.

So beließen wir erst einmal alles beim Alten und ich fuhr weiterhin vom Norden in den Süden und wieder zurück.

Der Gedanke »Tierhotel« war aber geboren, pflanzte sich in meinem Kopf immer weiter fort und Mario kam ständig wieder darauf zurück.

Ganz langsam konnte sogar ich mir so etwas vorstellen und nach ein paar Wochen war ich ernsthaft bereit, mit Birgit über unsere Idee zu sprechen. Sie hatte sonst keine Verwendung für das Grundstück hinter dem Haus. Zwar bewirtschaftete ein Kürbisbauer die nebenliegenden Parzellen, aber die Parzelle unmittelbar am Haus war bislang ungenutzt geblieben.

Sie lag brach, Unkraut hatte sich breitgemacht, Gestrüpp in Unmengen, alles war wild durcheinander gewachsen.

»Ja, wenn du meinst, dass das für dich gut ist. Das Stück Land hinter dem Haus gehört direkt dazu und die Bodega steht dir natürlich dann auch zur Verfügung. Wenn ihr daraus etwas machen wollt, habe ich nichts dagegen«, meinte Birgit mit einem vielsagenden Lächeln. Hatte sie doch vermutet, dass ich mir hier bald eine Aufgabe suchen würde.

Nach unserem erfolgreichen Gespräch tranken wir noch einen Kaffee zusammen, besprachen alles Weitere und glücklich, mit dem Okay von Birgit in der Tasche, fuhr ich von Icod de los Vinos zurück nach Hause.

Mario stand schon sehr ungeduldig von einem auf das andere Bein hüpfend an der Einfahrt.

Er hatte den ganzen Nachmittag darauf gewartet, zu erfahren, was bei unserem Gespräch herausgekommen war.

»Erzähl schon! Was hat sie gesagt?«, wollte er unruhig wissen.

Als er von mir hörte, dass Birgit nichts dagegen hatte und damit den Plänen nichts im Wege stünde, konnte er sich gar nicht mehr beherrschen.

Mit seinem spanischen Temperament überrollte er mich förmlich. Er herzte mich kräftig und küsste mich unentwegt.

»Hurra! Jetzt fängt ein neues Leben an!«, rief er glücklich.

Trotz aller Bedenken im Vorfeld, jetzt, wo das Tierhotel in greifbarer Nähe gerückt war, steckte Mario mich mit seiner Aufregung an.

Es traf sich gut, dass gerade zu dieser Zeit mein Sohn Marcus zu Besuch kam. Er war schon immer ein Analytiker und ließ sich emotional nicht so sehr blenden. Wenn etwas nicht zu realisieren wäre, würde er es sagen. Da war ich sicher.

Mario konnte aber sogar ihn mit seinen Ideen begeistern und so machte Marcus uns die ersten Skizzen für eine mögliche Einteilung des Grundstückes und den ersten Entwurf für die Größe und den Stand der Hundehäuser.

In den folgenden Tagen fuhren wir in verschiedene Baumärkte in der Umgebung, holten Preise ein und schauten nach den bestmöglichen Materialien.

Das wurde ein halber Arbeitsurlaub für meinen Sohn. Es machte ihm aber auch Spaß und als er nach einer Woche zurückfliegen musste, war er doch sehr gespannt darauf, wie sich alles weiter entwickeln würde. Mein Sohn freute sich darüber, dass seine Mutter augenscheinlich sehr glücklich war und eine neue Aufgabe gefunden hatte.

Kapitel 23

Als nächstes mussten Arbeiter gefunden werden, denn weder Mario noch ich kannten uns mit Bauarbeiten aus. Das klappte jedoch erstaunlich schnell, denn es gab viele Männer, die sich aufgrund der mangelnden Arbeit auf der Insel gerne ein paar Euro zusätzlich verdienen wollten.

Wir entschieden uns, ein paar Gartenhäuser aus Kiefernholz zu kaufen und diese auf eine Betonplatte zu setzen.

Aber die Hunde brauchten nicht nur Häuser, sondern ebenso einen Auslauf, in dem sie toben und spielen konnten. Somit musste die Betonplatte größer geplant werden und sollte für den Auslauf mit Gittern eingefasst werden.

Der grobe Plan stand in erstaunlich kurzer Zeit. Nun sollte es an die Realisierung gehen und mir war klar, dass es noch sehr viel Arbeit benötigte, um auf dem Gelände ein Tierhotel zu bauen.

Zu der Zeit wohnte Mario noch im Süden der Insel und arbeitete in seinem alten Job.

Wir hatten besprochen, dass das erst einmal so bleiben sollte, damit er weiterhin sein geregeltes Einkommen hätte. Ich war schon immer eine emanzipierte Frau und wollte auf keinen Fall meinen Freund aushalten. Schon allein deswegen, weil es nicht gut für unsere Beziehung und für seinen Stolz gewesen wäre.

Wir hatten mit spitzem Stift gerechnet und wussten, dass das Tierhotel nicht billig werden würde.

Ich war bereit, hierfür einen Teil meines Erbes zu verwenden. Das hatte ich mir bis dato aufgespart und bislang gut gehaushaltet.

Ohne dieses Geld hätten wir gar nicht erst anfangen können. Das war mir bewusst und ich war sehr dankbar für diese Möglichkeit.

Mario war so oft wie möglich bei mir und wir schauten zusammen nach den nötigen Materialien, holten Genehmigungen von der Gemeinde und sogar von der Inselregierung ein. Und es waren einige Genehmigungen notwendig. Vieles wurde ungläubig von den Sachbearbeitern zur Seite geschoben, weil sie so wenig Erfahrung hatten. Manches wurde regelrecht boykottiert und wir mussten etliche Male an die Erledigung erinnern. Hier lief alles viel langsamer als in Deutschland und ich musste eine Menge Geduld aufbringen, um ans Ziel zu gelangen.

»Ich muss beim Bau dabei sein. Hier kann ich mich nicht mehr auf meine Arbeit konzentrieren. Ich bin so aufgeregt und hab Angst, dass die Jungs Fehler machen, die nicht passieren würden, wenn ich da wäre. Können wir nicht endlich zusammenziehen? Platz ist bei dir genug und wir wollen doch zusammenbleiben«, quengelte mein Spanier ständig und ich musste einsehen, dass es wirklich besser wäre, wenn er beim Aufbau vor Ort war.

Allein die Sprachschwierigkeiten, die ich mit meinem zwar immer besser werdendem Spanisch im normalen Leben immer weniger, aber mit den Behörden immer noch hatte, waren für mich Grund genug, Mario bei mir einziehen zu lassen.

Ich liebte ihn wieder sehr und brauchte und genoss seine Nähe. Also kündigte er seinen Job und die Wohnung.

Mit Chico, Kira und Balou zog Mario eine Woche später zu mir. Lilly fand das toll, denn sie verstand sich sehr gut mit der kleinen Kira und sogar der große Chico machte ihr mittlerweile keine Angst mehr. Sarah und Theo, die beiden Katzen, waren weniger begeistert. Noch mehr Hunde, musste das denn sein, schienen sie zu denken und verzogen sich erst einmal auf die Kratzbäume. Balou wurde von den beiden nicht weiter beachtet, da er die meiste Zeit nicht im Haus war. Er hielt sich lieber auf der Terrasse auf.

Für Marios Sachen hatte ich Platz im Haus und der Garage gemacht. Mein kleiner roter Flitzer musste erst einmal draußen schlafen.

Für mich war es eine Riesenveränderung. Hatte ich doch lange nicht mehr mit einem Mann zusammengelebt. Lilly, Sarah, Theo und ich, wir waren eine eingeschworene Gemeinschaft und alle mussten sich nun extrem umstellen und sich an die geänderten Gegebenheiten gewöhnen.

Aber erst einmal überwiegte die Freude darüber, Mario nun ganz bei mir zu haben. Ich freute mich auf den Aufbau des Tierhotels und hatte keinerlei Bedenken mehr. Es fühlte sich alles richtig an und bot eine herrliche Aussicht auf die gemeinsame Zukunft.

Wenn wir abends auf der Terrasse saßen und den nächsten Tag besprachen, überwiegte die Freude und nicht mehr die Angst vor diesem abenteuerlichen Schritt.

Mario hatte das Talent, alles in rosaroten Farben auszumalen. Wie er es beschrieb, hörte sich alles so leicht und locker an. Angst vorm Scheitern schien er nicht zu kennen und wenn er sie hatte, dann konnte er sie geschickt überspielen.

Er schleppte mich durch die Behörden, die Baumärkte und unzählige Geschäfte. Es gab so viel zu bedenken und im Vorfeld abzuklären. Es bestand ein ständiger Kontakt mit dem Architekten, selbst zum Wasseramt mussten wir gehen, um eine Bescheinigung zu holen, dass wir kein Wassergutachten brauchten ... unglaublich, aber wahr. Es war auch kein Einzelfall, dass wir ohne Übertreibung zehnmal irgendwo vorsprechen mussten, damit die Papiere überhaupt bearbeitet wurden.

Aufgrund des zeitlichen Engpasses legte ich meinen Spanischunterricht bei Bea erst einmal auf Eis. Ich hatte im Augenblick einfach den Kopf nicht frei und außerdem hatte ich meinen Spanier an meiner Seite, der alles ins Deutsche übersetzen konnte und mir dabei viel beibrachte.

Bevor all die benötigten Materialien geliefert werden konnten, musste erst einmal das komplette Grundstück gesäubert werden. Verdorrte Pflanzen und Büsche, wurden herausgerissen und Steine an die Seite geräumt.

Der Kellerraum unter dem Haus war bis unters Dach mit Gerümpel vollgestapelt. Das musste dringend entsorgt werden.

Dabei halfen uns Damian und Domingo, die spanischen Helfer, die Mario besorgt hatte. Die beiden hatte er in einer Kneipe im Nachbarort aufgetan und ich mochte die Männer sofort.

Damian war ein großer, kräftiger Mann mit einem verschmitzten Lächeln von Anfang fünfzig. Domingo war nur halb so alt, hatte dunkle Haare, braune Augen und ein sehr freundliches Wesen. Sie waren erfahrene Bauarbeiter und konnten ordentlich anpacken.

Nachdem alle Vorarbeiten gemacht waren, ließen wir die Materialien anliefern und nun ging es richtig los. Die beste Einteilung des Grundstückes hatten wir im Voraus schon besprochen. Wo im Einzelnen die Hundehäuser hingestellt werden sollten, wie am sinnvollsten die Abflüsse verlegt werden müssten und wie und wann am besten gestrichen werden sollte. Es wurde gehämmert, gesägt, betoniert, gestrichen und vieles mehr.

Lilly, Chico und Kira waren immer mit von der Partie und sprangen zwischen uns hindurch. Über die gestapelten Betonsäcke spielten sie miteinander Fangen und versteckten sich unter den Gerätschaften, die auf dem gesamten Grundstück verteilt waren.

Ganz allmählich nahm unser Vorhaben immer mehr Formen an. Später würden wir Fotos anschauen und erstaunt sein, wie schnell alles bewerkstelligt worden war.

Da Mario körperliche Arbeit nicht wirklich gewohnt war, fiel es ihm von Tag zu Tag schwerer, mit Damian und Domingo mitzuhalten. Er hatte bereits am dritten Tag einen solch mörderischen Muskelkater, dass er mit schmerzverzerrtem Gesicht die Treppe nur mit Mühe hoch- und runterkam.

Das passte ihm als stolzem Spanier natürlich nicht und zum Ausgleich ging er immer öfter in die Kneipen, die es in der Nähe gab. Leider waren das nicht wenige.

Wenn ich ihn suchte, musste ich erst einige Bars absuchen, um ihn zu finden.

Was er eine ganze Zeitlang hatte unterdrücken können, kam aufgrund des Baustresses wieder mit Macht durch.

Zu meinem Entsetzen trank er wieder viel zu viel und da ich das schrecklich fand und es ihm auch immer wieder sagte, hatten wir immer häufiger Streit.

Mario blieb dann ein paar Tage aus den Kneipen weg, kümmerte sich wieder mehr um die Bauarbeiten, die Tiere und um mich und so vertrugen wir uns schnell wieder.

Er hatte so eine Art, der ich nicht lange widerstehen konnte. Er konnte mir so gut mit Worten schmeicheln und Komplimente machen. Viel zu gerne war ich immer wieder bereit, ihm zu glauben. Ich war eine verliebte Frau und sah ihn durch eine rosarote Brille. Erst viel später sollte ich verstehen, dass dies für mich keine Lösung war.

Das Tierhotel sah mittlerweile schon richtig gut aus. Die Häuschen standen auf ihren Betonsockeln, hatten ein schönes rotes Ziegeldach und waren innen mit beigen Fliesen ausgestattet, damit man sie leicht sauber halten konnte.

Auch die Ausläufe vor den Häusern wurden gefliest und mit mannshohen Gittern umrandet, damit kein Hund herausspringen konnte.

Mein Tierarzt Alper, den ich mir für Lilly und meine Katzen ausgesucht hatte und der einen sehr guten Ruf genoss, war schnell zu einem Freund geworden. Lilly fasste sofort Vertrauen zu dem sympathischen jungen Tierarzt und zeigte bei den Besuchen, die ja hin und wieder sein mussten für Impfungen, Kontrolluntersuchungen usw. keinerlei Angst.

Die Katzen hielten sich da lieber ein bisschen zurück. Sie mochten grundsätzlich keine Tierärzte. Birgit kannte Alper schon lange und hatte ihn mir sehr empfohlen und ich war froh über diesen tollen Kontakt. Alper hatte uns geraten, unbedingt ein Katzenhaus zu bauen, da es kaum Möglichkeiten auf der Insel gäbe, um Katzen liebevoll unterzubringen. So planten wir ebenfalls ein Katzenhaus im Kellerraum mit einem Durchbruch, der in ein großes Außengehege führte.

Damian besorgte einen richtig schönen Baumstamm mit Verästlungen, der mitten im Außengehege aufgestellt wurde. Da würden die Stubentiger demnächst klettern können. Innen gab es gemütliche Kuschelkörbchen und jede Menge Möglichkeiten für die Katzen, sich zu verstecken. Wir schafften geeignetes Spielzeug an, damit die Tiere sich nicht langweilten und sich so jederzeit beschäftigen konnten. Dazu würde es natürlich viele Streicheleinheiten geben.

Alles hätte so schön sein können, wenn Mario nicht immer wieder zum Alkohol gegriffen hätte. Ich konnte noch so viel reden, ihm sogar drohen, nichts half, wenn er den Drang verspürte zu trinken. Ich musste mir erneut eingestehen, dass Mario ein Alkoholiker war und ich wusste zu dieser Zeit nicht, wie schlimm das Leben mit einem Alkoholiker sein würde.

Es gab gute Tage und es gab schlechte Tage.

An den guten Tagen sah alles einfach aus und fühlte sich richtig an. An den schlechten Tagen kamen mir Zweifel, ob ich alles richtig gemacht hatte. Ob mich die ganze Sache mit Mario und dem Tierhotel nicht total überforderte, gefühlsmäßig und auch finanziell.

Mein Kontostand schrumpfte, meine Ersparnisse rannen mir viel zu schnell durch die Finger und wir waren noch nicht fertig mit dem Aufbau.

Mario verdiente kein Geld mehr und so musste ich alles finanzieren. Material, Helfer, Lebensunterhalt für unsere Tiere und für uns. Das alles kostete verdammt viel und meine Zweifel und Ängste wurden groß und größer.

Wenn Mario nüchtern war, half er tüchtig bei allem mit. Er organisierte, baute zusammen mit Domingo und Damian und wir konnten schon darüber sprechen, wie wir das Tierhotel bekannt machen wollten. Nach der Fertigstellung sollte es eine große Eröffnungsfeier geben, um uns bei interessierten Tierhaltern vorzustellen.

Flyer wurden entworfen und gedruckt. Genauso Visitenkarten und Anmeldeformulare.

An solchen Tagen schöpfte ich Mut und freute mich auf die Eröffnung des fast fertig gestellten Tierhotels Es waren nur noch ein paar Kleinigkeiten zu erledigen, wie die Bepflanzung der Beete und die Dekoration.

Leider kam es immer häufiger vor, dass es schlechte Tage gab und Mario betrunken im Bett lag. Er hatte dann so viel am Abend zuvor getankt, dass er morgens nicht in der Lage war aufzustehen. Oft blieb er bis zum späten Mittag im Schlafzimmer und kam erst am Nachmittag total verkatert und mit zerrupften Haaren heraus.

Ich begann mich vor ihm zu ekeln. Es stank alles nach Alkohol und Zigaretten. Seine Haut dünstete unangenehme Gerüche aus, seine Kleidung konnte ich nach einem solchen Exzess nicht mehr ohne Nasenklammer in die Wäsche bugsieren. Selbst die Hunde machten in diesen Momenten einen großen Bogen um ihn, wenn er noch angetrunken aus dem Zimmer kam. Er schwankte selbst dann noch, wenn er viele Stunden geschlafen hatte. Ich fragte mich, wie das sein Körper auf Dauer aushalten sollte. Seine Haut sah schon ganz fahl aus und die Augen hatten einen leicht gelben Schimmer.

An diesen Tagen blieb mir nichts anderes übrig, als alleine weiterzumachen. Das war nicht leicht und ich fühlte mich alleingelassen. So hatte ich unseren Neustart nicht geplant, aber es half nichts, ich musste weitermachen, um meinen Traum nicht zu gefährden. In dieser Zeit lernte ich schnell und viel.

Häufig versuchte ich, mit Mario zu klären, warum er so viel trank. »Erklär es mir! Es war doch eine ganze Zeit viel besser«, warf ich ihm einmal vor. Jeder Versuch, die Situation irgendwie zu retten, scheiterte und ich war mit meinem Latein am Ende. Richtig weiter kam ich mit ihm jedenfalls nicht.

Wenn er nüchtern war, verstand er meine Sorgen, hasste sich selbst für seine Aussetzer und versprach immer wieder, mit dem Trinken aufzuhören. Das hielt leider jedes Mal nur ein paar Tage an, dann kam der nächste Absturz. Ich musste mir eingestehen, dass Mario viel tiefer im Sumpf der Sucht eingetaucht war und er ohne professionelle Hilfe nicht wieder herauskommen würde.

Der Alkohol hatte ihn in dieser Zeit fest im Griff und ich verstand zu diesem Zeitpunkt nicht, wie ich ihm helfen konnte bzw. dass es aussichtslos war.

Gerade zu dieser Zeit kam ein Anruf von Ecki, er wollte mich gerne besuchen kommen und hatte sich schon nach passenden Flügen erkundigt. Mir rutschte mein Herz in die Hose. Unmöglich, Ecki konnte und durfte nicht in dieses Chaos hineingeraten.

Mit belegter Stimme und einem sehr unwohlen Gefühl in der Magengegend, teilte ich ihm mit: »Ecki, so sehr es mich freuen würde, dich wiederzusehen, im Moment ist es besser, wenn du nicht herkommst. Mario wohnt zurzeit bei mir und auch wenn ich davon ausgehe, dass das nicht mehr sehr lange so sein wird, besser du wartest noch.«

Am anderen Ende hörte ich nur ein Schnaufen. »Ruf mich an, wenn der Bekloppte weg ist«, war alles, was Ecki sagte, bevor er den Hörer auflegte. Ich konnte ihn nur zu gut verstehen.

Zu groß wurde meine Angst vor Marios Unberechenbarkeit und unter diesen Umständen war ich nicht bereit, eine große Eröffnungsfeier für das Tierhotel zu organisieren.

Es hätte gerade noch gefehlt, dass dabei ein betrunkener Mario aufgetaucht wäre und sich daneben benehmen würde. Dann hätten wir gleich wieder schließen können. Diese Vorstellung ließ mich erschauern und ich dachte mit Entsetzen an diesen Tag.

Mit schwerem Herzen verteilte ich deshalb nur Flyer in der näheren Umgebung, schaltete Anzeigen in den örtlichen Zeitungen und hoffte, dass Tierhalter auf uns aufmerksam würden und einen Platz für ihr Tier buchen würden.

Mario hielt sich immer weiter im Hintergrund und arbeitete so gut wie gar nicht mehr mit. Ich war so traurig darüber, kein großes Fest feiern zu können, dass ich Magenprobleme bekam und ich nahm mir fest vor, dass sich schnellstmöglich etwas grundlegend ändern müsse.

Wie schön wäre es gewesen, alle Freunde und Bekannte einzuladen und vor Ort zu zeigen, was wir geschafft hatten. Aber die Sorge war einfach zu groß, dass Mario das Fest sprengen könnte. Also musste es ausfallen.

So erstaunlich es für mich war, aber die Buchungen ließen nicht lange auf sich warten. Viele Hunde- und Katzenhalter hatten nur auf eine schöne Tierpension auf Teneriffa gewartet und nahmen unser Angebot dankend an.

Scheinbar hatte Mario die richtige Idee gehabt. Das gab ihm ein gutes Gefühl, mentalen Aufwind und er trank in der nächsten Zeit kaum noch. Endlich konnte er sich um Tiere kümmern und die restlichen Verschönerungsarbeiten Damian und Domingo überlassen.

Es war für mich schön zu sehen, wie gut er mit den Pensionsgästen umging und dass er dabei in seinem Element war. Er schien glücklich zu sein und hatte eine Aufgabe und seine Berufung gefunden.

Da auch Katzen angemeldet wurden, übernahm ich alle Aufgaben, die mit den Stubentigern zu tun hatten. Mit Katzen hatte ich die meiste Erfahrung, weil ich sie selbst seit Jahren hielt. Hunde hatte ich zwar auch in der Kindheit zu Hause und nun meine kleine Lilly, aber das war eher Marios Metier und sollte es auch bleiben.

Eine Zeitlang hätte es nicht besser laufen können.

Wir zogen beide an einem Strang, meisterten die täglichen Herausforderungen grandios zusammen und dementsprechend verstanden wir uns wieder besser und unsere Liebe vertiefte sich wieder.

Sabine aus Los Silos, einem kleinen Nachbarort, meldete gleich fünf Hunde für eine Woche an, da sie mit ihrem Freund Urlaub machen wollte. Wir freuten uns sehr auf den ersten großen Auftrag und wollten einen bestmöglichen Eindruck hinterlassen, um bald einen Folgeauftrag zu generieren oder wenigstens Empfehlungen zu erhalten.

Bei der Besichtigung des Tierhotels und dem nachfolgenden Anmeldegespräch war mir Sabine, eine Deutsche, die schon seit zwanzig Jahren auf der Insel lebte, sofort sympathisch. Eine sportliche Frau mit einer positiven Ausstrahlung und einem gewinnenden Lächeln. Die Hunde gehörten alle ihr und ich bewunderte sie für die Kraft und Ausdauer, die sie für die Menge an Tieren haben musste. Sie hatte noch zwei Katzen zu Hause, die sollten aber von einer Nachbarin versorgt werden.

»Katzen bleiben ja auch lieber in ihrer gewohnten Umgebung«, entschuldigte sie sich.

Die Hunde von Sabine sollten erst in einigen Wochen ins Tierhotel kommen und in diesen Wochen drehte sich Mario bedauerlicherweise wieder um hundert Grad.

Auf seinen täglichen Spaziergängen mit den Hunden kehrte Mario immer öfter in die Kneipen der Nachbarorte ein.

Die Hunde waren bald nur noch eine Ausrede für Mario, um aus dem Haus zu kommen. Das konnte ich mir nicht länger mit ansehen.

Wir hatten schließlich die Verantwortung für die Tiere übernommen und die nahm ich sehr ernst. Ich konnte es nicht ertragen, dass er die Hunde für seine Exkursionen in die nächste Kneipe missbrauchte. Schließlich freuten sie sich immer auf den Extraspaziergang und der endete für die Vierbeiner häufig in der nächsten muffigen Kneipe.

Als ich Mario nach ein paar Tagen, in denen ich mir das Spiel angeschaut hatte, ziemlich verärgert Vorwürfe machte, bekam ich von ihm nur patzig zu hören: »Was willst du eigentlich? Ohne mich hättest du gar kein Tierhotel.«

Das war schon sehr frech, aber das, was dann folgte, setzte dem Ganzen die Krone auf, denn er schaute mich drohend an und sagte: »Und wenn du nicht spurst, dann landest du irgendwann im Meer und das Tierhotel ist dann meins.«

Ich wich erschrocken zurück und rieb mir fragend die Augen. Hatte er das wirklich gerade zu mir gesagt? »Gut, ruhig bleiben!«, dachte ich mir. »Er ist betrunken und meint das bestimmt nicht ernst!«, hoffte ich im Innersten meiner Selbst.

Nur: Wenn er es ernst meinte, dann war ich in ernsthafter Gefahr!

Viel zu häufig endeten diese Situationen mit Verletzungen und im schlimmsten Fall mit dem Tod.

Auch wenn ich überzeugt war, dass es nur bei der Drohung von ihm bleiben würde und sicher war, dass er mir nichts antäte, konnte ich das so nicht hinnehmen. Ich war eine selbstständige und emanzipierte Frau und kein Mann durfte es wagen mich anzugreifen und schon gar nicht mein Leben bedrohen. Das ging eindeutig zu weit und war mit nichts zu entschuldigen.

Panik überfiel mich.

Wie könnte ich mich schützen, fragte ich mich.

Sollte ich mich bewaffnen?

»Vielleicht nehme ich ein Messer mit ins Schlafzimmer«, überlegte ich.

Aber was sollte ich machen, wenn er mich tatsächlich angriffe? Er wohnte schließlich bei mir und ich war mir sicher, dass ich ihn nicht einfach so wegschicken konnte. Wo sollte er dann hin? Was sollte aus Chico, Kira und Balou werden? Sofort hatte ich Mitleid mit seinen Tieren und malte mir aus, welches Leben sie erwartete, wenn ich ihn rauswerfen würde.

Die Arbeit mit den Tieren blieb einfach an mir hängen. So war das nicht ausgemacht. Ich fühlte mich nicht gut dabei und auch wenn ich die Arbeit gern und mit großer Liebe machte, war es nicht in Ordnung, dass mich Mario mit allem allein ließ. Lilly war immer an meiner Seite. Für sie musste ich stark sein. Der kleine Hund gab mir viel Ruhe in diesen aufregenden Zeiten.

In meiner Not und der Angst etwas Falsches zu tun, schaltete ich erst einmal auf abwarten und nahm mir vor, mit dem Herrn zu sprechen, sobald er wieder nüchtern war.

Als ich Mario am nächsten Tag erzählte, was er mir an den Kopf geworfen hatte, konnte oder wollte er es nicht glauben. Er schaute mich ungläubig an und es schienen tausende Gedanken in seinem Hirn Achterbahn zu fahren und er konnte nur ungläubig mit dem Kopf schütteln. Es schockte ihn anscheinend genau wie mich, was der Alkohol aus ihm machte und dass er nicht mehr Herr seiner Sinne war.

Er entschuldigte sich tausendmal und flehte mich auf den Knien liegend um Verzeihung an.

»Mi amor, ich würde dir niemals weh tun!«, sagte er mit verzweifelter Miene.

Meine Liebe für ihn war im Moment noch stärker als meine Angst und meine Zweifel. Ich wusste, ich wollte in Frieden auf Teneriffa leben. War ich doch nicht ausgewandert und hatte meine Heimat verlassen, um mich nun hier von einem Mann bedrängen zu lassen.

Mario versprach mir hoch und heilig, dass er mit dem Trinken aufhören würde, und ich war wieder einmal bereit, ihm zu glauben, oder ich wollte ihm einfach nur glauben, weil ich nicht wusste, wie ich hätte alleine weitermachen sollen.

In den nächsten Tagen sah die Welt wieder himmelblau und rosarot aus. Tatsächlich trank Mario nichts und kümmerte sich intensiv ums Tierhotel und die Tiere. Es wurden immer mehr Pensionsgäste und es machte uns beiden viel Spaß, uns um die Süßen zu kümmern.

Endlich kam auch etwas Geld in die fast leere Kasse. Das war bitter nötig, denn lange hätte mein Geld nicht mehr gereicht. Die Ausgaben waren viel höher als erwartet und ich wurde langsam beim Sichten meines Kontostandes nervös.

Dafür war aber alles sehr schön geworden und die Herrchen und Frauchen der Hunde und Katzen waren sehr angetan von den schönen Unterbringungen für ihre Lieblinge.

Ganz allmählich profitierten wir von der Mund-zu Mund-Propaganda. Das war ein tolles, erhebendes Gefühl und ich dachte zufrieden: »Also doch, alles richtig gemacht.«

Kapitel 24

Wie das bei Alkoholikern so ist, und ich hatte längst begriffen, dass Mario eindeutig einer war, obwohl er das nie zugegeben hätte, dauerte der Zustand der Nüchternheit natürlich nicht lange.

Mittlerweile fragte ich mich immer öfter, was genau der Auslöser für seine Aussetzer war. Er trank, wenn er schlecht drauf war oder irgendeinen Stress hatte. Er trank aber auch, wenn alles gut für ihn lief und er eigentlich hätte entspannt und glücklich sein können. Ich musste in dieser Zeit erkennen, dass er täglich aufs Neue mit dem Entzug kämpfte.

Die Nachfrage für die Plätze im Tierhotel wuchs stetig und dennoch fing Mario wieder mit dem Trinken an. Besser gesagt, er machte weiter. Es war ein absoluter Irrglaube von mir gewesen, dass er je damit aufgehört hätte. Ich hatte nur einfach meine Augen vor diesem großen Problem verschlossen. Wahrscheinlich ein Fehler, doch ich wusste einfach nicht, wie ich damit umgehen sollte.

Mir taten die Tiere von Mario leid und so kümmerte ich mich ebenfalls um diese drei Süßen immer mehr. Lilly und Kira waren dicke Freundinnen. Sie liefen ständig zusammen auf dem Gelände herum, schnüffelten und spielten. Es war schön, meine Kleine so glücklich zu sehen.

Aus meinem Schlafzimmer hatte ich Mario ins Gästezimmer umquartiert. Den Geruch von Alkohol, Rauch und Kneipe konnte ich nicht mehr aushalten. Diesen Punkt nahm der Spanier nun als Aufhänger dafür, noch mehr zu trinken. Wollte er mich bestrafen, dass ich ihm gegenüber konsequent blieb? Dann war es ihm in jedem Fall gelungen. Ich litt unter der Situation wie ein Tier und hoffte jeden Tag aufs Neue, dass sie sich ändern würde und ich meinen geliebten Spanier zurückbekäme.

Eines Nachts, er hatte den ganzen Abend schon im Gästezimmer geschmollt, tauchte er mit einem Messer in meinem Schlafzimmer auf und fing erneut an, mich zu bedrohen.

Ich hatte schreckliche Angst und zitterte am ganzen Körper, doch im Grunde wusste ich, dass Mario nur drohte. Ganz sicher konnte ich natürlich nicht sein, ob er das Messer nicht im Affekt benutzen und mich verletzen würde.

So nahm ich mir mutig ein Herz, fasste ihn am Arm und verfrachtete ihn bestimmt, aber so ruhig, wie es mir in dem Moment möglich war, zurück ins Gästezimmer. Das ließ er erstaunt und mit starrem Blick sogar ohne eine weitere Drohung geschehen. Vermutlich hatte ich ihn etwas überrumpelt, als ich sagte: »Komm, Schatz! Alles ist gut. Geh wieder schlafen!«

Mir schlug das Herz bis zum Hals, als ich wieder in meinem Zimmer war und die Tür abgeschlossen hatte. War das wirklich gerade geschehen und hatte Mario mit einem Messer vor mir gestanden? Was wollte er damit? Warum war das seine einzige Möglichkeit? Hatte er wirklich nichts zu verlieren, oder war er im Vollrausch nicht mehr Herr seiner Sinne?

Erst jetzt realisierte ich die Gefahr, in der ich mich noch einen Augenblick zuvor befunden hatte, so richtig. Meine Gedanken kreisten noch eine ganze Weile und ich hoffte, Mario würde wieder schlafen und nicht bemerken, dass ich meine Tür abgeschlossen hatte. Wie sollte es weitergehen, wenn ich mich nicht mal mehr in meinem eigenen Haus sicher fühlen konnte? Lilly und Kira kuschelten sich an mich. Ihre Wärme und das weiche Fell beruhigten mich etwas und nach einiger Zeit schliefen wir ein.

Am folgenden Morgen wollte ich nach Mario schauen. Mit heftigem Herzklopfen öffnete ich die Tür, denn ich wusste nicht, was mich erwarten würde. Zu meinem großen Erstaunen war das Zimmer jedoch leer. Wo war er? Es war eigentlich für ihn viel zu früh, um aufzustehen. In der Regel war ich immer früher draußen, aber von Mario fehlte jede Spur. Hatte er sich daran erinnert, was geschehen war und in Panik das Haus verlassen?

»Er wird sich doch nichts antun?«, dachte ich erschrocken. Was sollte ich bloß machen? Ich wusste, er würde dringend Hilfe brauchen.

Aber erst einmal mussten die Tiere versorgt werden. Als ich alles Nötige erledigt hatte, war Mario noch immer nicht zurück. Ich schnappte mir daher wenig später Lilly und fuhr mit ihr zu Birgit. Chico, Kira und Balou ließ ich im Haus bei Sarah und Theo.

Ich brauchte dringend jemand, dem ich von meinem nächtlichen Erlebnis erzählen konnte. Meine Gedanken kreisten unentwegt um das blanke Messer, das mir Mario entgegen gehalten hatte.

Ich erzählte Birgit alles und bat sie eindringlich um Hilfe.
»Das gibt es doch nicht! Das geht ja gar nicht! Der muss aus dem Haus raus und zwar sofort!«, sagte Birgit aufgeregt. Auf meine Frage, wie wir das bewältigen könnten, hatte sie nur eine Antwort:
«Den zeigen wir jetzt wegen häuslicher Gewalt an. Dann wird die Polizei dafür sorgen, dass er geht«, war sie sicher.
Birgit holte ihr Auto aus der Garage, packte Lilly und mich rein und fuhr mit uns zur Polizei. Erst ging ich davon aus, dass wir zur örtlichen Polizeistation fahren würden. Aber weit gefehlt.
Ein paar Minuten später parkte sie ihr Auto direkt vor der Station der Guardia Civil in der Calle Noelia Alfonso Cabrera in Garachico. Die Guardia Civil ist eine wesentlich härtere Gruppe der spanischen Exekutive und hat mehr Befugnisse als die Policia local.
Mir wurde vor lauter Aufregung übel. Sollte ich Mario wirklich anzeigen? Was hätte das für ihn für Konsequenzen und was bedeutete das für unsere Beziehung?
Ich blieb zögernd auf der ersten Stufe der Eingangstreppe stehen, aber Birgit zog mich in das Gebäude und fragte beim Portier nach, der vorn hinter einer Glasscheibe saß, wo wir einen Fall von häuslicher Gewalt zu Anzeige bringen könnten.
Der Mann hinter der Scheibe gab einem grimmig drein schauenden Beamten einen Wink und dieser führte uns in einen Raum, erklärte seinem Kollegen auf Spanisch, worum es ginge und verließ danach den Raum wieder.

Es dauerte einen Moment, bis der Beamte an seinem Schreibtisch Zeit für uns hatte und in dieser Zeit fragte ich mich ständig, ob ich das Richtige täte. Birgit tätschelte mir beruhigend den Arm und lächelte mir aufmunternd zu.

Der deutlich freundlichere Beamte hinter dem Schreibtisch schob seine Brille zurecht, musterte uns und begann alle Informationen in einem Fragebogen zu vermerken. Er fragte genau nach, um was es gehe und da ich nur wenig Spanisch sprach, übernahm Birgit glücklicherweise für mich das Gespräch. Ich wäre in diesem Augenblick nicht in der Lage gewesen, einen klaren Gedanken zu formulieren, geschweige denn in Spanisch auszudrücken und war ihr unendlich dankbar, dass sie an meiner Seite war und mich durch diese unangenehme Situation brachte.

Sie erklärte dem Beamten alles Wichtige, das vorgefallen war, beantwortete Fragen des Polizisten nach Rücksprache mit mir und mir wurde von Minute zu Minute immer schummeriger. Hatte ich das so gewollt? Was würde nun passieren? Die ganze Sache wurde zu einem Selbstläufer, den ich nicht mehr aufhalten konnte. Irgendwie wollte ich das alles nicht, aber ich hatte in der letzten Zeit einfach zu viel Angst aushalten müssen und wollte nicht als Fischfutter im Atlantik enden.

Zum Schluss der Befragung musste ich einen Bericht unterschreiben, den der Beamte aus dem Drucker in zweifacher Ausfertigung geholt hatte. Mein Blick ging fragend von dem Formular zu Birgit. Sie erkannte meine Unsicherheit und nickte mir ermunternd zu.

»Bitte, unterschreibe das jetzt! Sonst finde ich wirklich eines Tages deine Leiche«, sagte sie mit Nachdruck.

Der Gedanke ließ mich wieder erschauern und ich unterschrieb mit zittriger Hand.

Während der ganzen Zeit, die ich im Polizeigebäude verbrachte, klingelte unentwegt mein Handy. Mario versuchte ununterbrochen, mich zu erreichen. Ich wusste zwar immer noch nicht, wo er steckte, aber anscheinend war er wieder nüchtern und suchte nach mir.

Nach dem ich die Unterschrift geleistet hatte, nahm ich atemlos mein Handy und krächzte ein schwaches »Hallo« hinein.

»Schatz, wo bist du?«, fragte er am anderen Ende der Leitung. »Ich versuche schon eine Ewigkeit, dich zu erreichen. Es tut mir so leid, was gestern Nacht passiert ist. Bitte verzeih mir und sei wieder gut«, hörte ich Mario zerknirscht sagen.

Mir klopfte das Herz bis zum Hals und ich versuchte vergeblich den Kloß hinunterzuschlucken, der sich in meiner Kehle gebildet hatte.

Für ihn schien es mit der lapidaren Entschuldigung wieder in Ordnung zu sein. Aber für mich nicht.

»Was bildet er sich ein?«, dachte ich zornig.

Der Polizist sah mich an, fragte, ob dass der Täter sei, um den es in der Anzeige ginge. Ich nickte und bejahte die Frage. Der freundliche Polizist wies mich an, ihm mein Handy zu reichen, denn er wollte mit Mario sprechen.

Birgit übersetzte mir in groben Zügen, was der Beamte zu Mario sagte. Das Gespräch wurde immer aufgeregter und lauter. Zum Schluss rollte der Polizist nur noch mit den Augen, legte einfach auf und gab mir mein Telefon zurück.

In meinem Blick musste ein großes Fragezeichen gestanden haben, denn Birgit erklärte mir: »So, jetzt weiß er Bescheid, was auf ihn zukommt und er hat die Möglichkeit, heute um 16 Uhr herzukommen und seine Sichtweise zu erklären. Kommt er nicht, sucht die Polizei ihn und verhaftet ihn an Ort und Stelle, wo sie ihn findet.«

»Und was geschieht dann?«, fragte ich ängstlich und war vollends verwirrt.

Der Polizist schien meine Frage verstanden zu haben und erklärte Birgit, dass Mario dann erst einmal festgenommen würde und zu meinem Schutz bis zur Verhandlung in Polizeigewahrsam bleiben müsse.

Ich fragte mich immer noch, ob ich das Richtige getan hatte. Wegen mir würde Mario verhaftet werden. Wollte ich das? Nein! Es war eine schreckliche Vorstellung, den Mann, den ich immer noch liebte, im Gefängnis zu wissen. Das schlechte Gewissen nagte an mir und ich wusste nicht, ob ich Mario noch einmal unter die Augen treten konnte.

Aber die Angst überwiegte im Moment und ich war sehr froh, dass mir geholfen wurde.

Der Beamte erklärte weiter, dass Mario zu meiner Sicherheit eingesperrt werden würde und dass seine Erklärungen dabei absolut keine Rolle spielen würden. Alles Weitere müsste später der Richter bei seiner Anhörung klären.

Wieder wurde mir übel. Mein Magen drehte sich und ich hatte Angst mich übergeben zu müssen. Meine Knie schlotterten und ich hatte Mühe, mich auf den Beinen zu halten. Die ganze Sache nahm Ausmaße an, mit denen ich so nicht gerechnet hatte. Konnte ich auch nicht. Wusste ich doch nicht, dass die spanischen Gesetze häusliche Gewalt mit Nachdruck ahndete. Aber ändern konnte ich zu diesem Zeitpunkt nichts mehr und das war nur gut so. Ich hatte mich entschlossen, Mario die Stirn zu bieten und ich musste nun mit den Konsequenzen leben.

Birgit brachte Lilly und mich nach der langen Sitzung im Polizeigebäude nach Hause. Sie blieb noch eine ganze Weile bei mir, bis ich mich wieder beruhigt hatte und bekräftigte immer wieder, dass es richtig war, so zu handeln.

Wir versorgten die Tiere zusammen, dann ließ sie mich alleine und als sie gefahren war, fühlte ich mich in dem Moment schrecklich alleine.

Als ich mich entschlossen hatte, nach Teneriffa auszuwandern, wollte ich mich von den Erlebnissen in Deutschland erholen und die Trauer um meinen geliebten Vater verarbeiten. Ich wollte die ersten Monate nichts tun, außer mir die Insel anschauen und Gott einen guten Mann sein lassen. Nur auf Drängen von Mario hatte ich das Tierhotel so schnell aufgebaut. Jetzt fragte ich mich, ob alles umsonst gewesen war. Der Polizist hatte mir nachdrücklich untersagt, einen Anruf von Mario anzunehmen. Damit ich nicht in Versuchung käme, schaltete ich mein Handy aus und versuchte irgendwie zur Ruhe zu kommen.

Natürlich blieb die Angst, dass Mario bei mir zuhause auftauchen würde. Ich verschloss alle Türen und Fenster und ging mit den Hunden nur auf den Platz hinter dem Haus, damit sie ihr Geschäft erledigen konnte. Da er nicht auftauchte, traute ich mich am nächsten Tag, mit Lilly und Kira an den Strand zu fahren.

Die beste Möglichkeit zu entspannen war ein langer Spaziergang mit Lilly und Kira. Chico ließen wir im Tierhotel. Er war sehr wachsam und würde Haus und Hof beschützen.

Mir gingen tausend Gedanken durch den Kopf. Was würde Mario jetzt unternehmen? Was würde mit seinen Tieren passieren? Sie taten mir leid und ich stellte mir vor, wie sie bei mir blieben und ich sie weiter versorgen würde. Bei Mario hatten sie keine Zukunft und ich hatte kein gutes Gefühl, sie bei ihm zu lassen.

War es wirklich richtig, was ich gemacht hatte? Konnte ich es schaffen, das Tierhotel alleine auf Teneriffa zu leiten? Fragen über Fragen purzelten durch meinen Kopf und es war auf die Schnelle keine Antwort in Sicht. Nur der Blick auf meinen kleinen wuscheligen Hund gab mir Mut und Zuversicht. Für sie war ich stark.

Als wir von unserem Spaziergang zurück kamen, sagte ich bestimmt zu Lilly:« Doch, du kleine süße Maus. Wir werden das auch ohne Mario schaffen und vermutlich auf Dauer viel, viel besser als mit ihm!«

Lilly legte ihr schmales Köpfchen etwas schief und sah mich mit ihren glänzenden schwarzen Knopfaugen fragend an.

Endlich kam wieder ein Lächeln auf mein Gesicht,

aber wie würde es jetzt nur weitergehen?

Kapitel 25

Die nächsten Tage wurden aufregend. Mir wurde ein Termin, für eine Verhandlung bei Gericht zugestellt. Birgit begleitete mich glücklicherweise wieder. Ohne sie hätte ich es sicher nicht geschafft. Das tat sie gerne. Für sie war es ebenfalls wichtig, dass wieder Ruhe in mein Leben und in die ganze unerfreuliche Sache käme.

Mario wurde in Handschellen an mir vorbeigeführt. Er hatte die Tage seit seiner Verhaftung im Polizeigewahrsam verbracht und schien nicht sonderlich gut auf mich zu sprechen zu sein. Mit gebeugtem Kopf, beide Hände in Handschellen vor sich haltend, ging er mit starrem Gesichtsausdruck an mir vorbei.

Augenblicklich wurde mir wieder übel und ich musste mich extrem zusammenreißen, um nicht schnurstracks das Gebäude zu verlassen. Birgit bemerkte die aufsteigende Panik bei mir und hielt mich zurück. Sie übersetzte, was in der Verhandlung gesagt wurde. Mario wurde es ausdrücklich und unter Strafe verboten, sich mir oder meinem Haus zu nähern. Mindestens 200 Meter Abstand musste er einhalten. Der Richter betonte noch einmal deutlich und ließ keinen Zweifel daran, dass, sollte er gegen diese Auflage verstoßen, er sofort verhaftet werden würde.

Die spanischen Richter fackelten anscheinend nicht lange, wenn es um häusliche Gewalt ging. Das war mein Glück! Zu oft hatte es schon Todesfälle gegeben. Lieber sprachen die Richter ein hartes Urteil als ein zu mildes. Das bekam Mario nun ebenfalls mit der vollen Härte zu spüren.

Mir wurde es vom Richter untersagt, mit Mario zu sprechen oder ihm zu schreiben. Es wurde ein absolutes Kontaktverbot verhängt.

Damit musste ich nun leben. Ich war stocksauer auf Mario, dass er es hatte so weit kommen lassen und ich bedauerte, dass ich es nicht schon vorher hatte stoppen können. Aber alles war sicherlich besser, als sich weiter bedrohen zu lassen.

Immer noch war unklar, was mit Marios Tieren passieren würde und mit seinen ganzen Sachen. Um die Tiere kümmerte ich mich erst einmal weiter. Seine Sachen blieben unberührt im Gästezimmer und ich vermied es, das Zimmer zu betreten. Zu stark waren die Gefühle, die mich aufwühlten, wenn ich seine persönlichen Dinge sah.

Ich musste an mich halten, damit ich nicht meine Nase in sein T-Shirt steckte, das er zuletzt getragen hatte. Er fehlte mir schrecklich und ich bereute die Entwicklung sehr.

Langsam, viel zu langsam, fand ich in meinen neuen Alltag ohne Mario. Es dauerte eine gefühlte Ewigkeit, bis ich mich an das Leben ohne ihn gewöhnte.

Mein Leben musste weitergehen. Die Tiere mussten täglich versorgt werden. Dazu gehörten auch viele Spiel- und Streicheleinheiten. Das lenkte mich von meinen Sorgen ab. Ich genoss das schöne, warme Wetter und die tolle Umgebung tat ihr Übriges, um mich seelisch wieder gesunden zu lassen.

Von Mario hörte ich erst einmal nichts mehr. Ich hatte keine Ahnung, wo er war und bei wem er untergekommen war.

Einige Tage später rief Sabine mich an und erinnerte mich daran, dass nun bald ihre fünf Hunde zu mir kommen würden. Ich erzählte ihr, was alles in der letzten Zeit passiert war und sie bekam Angst, dass ich ihre Hunde nicht mehr aufnehmen würde.

»Schaffst du das denn, meine Mäuse zu nehmen? Oder soll ich mir lieber jemand anderes suchen?«, fragte sie mich unsicher.

»Nein, nein. Ich habe versprochen, sie zu nehmen. Du kannst dich darauf verlassen«, entgegnete ich ihr bestimmt. Mein Entschluss stand fest, das Tierhotel auch ohne Mario erfolgreich zu führen. So konnte ich sie beruhigen. Sie war erleichtert und fand mein Handeln sehr mutig.

»Mein Gott, was hast du da zu bewerkstelligen gehabt«, meinte sie.

Ich freute mich, dass sie mir anbot zu helfen, wenn ich Hilfe benötigte. Dafür war ich ihr sehr dankbar. Wir verabredeten uns für den kommenden Nachmittag auf einen Kaffee und ich musste ihr alles noch einmal ganz detailliert erzählen.

In den nächsten Tagen trafen wir uns immer wieder und es entstand langsam eine intensive Freundschaft. Freunde konnte ich im Moment wirklich gut gebrauchen. Es tat mir gut, meine Sorgen und Gedanken mit jemandem teilen zu können. Alles wurde so etwas leichter.

Sabine und Birgit machten mir weiter Mut und mit Damian und Domingo ließ sich die Arbeit im Tierhotel gut schaffen.

Ein paar Wochen später kam ein Anruf der Guardia Civil. Die freundliche Beamtin am anderen Ende der Leitung teilte mir mit, dass Mario ein Unternehmen beauftragt hätte, um seine Sachen und die Tiere abzuholen.

Er hätte den Auftrag für Mitte nächster Woche erteilt und ich möchte doch bitte alles zusammenpacken.

Dieser Anruf traf mich wie ein Blitz.

»Wieder ein Schock für mich«, dachte ich traurig.

Natürlich wusste ich, dass der Tag kommen würde, an dem ich die Hunde an Mario zurückgeben musste. Ich mochte sie so gern und wollte, dass es ihnen auch in Zukunft gut ginge. Obwohl ich wusste, wie sehr Mario an ihnen hing und immer wollte, dass sie sich wohlfühlten, fiel es mir trotzdem schwer, die Tiere wieder herzugeben.

Dass seine Sachen endlich aus dem Haus kamen, darüber freute ich mich allerdings. Endlich würde mein Gästezimmer wieder frei sein und ich könnte über den Raum verfügen.

Am Tage des Abschieds knuddelte ich die Hunde noch einmal kräftig durch und hatte Tränen in den Augen, als sie abgeholt wurden.

Ich war mir sicher, dass ich sie nie wiedersehen würde und hoffte inständig, dass sie ein gutes Leben führen würden. Es war ein schreckliches, traumatisches Erlebnis für mich und ich wusste, nie in meinem Leben würde ich noch einmal ein Tier abgeben. Zu groß war der Schmerz in diesem Moment.

Halt gaben mir in diesem Moment meine eigenen Tiere Lilly und die Katzen Sarah und Theo. Richtig zur Ruhe kam ich in den darauffolgenden Tagen nur, wenn ich lange Spaziergänge mit Lilly am Strand unterhalb von Garachico unternahm. Mein Hundemädchen gab mir meine innere Ausgeglichenheit zurück und zauberte mir täglich ein Strahlen in meine Augen.

Womit ich nicht gerechnet hatte, war, dass auch Lilly unter dem Verlust ihrer Freunde litt.

Sie vermisste ihre Freundin Kira ganz schrecklich. Das konnte ich deutlich spüren.

Die Hunde und Katzen in der Tierpension kamen und gingen. Niemand blieb für länger und Lilly konnte zu keinem Tier eine Beziehung aufbauen. Hatte mein kleiner Hund bis jetzt mich getröstet, musste ich ihn nun glücklich machen. Ganz deutlich merkte ich, dass Lilly traurig war und ihr etwas fehlte.

Was sollte ich bloß machen? Ich sprach mit Sabine und sie hatte die zündende Idee.

»Du solltest ihr eine Hundefreundin besorgen, Hunde sind schließlich Rudeltiere. Das täte ihr bestimmt gut.«

»Keine schlechte Idee«, fand ich und rief noch am gleichen Tag die Züchterin von Lilly an. Denn wenn schon ein zweiter Hund, dann wollte ich einen weiteren Zwergpudel haben.

Ich liebte die quirligen kleinen Pudelgeschöpfe, sie sahen immer aus, als würden sie lächeln und dabei hüpften sie lustig um einen herum.

Sicher, es gab viele Hunde im Tierheim, aber ich brauchte für Lilly eine kleine Gefährtin und auch ich konnte es mir gut vorstellen, einen zweiten Pudel bei mir zu haben.

Brigitte, die Züchterin, fand die Idee prima und berichtete mir, dass in einigen Wochen Welpen geboren würden.

»Super, dann möchte ich bitte ein kleines Hundemädchen für Lilly haben. Bitte, reserviere mir eins. Sobald wie möglich werde ich nach Deutschland kommen und die Kleine abholen«, vereinbarte ich sofort alles fest.

Brigitte lachte und versprach, dass sie mir ein besonders süßes Hundemädchen aussuchen würde und dass sie schauen würde, dass es vom Temperament gut zu Lilly passte.

»Es werden aber apricotfarbene Welpen sein, ist das in Ordnung?«, fragte sie mich.

»Das ist mir ganz egal, Hauptsache, das Mäuschen ist gesund.« Wir mussten beide herzlich lachen und ich freute mich schon jetzt unbändig auf meinen Familienzuwachs. Ich würde gut auf die Kleine aufpassen und für Lilly wäre endlich eine Spielgefährtin da, die auch bleiben würde.

Jetzt hieß es erst einmal abwarten, bis die Kleinen geboren wurden. Danach würden noch lange zwölf Wochen vergehen, bis ich das neue Familienmitglied abholen könnte, denn die Züchterin behielt die Welpen immer außergewöhnlich lange, um sie wirklich gut zu sozialisieren und auf das Leben in den neuen Familien vorzubereiten. Brigitte hatte bei Lilly seinerzeit schon eine Superarbeit in der Aufzucht geleistet und ich war sicher, Tessa, so sollte das Hundemädchen heißen, würde ebenso phantastisch bei ihr aufwachsen.

In der Zwischenzeit ging das Leben im Tierhotel weiter. Immer mehr Routine breitete sich in meinem Alltag aus und das, was zu Beginn so schwierig aussah, entwickelte sich ausgesprochen gut. Vieles ging mir ganz einfach von der Hand und die Dinge, die etwas komplizierter waren, löste ich mit der mir bekannten Leichtigkeit.

Mein Leben machte mir wieder Spaß. Das Dasein auf dieser wunderschönen Insel war endlich so, wie ich es mir zu Anfang vorgestellt hatte. Ich war mittlerweile ohne Angst und voller Mut und Zuversicht.

Kapitel 26

Am 16. Oktober war es endlich soweit. Mich erreichte der langersehnte Anruf von Brigitte. Ich war schon Tage vor dem errechneten Geburtstermin nervös und hoffte, alles würde gut gehen.

»Die Kleinen sind heute Morgen geboren worden. Zwei Mädchen und zwei Jungen«, teilte Brigitte mir stolz mit.

»Es hat alles prima geklappt. Die Mutterhündin ist wohlauf und kümmert sich liebevoll um die Kleinen!«

»Oh, wie schön. Ich freue mich sehr! Dann kann ich in zwölf Wochen die kleine Tessa abholen kommen?«, fragte ich ganz aufgeregt und hüpfte in meiner Küche von einem auf das andere Bein.

»Ah, Tessa, soll die Kleine heißen? Das ist ein schöner Name. Sie wird zwar nach Stammbaum anders heißen, aber wir können »Tessa« ja als zweiten Namen eintragen. Was hältst du davon?«

»Das ist toll! Ja, bitte, mach das, denn rufen werde ich sie Tessa.«

Wir besprachen noch ein paar weitere wichtige Details und außerdem machten wir aus, dass wir in einigen Tagen wieder telefonieren wollten. Sobald die kleinen Welpen die Augen aufmachten, wollte mir Brigitte die ersten Fotos schicken. Ich war schon sehr gespannt auf den Familienzuwachs.

Auch wenn meine Tiere nicht die Worte verstanden, so aber wenigstens meine Stimmlage und die wurde ganz weich und liebevoll, als ich Lilly, Sarah und Theo von dem kleinen Hündchen erzählte, welches bald zu uns gehören würde.

Lilly hörte mir mit leicht schief gelegtem Köpfchen zu und blinzelte wie zur Bestätigung mit ihren schwarzen Augen. Für sie war es einfach schön, wenn ich mit ihr sprach und sie merkte, dass es mir gut ging.
Immer wieder versuchte Mario, mich zu erreichen. Per Telefon, Mail und sogar mit einem Brief. Er hielt sich nicht an das Kontaktverbot, das er vom Gericht auferlegt bekam. Es waren zwar schon viele Wochen vergangen und das Erlebte verblasste immer mehr und die glücklichen Momente begannen zu überwiegen. Trotzdem fragte ich mich, warum er sich wieder einmal über Regeln und Verbote hinwegsetzte.
So schwer es mir fiel, ich reagierte auf nichts. Durfte es gar nicht, denn ansonsten hätte es auch für mich Ärger mit dem spanischen Rechtssystem bedeuten können.
Alle paar Tage rief eine Beauftragte der Polizei bei mir an und fragte nach, ob bei mir alles in Ordnung sei, oder ob Mario Ärger machen würde.
Ich war froh darüber, dass die Polizei meinen Fall weiter im Blick behielt, denn das gab mir eine gewisse Sicherheit und teilte nur mit, dass es mir gut ginge und Mario nicht wieder aufgetaucht sei. Das stimmte sogar, denn gesehen hatte ich ihn nicht wieder.

***

Einmal, weit über ein Jahr nach unserem letzten Zusammentreffen, habe ich ihn wiedergesehen. Der reine Zufall ...
Ich wollte mal wieder meinen Freund Udo vom Südflughafen Teneriffa abholen. War durch die herrliche Berglandschaft von Garachico in den Süden gefahren und machte mich gut gelaunt auf den Weg zur Ankunftshalle. Udo kam für ein paar Wochen zu Besuch, welch eine Freude. Als ich am Ausgang ankam, sah ich auf der Anzeigentafel, dass der Flieger eine Stunde Verspätung haben würde. Mist! Ich machte mich also auf den Weg, um mir in dem kleinen Café, gegenüber des Ausgangs in der Ankunftshalle, einen Kaffee zu holen.
Da kam er mir entgegen – Mario.
Oh je, mein Herz rutschte mir förmlich in die Hose. Den Atem hielt ich an. Was machen? Kopf runter, Augen auf den Boden und ihn einfach nicht sehen? Zu spät. Die Stimme meines Spaniers hätte ich überall erkannt, dunkel und immer noch einschmeichelnd.
»Anne, Schatz!«, hörte ich ihn sagen und blieb wie angewurzelt stehen. Schaute ihn an.
Oh Wunder, es lag kein Hass in seinen braunen, mir so gut bekannten Augen. Er lächelte mich sogar an, sah aber sofort meine Panik.
»Keine Angst, ich bin nicht mehr wütend auf dich, im Gegenteil, ich hätte mit Sicherheit an deiner Stelle nicht anders gehandelt«, kam es ruhig und freundlich aus Marios Mund.

Ich war geplättet.

Mit so einer Aussage hätte ich nie gerechnet.

Langsam löste sich meine Verspannung und ich konnte wieder atmen. So konnte nur Mario reagieren. Jeder andere Mann hätte mich mit Missachtung übersehen, nach unserer so extremen Vorgeschichte.

Unmengen von Menschen liefen hektisch an uns vorbei. Für Mario und mich waren sie in diesem Moment völlig unsichtbar. Es gab nur ihn und mich.

»Wie geht es dir?«, war meine erste, vorsichtige Frage an ihn.

»Danke, so gut, wie ich aussehe«, flachste Mario so typisch zurück. »Ich trinke nicht mehr und das sieht man mir doch an, oder? Habe eine Therapie gemacht. Nicht leicht, aber hilfreich«, erzählte er mir mit seinem verschmitzten Lächeln.

Als ich das hörte, war ich so erleichtert, dass mir ein großer Wackerstein krachend vom Herzen fiel.

»Puh, Mario, du glaubst nicht, wie froh ich darüber bin. Ich hatte so viel Angst um dich«, sagte ich mit leiser bebender Stimme.

»Erzähl, was macht das Tierhotel?«, wollte er natürlich sofort wissen, aber mir war es viel wichtiger, zu erfahren, wie es bei ihm lief. Überschwänglich und stolz erzählte Mario mir, dass er wieder in Malaga Fuß gefasst habe, immer noch in Time-Sharing arbeitete und es seinen drei Tieren gut ginge.

Dann musste Mario sich beeilen, um sein Flugzeug zu erreichen. Er küsste mich zum Abschied auf die Wange und verschwand in der Menschenmenge.

Mir drehte sich der Kopf, das Schwindelgefühl wollte nicht nachlassen. War das jetzt Wirklichkeit oder hatte ich nur geträumt? Meine Gedanken überschlugen sich, aber ein wunderbares Gefühl nahm Besitz von mir.

Unser unerwartetes Treffen hatte zwar mein Innerstes aufgewühlt, aber es machte sich auch gleichzeitig ein berauschendes Glücksgefühl in meinem Herzen breit und ich wartete jetzt ganz ungeduldig auf Udos Ankunft. Da gab es nun wieder viel zu erzählen.

***

Durch die Hunde und Katzen, die ins Tierhotel gebracht wurden, bekam ich immer mehr Kontakte zu Einheimischen und Deutschen, die hier lebten. Daraus entwickelten sich zu meiner großen Freude richtige Freundschaften. Sabine und Birgit wurden meine besten Freundinnen. Wir gingen regelmäßig zusammen aus, machten Ausflüge oder verabredeten uns zum Essen.

Das Leben war schön und ich war ganz gespannt auf meine kleine Tessa. Die ersten Fotos kamen circa vier Wochen nach der Geburt bei mir an und ich war begeistert von den süßen Welpen.

Mit Brigitte besprach ich, dass ich die Kleine im Januar abholen würde. Lange konnte ich aus dem Tierhotel und von meinen Tieren nicht wegbleiben und so suchte ich mir Flüge heraus, die mich schnell hin- und zurückbringen würden.

Mit Udo hatte ich etliche Gespräche geführt und wir verabredeten, dass wir uns auf dem Flughafen in Nürnberg treffen wollten. Er würde von Hannover kommen, in Nürnberg zwischenlanden und dann die kleine Tessa mit mir nach Teneriffa bringen.

Mein Flug ging am 19. Januar von Teneriffa Süd nach Nürnberg. Der Rückflug war bereits am darauffolgenden Tag gebucht. Da Condor Airlines nur immer jeden zweiten Tag der Woche Teneriffa anflog, musste ich für den darauffolgenden Tag eine andere Fluglinie wählen, sonst hätte ich einen weiteren Tag verloren.

Der Flieger, der mich, Udo und Tessa zurückbringen sollte, würde auf dem Nordflughafen landen. Um zeitlich flexibel zu bleiben und Zeit zu sparen, fuhr ich mit meinem Auto in den Norden, stellte es im dortigen Parkhaus ab und ließ mich mit einem Taxi zum Südflughafen bringen. Es ging nur so, denn sonst hätte ich nicht so schnell zurück auf der Insel sein können. Lilly blieb bei Sabine.

Meine Katzen kamen eine Nacht ohne mich aus und um die Tiere im Tierhotel kümmerte sich Birgit. Sie würde natürlich auch nach Sarah und Theo schauen und ein bisschen mit ihnen spielen. Alles hatte ich wie immer gut organisiert und so flog ich ganz beruhigt in Richtung Deutschland ab. Ich stellte mir den ganzen Flug über vor, wie mich die Welpen anspringen würden und freute mich darauf, endlich wieder einmal Welpengeruch atmen zu können.

Nach rund vier Stunden Flug landete mein Flieger spätabends um 22 Uhr in Nürnberg. Ich hatte kein Hotelzimmer gebucht, da ich vorhatte, so schnell wie möglich wieder zurückzufahren. Von Nürnberg musste ich noch eine gute Stunde mit dem Taxi fahren, um zu Brigitte zu kommen.

Da ich nur meine Handtasche und eine leere Hundetasche bei mir hatte, kam ich schnell aus dem Flughafen heraus, suchte mir einen Taxifahrer und besprach mit ihm die Fahrt. Ich sagte ihm, er würde wohl eine Stunde warten müssen, bis wir mit der kleinen Tessa den Rückweg zum Flughafen antreten könnten und hoffte, dass es kein Problem für ihn wäre. Der nette Taxifahrer freute sich sogar über die lange Fahrt und die Aussicht auf einen guten Verdienst. Ein extra großes Trinkgeld hatte ich ihm bereits zugesichert.

Eiskalt war es in Deutschland. Das Thermometer am Ausgang des Flughafengebäudes zeigte nur noch null Grad an. Ich war diese niedrigen Temperaturen nicht mehr gewöhnt und fror schrecklich trotz meiner dicken Jacke, die ich glücklicherweise mitgenommen hatte. Den grauen Wollschal zog ich noch fester um meinen Hals, steckte die Enden in den Jackenaufschlag und kuschelte mich in den bequemen Ledersitz des Taxis, der von dem Fahrer noch einmal angenehm aufgewärmt wurde.

Stockdunkel war es und es fielen dicke Schneeflocken, als wir uns auf den Weg vom Flughafen Nürnberg in Richtung der kleinen Tessa machten.

Brigitte wusste, dass ich nicht vor 23 Uhr bei ihr sein würde und sie wartete schon mit einer heißen Tasse Tee, als wir ankamen.

»Komm schnell rein«, empfing sie mich bereits an der Tür.

Das ließ ich mir nicht zweimal sagen. Der Taxifahrer signalisierte mir, dass er lieber im Auto warten wollte. Brigittes süße Pudelbande sprang an mir hoch und gespannt schaute ich mich im Raum nach den Welpen um.

Zu meinem Bedauern waren keine Fellbälle in Sicht. Brigitte sah meinen suchenden Blick und beruhigte mich. »Die hole ich gleich. Sie sind alle noch im Welpenzimmer«, lachte sie und hielt mir eine Tasse heiß dampfenden Tee entgegen. Nach ein paar Schlucken konnte ich nicht mehr warten.

»Ich muss sie jetzt unbedingt sehen, bin schon so gespannt«, drängelte ich.

Brigitte ging grinsend aus dem Zimmer und holte die beiden letzten Welpen aus dem Wurf. Die anderen hatten bereits ihre Familien gefunden und waren alle schon abgeholt worden. Als ich Lilly damals abgeholt hatte, war sie mir sofort auf den Schoß gesprungen, ganz anders Tessa. Sie und ihr Bruder sahen mich und schwups verschwanden sie unter dem großen braunen Wohnzimmerschrank, der hinten im Zimmer stand.

»Ja, sie sind etwas speziell, die verstecken sich immer, wenn jemand im Raum ist, den sie noch nicht kennen«, entschuldigte sich Brigitte und zog die beiden Welpen unter dem Schrank hervor.

Nun sah ich zum ersten Mal mein neues kleines Hundemädchen. Sie war so süß, hatte strubbeliges, apricotfarbenes Fell, ganz schwarze Augen und ich verliebte mich sofort in sie. Nur war sie doppelt so groß wie Lilly, in dem Alter. Ich schaute entsetzt auf meine mitgebrachte Hundetasche. Die hatte ich mit einem Stoffkörbchen ausgefüllt, damit die kleine Tessa es weich und warm haben sollte. So würde der Welpe da nicht rein passen. Also, raus mit dem Körbchen. Brigitte gab mir Tessa auf den Arm und sofort hatte ich die Kleine in mein Herz geschlossen.

Wir erledigten den Papierkram, tranken noch eine weitere Tasse von dem leckeren Früchtetee und besprachen als Letztes den Fütterungsplan. Es war schon weit nach Mitternacht, als ich zu meinem wartenden Taxifahrer ins Auto stieg. Er hatte zu meiner Erleichterung geduldig auf mich gewartet und war nun froh, dass es endlich wieder Richtung Flughafen ging. Das Schneetreiben wurde immer dichter und ich hoffte, dass wir gut zum Flughafen zurückkommen würden.

Auf einmal stieg mir ein entsetzlicher Geruch in die Nase, der Taxifahrer hatte es auch gerochen und schaute komisch zu mir rüber. »Nein, ehrlich, das kommt nicht von mir«, erklärte ich ihm, schon etwas grün im Gesicht. Ich schnupperte. Oh je, das kam aus der Hundetasche. Schnell holte ich Tessa aus der Tasche, aber die Tasche war ganz sauber und trocken, nichts zu sehen. »Sorry, die Kleine muss irgendwas gefressen haben, dass sie nicht vertragen hat«, entschuldigte ich mich beim netten Taxifahrer. Uns blieb nichts anderes übrig, als die Fensterscheiben zu öffnen, ansonsten wären wir wohl alle erstickt. Schneeflocken flogen in den Innenraum und tanzten lustig um unsere Köpfe. Nach dem ersten Schock fingen der Taxifahrer und ich, herzlich an zu lachen. Das war ja ein toller Auftakt für das Leben mit Tessa.

Eine halbe Stunde später setzte uns der Fahrer vor dem Nürnberger Flughafen ab und konnte, wie er mir erzählte, endlich Feierabend machen.

Selten ist mir eine Nacht so lang vorgekommen. Es waren zwar nur noch gut sechs Stunden, bis wir wieder einchecken könnten, aber die hatten es in sich. Von Tessa war nichts zu hören, sie schlief friedlich in ihrer Hundetasche. Seltsam, der Flughafen war so ganz ohne Leben. Nur ein Stand hatte geöffnet. Dort bekam ich einen heißen, herrlich duftenden Kaffee und konnte mich etwas ausruhen. Mein Hündchen muckste sich nicht.

Ich wanderte durch die leeren Hallen und sehnte den Morgen herbei.

Gegen 7 Uhr wurde es langsam Zeit, Tessa und mich für den Flug nach Teneriffa einzuchecken. Alles klappte gut und in der Abflughalle sah ich schon von weitem meinen Freund Udo. Ich war so froh, dass ich nun nicht mehr alleine war und begrüßte Udo überschwänglich. Dieser wollte natürlich sofort Tessa sehen. Ganz behutsam holte ich das kleine Bündel aus der Tasche und setzte es auf den Boden. Sie schaute mich ziemlich verschlafen an und zu meinem großen Entsetzen machte sie erst einmal ein dickes Bächlein auf den schönen blauen Teppichboden der Flughafen Lounge.

»Oh nein, musste das denn sein? Hättest du nicht warten können, bis wir draußen sind?«, sagte ich peinlich berührt. Schnell nahm ich sie hoch und lief mit ihr vor die Tür, damit sie sich ausreichend lösen konnte. Anschließend verfrachtete ich sie wieder in ihre Tasche und sie war offenbar dankbar wieder in gesichertem Terrain zu sein, denn der Trubel in dem großen Flughafen schien sie doch sehr zu beeindrucken.

Udo grinste nur über den kleinen Fauxpas, holte schnell ein paar Papiertücher aus seiner Reisetasche und tupfte den Teppich so gut es ging wieder trocken. Ich war erleichtert, dass das Malheur, ohne weiteren Schaden anzurichten, zu beseitigen war.

Als wir kurze Zeit später unsere Plätze im Flugzeug eingenommen hatten, konnte ich zum ersten Mal richtig durchatmen. Die durchwachte Nacht und die Aufregung, nun ein neues Familienmitglied zu empfangen, hatten deutliche Spuren bei mir hinterlassen. Ich hätte so gern ein paar Stunden geschlafen, aber ich war viel zu aufgeregt und freute mich, Udo nach der langen Zeit wieder zu sehen.

Wir hatten uns viel zu erzählen und wir machten ausgiebige Pläne für die Tage, die wir auf der Insel zusammen haben würden.

Kurz nach Mittag landeten wir auf dem Nordflughafen, holten unser Gepäck vom Band und sahen zu, dass wir so schnell wie möglich aus dem Gebäude kamen.

Endlich konnte Tessa wieder aus ihrer Tasche, etwas laufen und ihr Geschäft verrichten. Dafür gingen wir am Café im Eingangsbereich vorbei zu den Grasflächen, die sich rechts an der Schiebetür befanden.

Die Kleine war hier draußen zu meinem Erstaunen gar nicht ängstlich und schnüffelte fröhlich herum.

Udo und ich verstauten unsere Sachen in meinem Auto und machten uns gut gelaunt auf den Weg. Auf dem Weg nach Hause mussten wir Lilly noch von Sabine abholen. Wir hatten uns das gut überlegt. Die beiden Hunde sollten zusammen ins Haus kommen und sich dann erst einmal kennenlernen. Lilly konnte sich gar nicht beruhigen, als sie mich sah. Sie hopste und sprang an mir hoch, bis ich sie auf meine Arme nahm. Glücklich kuschelte ich mit meiner kleinen Freundin. Lilly und ich, wir waren bis jetzt ein eingeschworenes Team. Hoffentlich würde sie sich auch so über die kleine Tessa freuen wie ich und würde nicht eifersüchtig werden.

Herzlich bedankte ich mich bei Sabine für die Aufnahme von Lilly und wir sprachen ab, dass meine Freundin am nächsten Tag zu uns kommen sollte, damit sie die kleine Tessa kennenlernen könnte.

»Da ist in der nächsten Zeit bestimmt viel Fingerspitzengefühl gefragt«, dachte ich.

Tessa sollte meiner Kleinen ja guttun, damit sie wieder eine Hundefreundin hatte nach dem Verlust von Kira.

Die ganzen Gedanken und Überlegungen im Vorfeld hätte ich mir allerdings sparen können. Als wir zu Hause ankamen und Lilly das kleine Hundemädchen sah, lief sie freudig wedelnd auf Tessa zu. Schnupperte an ihr und leckte sogar ihr kleines schwarzes Schnäuzchen. Tessa war etwas schüchtern und bestimmt noch gestresst von der Fahrt und dem Flug. Sie wurde schließlich aus ihrer bekannten Umgebung gerissen, weg von den Menschen, die sie liebte und bei denen sie sich geborgen fühlte. Nun kam da auf einmal ein ihr unbekanntes Wesen auf sie zu und schnupperte an ihr herum. Tessas Gesichtsausdruck war fragend und ängstlich zugleich, aber ebenso ein bisschen neugierig.

Udo und ich schauten mit Spannung zu, wie die beiden Hunde sich immer mehr annäherten. Sarah und Theo hielten sich in einiger Entfernung auf und warteten erst einmal ab.

»Schon wieder was Neues, aber hey, die ist ja cool!«, schienen sie zu denken. Es dauerte nicht lange und die beiden Hundemädchen liefen zusammen durchs Haus, spielten und fraßen sogar aus einem Futternapf, obwohl es natürlich zwei davon gab. So wie es aussah, hatte Lilly tatsächlich einen anderen Hund vermisst und es war die richtige Entscheidung von mir gewesen, die kleine Tessa zu holen.

Ich war sehr gespannt, was die Zukunft für uns bereithalten würde.

***

Vollmond über Teneriffa. Riesengroß und dunkelorange schaut er auf die Insel herab. Das Meer glitzert, als würden Milliarden von Diamanten auf ihm tanzen. Weit draußen der Berg von Garachico. Dunkel erhebt er sich aus den Fluten des Atlantischen Ozeans ... faszinierend.

In der Ferne die Lichter von Icod de los Vinos. Ein Kreuzfahrtschiff am Horizont und ein Sternenhimmel, wie zum Träumen gemacht. Kaum ein Lüftchen regt sich und ich gehe noch ein Stück mit meinen Hunden.

Mein Handy klingelt. So spät noch? Ich schaue aufs Display und erstarre. Mit dem Anrufer hätte ich in meinen kühnsten Träumen nicht gerechnet... Roman ...

Soll ich das Gespräch annehmen? Mein Gehirn wirbelt tausend Gedanken durcheinander. Okay, ich nehme an.

»Hallo«, sage ich verwirrt.

»Auch hallo«, kommt es vom anderen Ende

»Erinnerst du dich? Ich bin´s, Roman«, höre ich die mir noch so gut bekannte und immer noch vertraute Stimme.

»Sicher, erinnere ich mich, wie könnte ich dich vergessen? »Wie komme ich nach so langer Zeit zu diesem Anruf?«, will ich immer noch verunsichert wissen.

»Ich bin in einer Zeitung auf einen Artikel über dich gestolpert, habe dann ein bisschen gegoogelt und möchte einfach wissen, wie es dir in den letzten Jahren ergangen ist«, sagt mein Ex-Freund einfach so, als wäre nicht so viel zwischen uns schiefgelaufen. Alte Gefühle kommen wieder hoch und ich weiß nicht so recht, was ich sagen soll.

»Ich glaube, ich sollte dir mein damaliges Verhalten erklären und ich denke, es wird dafür allerhöchste Zeit«, höre ich die vertraute Stimme sagen.

»Da bin ich nun wirklich gespannt.«

»Du hast mir einmal sehr viel bedeutet, und du weißt, wie ich damals drauf war. Ich musste mich von dir trennen, ansonsten hätte ich dich in eine Welt gezogen, in die du nie gehört hast«, versuchte Roman sein Verhalten zu erklären. »Auch ich bin nur schwer da herausgekommen, aber heute geht es mir gut, ich bin sogar verheiratet und habe einen guten Job bei einer Messebaufirma«, höre ich ihn weitersagen.

»Okay, so etwas habe ich mir schon damals gedacht. Nicht sofort, aber nach einigen Monaten kam mir so ein Gedanke in die Richtung.«

»Bist du mir noch sehr böse?«

»Nein, Roman, aber es freut mich, dass du mir meine Vermutung bestätigst. Das ist ein gutes Gefühl und ich werde nun mit einem Lächeln an unsere gemeinsame Zeit denken können.«

»Dann war es ja richtig, dass ich mir den Mut genommen habe, um mit dir zu sprechen«, kommt es merklich erleichtert von ihm.

Etwas Vertrautes kommt zwischen uns auf und wir reden noch geschlagene zwei Stunden zusammen. Wir lachen, fallen uns gegenseitig ins Wort, weil jedem so viel einfällt. Unsere Zeit in Amerika wird wieder lebendig und so vieles mehr. Roman erzählt mir von seiner Frau und dass er mit ihr glücklich ist. Ich schwärme ihm vom Tierhotel und dem Leben auf Teneriffa vor.

Zum Schluss kann ich ganz entspannt zu ihm sagen: »Roman, mach dir keine Gedanken. Nach unserem heutigen Gespräch fühle ich mich besser, wenn ich an die Zeit mit dir zurückdenke und ich weiß, dass es für uns beide eine Zeit war, die wir nie vergessen werden.«

Roman stimmt mir zu und wir wünschen uns lächelnd eine gute Nacht.

Meine Männerwahl mag mit Roman und Mario nicht die beste gewesen sein … aber niemals in meinem Leben habe ich mich lebendiger gefühlt. Nie, so sehr gespürt, dass ich lebe. So, als gäbe es mehr Farben in meinem Dasein. Sicherlich waren es nicht immer die schönsten Farben, aber auch Schwarz kann glitzern. Die innere Ruhe, die mir Mario dabei genommen hat, haben mir Lilly und Tessa dreifach zurückgegeben.

Das Tierhotel ist mittlerweile mein ganzer Stolz. Die Zeit vergeht und so schnell ist wieder ein Jahr herum. Tessa ist ganz und gar bei uns angekommen. Lilly liebt die Kleine, obwohl sie ein echter Ausbund an Temperament ist.

An dieser Stelle lasse ich Tessa mal zu »Wort« kommen …

»Tessa«

Stell dir vor: Du kommst im Oktober in der Nähe von Nürnberg zur Welt, alles kalt, grau, brrrrr, da kommt ein Mensch im Januar, packt dich in eine Tasche und in einen riesigen Metallvogel … nach langem Nickerchen: 20 Grad, Sonnenschein und Ankunft im Tierhotel Lilly!
Ich erkunde erst mal vorsichtig die Umgebung: große Begrüßung von »Prinzessin Lilly«, meiner großen Schwester —dabei bin ich jetzt schon so hoch wie sie. Eine echte »Barbie«!
Huch, wer sind denn die? Schleichen herum, springen hoch auf die Möbel, geben ganz komische Geräusche von sich, so etwas wie »Miau!«, und wenn man ihnen zu nahekommt, »Katschhof« und rennen weg.
Graues Fell und gelbe Augen, das ist Sarah. Und Theo sieht aus wie Garfield, nur ohne Lasagne, behäbig, riesig und schwer.
Jetzt, fast ein Jahr später, hab ich alle im Griff!
Ich renne hinter Theo her, springe ihm auf den Rücken und tue ganz unschuldig, wenn er anfängt zu schreien; das kann ich richtig klasse: unschuldig tun.
Sarah ist nicht so leicht einzuholen, die springt dann meist auf die Möbel oder auf einen dieser Kratzbäume.
Okay, dann muss halt Barbie herhalten: beiße und ziehe an ihren frisierten Ohren, schubse sie. Und wenn sie mal wieder auf der Sonnenliege ihren Schönheitsschlaf hält, nerve ich sie so lange, bis sie sich auf ein kleines Kämpfchen einlässt. Nach kurzer Zeit schimpft dann Anne: »Tessa!!!«, dann weiß ich: unschuldig gucken, »Wer, ich?«
Mmh, was jetzt? Erst mal im Turbogang durch das Haus rasen, ah!
stopp, eins der Stoffkörbchen ein bisschen auseinandernehmen, schütteln,

ob ich mich mal reinlege? Wie blöd, ich passe da gar nicht mehr rein. Weg damit, mitten in den Flur. Turbogang einlegen, Treppe runterfliegen, dann auf die Couch und die Sessel rasen und die ganzen Kissen auf den Boden schleudern und wieder runterspringen.

Quiiiiiek, ja, mein Gummihuhn, ich trage das mal durchs Haus und quietsche schön damit, beiße und kaue drauf, schüttel es.

Anne (das ist mein Mensch, die hat hier das Sagen − denkt sie, *grins) ruft, prima, sie verteilt Leckerchen. So, meins kaue ich ein bisschen an, bunkere es (wohin damit? gut, hier in die Ecke) und jetzt mal sehen, wem ich das nächste abluchsen kann, hihi, das mach ich immer!

Total cool, denn hier im »Tierhotel Lilly« kommen immer wieder neue Hunde hin, na ja, einige bleiben recht lange, andere kommen und gehen, kommen wieder, hier ist immer was los. Und ich kann dann Spielzeug mopsen, in den verschiedenen Näpfen die eine oder andere Leckerei stibitzen!

Da ist die riesige Loba, Dauergast, die sabbert so schön, das versuch ich aufzulecken, aber Anne schimpft dann. Okay, ihr kennt das schon: unschuldig gucken, »Ich?«

Wenn die Gäste aus ihren »Häuschen mit Hof« dürfen, kann ich ihnen in die Beine zwicken, an den Ohren zuppeln, mit ihnen rennen und toben und deren Spielzeug verstecken. Richtig cool ist, wenn die sich mal wehren, nach mir schnappen, na was? Unschuldig gucken und jetzt habe ich auch den »Ich-bin-das-Opfer«-Blick drauf und Anne schimpft mit den anderen. Aber wehe, die nehmen mir eins meiner Gummihühner, dann heule ich und singe ganz laut und hoch »wuuhuhuhuu wuhuhu«, ich muss mir aber langsam was anderes ausdenken: Die Menschen lachen dann nur und sagen »Clown« oder »Clownfisch« zu mir.

Heute hatte Anne Besuch von gleich zwei Frauen, war ein dauerndes Gesabbel, reden und reden; gut für mich, kann ich unbeobachtet hinter diesen kleinen grünen Tieren herjagen, die mit dem langen Schwanz!
Macht viel Spaß, die können die Wände hoch und runter, kriechen unter Blumentöpfe und in Ritzen, sogar Theo jagt denen nach, na ja, was man so jagen nennt: Manchmal machen wir das zusammen und ich bin schneller. Wenn ich so ein Tier tatsächlich mal fange, ist es wie Kaugummi.
Wenn aber Anne das sieht, schimpft sie wieder: »Hä? Was?« unschuldig gucken …
Wo war ich, ach ja, Anne und die zwei Frauen sind heute Abend losgezogen, ohne uns; okay, wir – na ja, mehr ich als die anderen – haben dann erst mal für schönes Durcheinander gesorgt, und ich habe Annes schwarze Schuhe entdeckt: Das war ein Spaß, am Absatz herum zu knabbern, und das Leder zu zerfetzen! Als die drei wiederkommen, hat Anne nicht besonders geschimpft, mmh, war irgendwie zerknirscht, aber jetzt heiße ich auch noch »Rüpel«!
Was ein Tag! Jetzt noch futtern, die sogenannte »Pipi-Abendrunde«, schön durch den Staub toben, vielleicht finde ich ja noch ein paar kleine rosa Panzer zum Zerbeißen »Tessa!!!«
Ja ja.
»Ich?«
So und jetzt mal ab ins Bett! Gute Nacht!
Morgen erlebe ich bestimmt neue Abenteuer!

Epilog

Wieder schweifen meine Gedanken die Jahre zurück.

Die Freundinnen und Freunde aus alten Zeiten begleiten mich auch noch heute in meinem Leben, wofür ich sehr dankbar bin.

Juan und Irmgard von Gran Canaria kommen immer mal wieder auf einen kurzen Besuch vorbei.

Mein Gästezimmer steht immer bereit für meine Freunde. Mein Sohn, Udo, Ecki und Lydia nutzen es oft. Andere kommen seltener her. Der Kontakt zu meiner Schwester ist seit meiner Auswanderung leider gänzlich abgebrochen.

Mario ist bis heute in meinem Herzen. Ohne ihn gäbe es kein Tierhotel und ich werde ihn nie vergessen, aber er spielt keine Rolle mehr in meinem Leben.

Hardy ist einer meiner besten Freunde geworden. Oft besucht er mich mit seiner Freundin, Natascha, auf meiner Insel und es gibt mir ein gutes Gefühl, dass wir alle Zwistigkeiten zwischen uns ausräumen konnten. Das hat von uns beiden viel Geduld gefordert und eine Menge an gutem Willen. Doch es hat sich gelohnt und heute freuen wir uns über jedes Wiedersehen. Hardy und Natascha lieben es, mit mir auf der Terrasse zu sitzen, auf den glitzernden, blauen Ozean zu sehen und mit meinen Tieren zu spielen.

Heute sind es drei kleine Hundemädchen, Lilly, Tessa und Annabell, die auf der Hollywoodschaukel auf meiner Terrasse faulenzen. Sie lieben dieses wackelnde Ding, das sie so schön hin- und herwiegt. Annabell ist die Jüngste. Sie sieht fast so aus wie Lilly, nur ein bisschen größer. Frecher ist sie auch.

Die Großen sind schon mal genervt von ihrem Temperament, aber alle verstehen sich gut. Ich sehe ihnen verliebt zu und begnüge mich mit dem Gartenstuhl. Sarah und Theo sind ebenfalls bei uns. Schon ein bisschen in die Jahre gekommen, aber immer noch fit und munter.

Dass ich heute so glücklich leben kann, dafür ist mir immer mal wieder der Zufall zu Hilfe gekommen und ich bin dankbar für die Möglichkeiten, die er mir bot.

Glücklich bin ich heute.

Nach langen Jahren bin ich bei mir selbst und bei meinem Lebenstraum angekommen. Die Stürme haben sich gelegt, das Unstete ist von mir abgefallen.

Tiefer Frieden ist in mir eingekehrt und ich suche nicht mehr, sondern genieße mein Leben.

Erwachsen?

Bin ich in all den Jahren erwachsen geworden?

Nein, nicht wirklich, ich bin Widder,

Widder werden nicht erwachsen, sie werden älter, ja, das lässt sich nicht vermeiden.

Halt frei nach dem Song von Udo Jürgens: Mit 66 Jahren, da fängt das Leben an …

Na, dann habe ich noch etwas Zeit …!

ENDE

Angelika Duprée wurde in Ostwestfalen-Lippe geboren.

Sie hat die staatliche Anerkennung als Erzieherin. Als Verlegerin gab sie viele Jahre eine Lokalzeitung heraus.

Reisen war von jeher ihre große Leidenschaft, und so lernte sie viele Länder und Orte auf der ganzen Welt kennen.

Die Autorin

Mit dem Schreiben begann Frau Duprée bereits im Jugendalter. Viele ihrer Artikel wurden in zahlreichen Zeitungen und Zeitschriften veröffentlicht.

Heute lebt die Autorin mit ihren drei Hunden und zwei Katzen auf Teneriffa. Sie ist stolze Besitzerin eines Tierhotels und widmet sich weiterhin intensiv dem Schreiben.

„Die Stürme des Lebens und das ganz große Glück" ist ihr erster Roman.

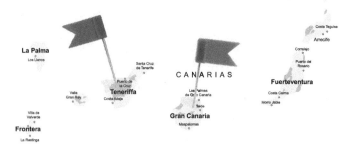

CPSIA information can be obtained
at www.ICGtesting.com
Printed in the USA
BVHW041535111119
563469BV00011B/775/P